Sylter Wolken

Sarah Mundt

Sylter Wolken

Roman

tolino media

tolino books

1. Auflage 2015
Dieser Titel ist auch als eBook erschienen.

Albrechtstraße 14
80636 München
www.tolino-media.de
Redaktionelle Beratung: Josef K. Pöllath, Dachau
Lektorat: Julia Feldbaum, Augsburg
Umschlaggestaltung: Florian Flunger, Bozen, unter Verwendung der Bilder „Idyllischer Tag an der Nordsee im Sommer“ von Julian Weber (fotolia) und „Haus hinter dem Deich“ von DOC RABE Media (fotolia)
Druck und Bindung: Weltbild
Printed in Germany
ISBN 978-3-7393-1716-8

Für meine Eltern,
die die Liebe zur Insel Sylt an mich weitergegeben haben.

Kapitel 1

Kathi starrte auf den Telefonhörer in ihrer Hand. Der Herzschlag pochte in ihren Ohren. Sie holte tief Luft und schluckte.

Ihre Kollegin Eva, die am Schreibtisch gegenüber saß, hob den Kopf und warf ihr aus, wie immer, perfekt geschminkten Augen einen fragenden Blick zu. »Du bist ja ganz blass geworden. Alles in Ordnung?«

Kathi nickte. »Ludger will mich sprechen. Ich soll in sein Büro kommen.«

Hastig stand sie auf, zupfte die weiße Bluse zurecht und stellte entsetzt fest, dass der Teefleck auf der Knopfleiste beim Waschen doch nicht ganz rausgegangen war. *Na bravo*, dachte sie.

Eva zog die Augenbrauen hoch. »Oh! *Das* Gespräch. Dann drück ich dir mal fest die Daumen, dass es auch bei dir klappt.« Sie lächelte zuckersüß und hob demonstrativ beide Hände mit gedrückten Daumen hoch, bevor sie sich wieder den Rechnungen zuwandte, die sich neben ihrer Tastatur stapelten.

»Danke!«, sagte Kathi. »Kann ich gut brauchen.«

»Wird schon klappen! Mach dir keinen Kopf.«

»Das muss einfach!«, erwiderte Kathi mit einem halbherzigen Lächeln. Sie schob ihren Stuhl unter den Tisch und machte sich auf den Weg.

Die Werbeagentur *Red Dot Berger* nahm die komplette dritte Etage eines der alten Häuser in der Hamburger Speicherstadt ein. Um zum Büro des Chefs zu gelangen, musste Kathi durch die ganze Agentur laufen: vier Großraumbüros, zwei Flure, fünf Zwischentüren. Sie versuchte, die neugierigen Blicke, die sie im Nacken spürte, zu ignorieren, fühlte sich aber wie bei einem Spießrutenlauf.

Seit einem halben Jahr arbeitete sie hier nun als Praktikantin, für *'nen Appel und 'n Ei*, wie ihre Oma Gesa das nennen würde. Vierzig Stunden in der Woche offiziell, aber unter fünfzig kam sie nie aus dem Büro heraus. Wenn man sich Hoffnung auf eine feste Stelle machte, konnte man nicht Nein sagen, wenn noch schnell ein paar Angebote oder Rechnungen zu schreiben, die Fahnen von der Druckerei Korrektur zu lesen oder eine der gerade erstellten Internetseiten durchzuklicken waren, auf der Suche nach Links, die nicht funktionierten.

Stupider Job, dachte Kathi und erinnerte sich wehmütig an ihre alte Agentur, in der sie ihre Ausbildung gemacht und später viele Jahre weitergearbeitet hatte. Zu dritt waren sie dort gewesen, jeder für alles zuständig, und dass Gabi die Chefin war, war irgendwie gar nicht ins Gewicht gefallen. Sie hatten zu dritt in einem Büro gesessen, immer Hand in Hand gearbeitet. Aber dann war ihr größter Kunde in die Insolvenz gegangen und hatte die kleine Agentur mitgerissen. Allein die Außenstände betrugen über vierzigtausend Euro. Am letzten Tag, als Gabi das Büro abgeschlossen und sie sich vor dem Haus umarmt hatten, waren die Tränen in Strömen geflossen.

Kathi hätte nie gedacht, dass es so schwierig sein würde, einen neuen Job als Werbekauffrau zu bekommen. Ein halbes Jahr hatte sie unzählige Bewerbungen geschrieben und nur Absagen erhalten. Schließlich ein Lichtblick: *Red Dot Berger* suchte eine Praktikantin für den kaufmännischen Bereich. Die Stelle war zwar auf ein halbes Jahr befristet, aber es bestand eine realistische Chance, anschließend übernommen zu werden.

Damals, vor dem Bewerbungsgespräch, war sie ziemlich ruhig gewesen, aber jetzt flatterten ihre Nerven, als sie vor der dunklen Holztür stand, hinter der Ludger Berger auf sie wartete. Das bisschen Geld vom Arbeitsamt und der Hungerlohn, den sie als Praktikantin bekam, reichten vorn und hinten nicht. *Zum Leben zu wenig, zum Sterben zu viel*, würde Oma Gesa sagen. Es musste jetzt einfach mit dem Job klappen. Ludger hatte Eva doch auch übernommen, und die war nun wirklich nicht gerade eine Leuchte. Wenn Kathi zehn Rechnungen schrieb, schaffte Eva gerade mal fünf. Und dann bat sie Kathi noch, ihre gegenzulesen. Bisher hatte Kathi jedes Mal Fehler gefunden.

Nun reiß dich zusammen, Kathi, dachte sie, *wenn er Eva einstellt, dann dich doch wohl erst recht!*

Sie holte tief Luft und setzte ihr gewinnendstes Lächeln auf, bevor sie die Hand hob und an die Tür klopfte.

»Herein!«, tönte es von drinnen.

Kathi trat ein. »Du wolltest mich sprechen, Ludger?«

Ludger Berger, der in lässiger Haltung auf seinem Schreibtischstuhl saß, sah vom Bildschirm auf. »Ah, Katharina! Nur noch schnell diese eine Sache zu Ende bringen, dann können wir reden. Setz dich doch schon.«

Er deutete auf die Sitzgruppe aus schwarzem Leder unter den hohen Fenstern. Kathi nickte und setzte sich ganz vorn auf die Kante eines der beiden schweren Sessel. Mit Mühe widerstand sie der Versuchung, nervös hin und her zu rutschen. Die Hände im Schoß zusammengefaltet, beobachtete sie ihren Chef, der mit drei Fingern in erstaunlicher Geschwindigkeit seinen Text in die Tastatur hämmerte. Rollkragenpulli unter dem Sakko, dunkle Kunststoffbrille auf der langen Nase und sorgfältig kahlrasierter Schädel. *Hier versuchte jemand, etwas dazustellen, was er gar nicht war*, schoss es Kathi durch den Kopf. Ludger hielt sich für kreativ und kleidete sich auch so. Dabei war er ein gerissener Geschäftsmann, der nur zufällig in dieser Branche gelandet war.

Sie schätzte ihn auf Mitte bis Ende vierzig, genau wusste sie es nicht und hatte bisher auch nicht gewagt, einen der Kollegen zu fragen. Das würde neugierig wirken, und bisher wusste sie noch immer nicht genau, wie in der Agentur die Seilschaften verliefen. Also hielt sie sich besser zurück.

Ludger hatte die Firma vor zwanzig Jahren gegründet. Seinen Kompagnon, den kreativen Kopf der Agentur, hatte er irgendwann ausgezahlt – wie sie gehörte hatte –, um so schalten und walten zu können, wie er es für richtig hielt. Seitdem hatte er ein Dutzend Kreativdirektoren verschlissen.

Ein harter Hund, mit allen Wassern gewaschen, hieß es hinter vorgehaltener Hand, und dass er seine Position gerne mal ausnutzen würde, um die eine oder andere Frau ins Bett zu bekommen.

Die Geräusche der Tastatur verstummten. Ludger Berger las über die Brille hinweg noch einmal durch, was er getippt hatte, dann klickte er mit der Maus, und der Drucker hinter ihm spuckte ein Blatt Papier aus.

»Sooo«, sagte er gedehnt und fuhr sich mit der Hand über den Schädel, was an den Stellen, wo eigentlich noch Haar wuchs, für ein schabendes Geräusch sorgte, so, als würde jemand über Sandpapier reiben. »Das hätten wir. Vielen Dank für deine Geduld, Katharina.«

Er stand von seinem Schreibtischstuhl auf und ging zu dem Sideboard hinüber, auf dem der chromblitzende Kaffeevollautomat stand.

»Auch einen Kaffee?« Er drehte sich zu Kathi um. Sie schüttelte nur den Kopf. »Stimmt ja, die Teetrinkerfraktion.«

Kathi fühlte, wie ihr das Blut in den Kopf schoss. Der Teefleck auf der Bluse. Ausgerechnet heute. Sie räusperte sich. »Lieber nicht. Aber wenn du vielleicht ein Wasser hättest …«

Ludger lächelte. »Klar. Kommt sofort!«

Er griff nach einem Glas und der Wasserflasche, die neben der gurgelnden und brummenden Kaffeemaschine standen, und stellte beides vor Kathi auf den Tisch. Dann holte er seinen Kaffee und ließ sich auf dem zweiten Ledersessel nieder.

»Du kannst dir sicher vorstellen, weswegen ich dich gerufen habe.« Er rührte seinen Kaffee um und nahm vorsichtig einen Schluck aus der Tasse. »Zum April läuft ja dein Praktikum aus, und wir müssen darüber sprechen, wie es danach weitergeht.«

Kathi nickte.

»Es ist ja nicht so, dass ich mit deiner Arbeit nicht zufrieden bin. Ganz im Gegenteil. Du hast dich schnell eingearbeitet, bist zuverlässig und fix und kommst mit den Kollegen gut zurecht. Wie gesagt: alles topp! Ich würde dir gern andere, interessantere Aufgaben geben. Kalkulation der großen Aufträge, Recherche und, und, und …«

Aber …, schoss es Kathi durch den Kopf. *Jetzt kommt sicher ein Aber.*

Ludger Berger sah sie aus seinen wasserblauen Augen mit den hellblonden kurzen Wimpern direkt an. »Aber …« Er seufzte schwer, und seine tiefe Stimme troff vor falschem Mitgefühl. »Es gibt ein klitzekleines Problem, was mich daran hindert, dir jetzt schon eine Festanstellung anbieten zu können.«

Kathi spürte, wie sich unter ihr ein Loch im Boden auftat.

»Was? Aber …«, stieß sie hervor. All die vielen Überstunden für nichts und wieder nichts. Wieder Arbeitslosengeld, wieder

Bewerbungen über Bewerbungen schreiben und dann den Briefträger belauern, ob er große oder kleine Umschläge brachte. Große, in denen die Bewerbungsunterlagen zurückgeschickt wurden, kleine, in denen sich vielleicht eine Einladung zum Vorstellungsgespräch befand.

»Aber ich dachte ...« Kathi räusperte sich, um ihre raue Stimme wieder in den Griff zu bekommen. »Du hast doch gerade gesagt, dass du sehr zufrieden mit meiner Arbeit bist.«

»Bin ich auch. Wirklich. Absolut. Und unter anderen Umständen hätte ich dir auch einen Vertrag angeboten. Aber... Ich weiß nicht, ob du es hinten in der Debitorenbuchhaltung mitbekommen hast, uns ist ein dicker Fisch durch die Lappen gegangen. Ein Großauftrag, mit dem wir schon fest gerechnet hatten. Der Kunde ist in letzter Sekunde abgesprungen. So ein Rückschlag hat natürlich Konsequenzen.«

Wieder nahm er einen Schluck aus seiner Kaffeetasse, stellte sie mit einem leisen Klappern auf den Unterteller zurück und rieb sich den Milchschaum aus dem grau melierten Dreitagebart. »Kann vielleicht sogar sein, dass ich noch Leute entlassen muss. Aber das bleibt bitte unter uns.«

Kathi antwortete nicht.

»Naja, jedenfalls möchte ich sehr ungern auf deine Arbeit verzichten.« Er lehnte sich im Sessel zurück und schlug lässig die Beine übereinander. »Darum habe ich einen Vorschlag für dich: Wir verlängern dein Praktikum einfach um ein paar Monate, und dann schauen wir, wie sich die Lage der Firma entwickelt hat. Wenn die Agentur wieder in Fahrt kommt, sollte es mit dem festen Job kein Problem sein.«

Ludger Berger strich mit der Hand über den Stoff seiner

schwarzen Designerjeans, zog mit den Fingern ein ziemlich langes, helles Haar herunter und ließ es neben sich auf den Boden fallen. Lang und hell wie die Haare von Eva …

Kathi spürte einen ungeheuren Zorn in sich aufsteigen. Schlagartig wurde ihr klar, wo Eva heute Morgen gewesen war, als Kathi sie wegen einer dringenden Nachfrage aus der Buchhaltung gesucht hatte. Das also war der Grund, warum Eva und nicht sie den Job bekommen würde. Natürlich, so musste es sein. Schon bei der Weihnachtsfeier war ihr aufgefallen, dass Eva schamlos mit ihm geflirtet hatte. Und wie Ludger ihr hinterhergestarrt hatte, als sie im hautengen schwarzen Etuikleid auf High Heels durch das Lokal stolziert war wie auf dem Catwalk. Und dann immer wieder die Besprechungen, zu denen er Eva in sein Büro gerufen hatte.

Ihr Blick fiel auf die breite Ledercouch neben dem Sessel. Besetzungscouch nannte man so etwas wohl. Kathi ballte die Fäuste so fest, dass sich die Nägel schmerzhaft in ihre Handflächen bohrten.

»Ich lasse mich nur darauf ein, wenn ich schon heute meinen Vertrag bekomme!«, hörte sie sich sagen.

»Wie bitte?«

»Ich möchte schon heute meinen Vertrag haben! Nicht nur so eine vage Aussage, dass wir später mal *schauen* können. Einen unterschriebenen Arbeitsvertrag.«

»Ich verstehe ja durchaus, dass du dir was anderes vorgestellt hast, Katharina, aber das ist in dieser Situation völlig unmöglich.«

Jetzt war von dem Mitgefühl in seinen hellen Augen nichts mehr übrig geblieben. Schmal und eng waren sie und die Lippen nur noch ein dunkler Strich.

»Ob das nun unmöglich ist oder nicht, ist mir egal. Ich will einen Vertrag für die Zeit nach dem Praktikum, sonst wird nichts aus der Sache. Und mehr Geld brauche ich auch. Das mickrige Praktikumsgehalt ist völlig inakzeptabel.«

»Ich glaube, es ist das Beste, wenn wir das Gespräch an dieser Stelle beenden, Katharina. Zwei Tage Bedenkzeit. Das muss reichen. Aber ich sag dir eines ganz ehrlich …« Seine Augen sprühten vor Zorn, während er mit dem ausgestreckten Finger auf sie zeigte. »Ein weiteres Angebot wird es nicht geben.«

Kathi hielt es nicht mehr auf dem Sessel. Sie sprang auf und ballte wütend die Hände.

»Also gut, dann ist es so! Ich werde nicht betteln und schon gar nicht wie Eva auf dem Ding da …« Sie zeigte auf die Couch, ließ aber den letzten Satz unvollendet.

Abrupt wandte sie sich ab, lief aus dem Büro und warf mit einem lauten Knall die Tür hinter sich ins Schloss. Alle Köpfe im Großraumbüro drehten sich zu ihr um.

***

»Was machst du da?«, fragte Eva verblüfft, als Kathi eine Schublade nach der nächsten aufriss und ihre persönlichen Sachen in ihre Einkaufstasche stopfte.

»Wonach sieht es denn aus?«, schnappte Kathi und pfefferte die Kulis in ihre Handtasche. Dann nahm sie ihre Teetasse mit dem Logo der Agentur und stellte sie bei Eva auf den Tisch. »Hier. Die kannst du gern behalten. Ist sowieso ein hässliches Ding.«

»Aber was ist denn passiert, Kathi?« Evas sorgfältig geschminkte Augen waren schreckgeweitet.

»Was soll schon passiert sein? Du wirst in Zukunft allein hier zurechtkommen müssen. Ohne jemanden, der deine Fehler ausbügelt und die Arbeit macht, die du mal wieder nicht geschafft hast. Ludger will mir keinen Vertrag geben. Ich soll weiter als Praktikantin schuften. Ist ja auch viel billiger für die Firma. Aber nicht mit mir! Und ich bin mir viel zu schade, um …«

Der Satz: »… um mit dem Chef ins Bett zu steigen, nur um einen Arbeitsvertrag zu kriegen …«, lag ihr auf der Zunge, aber sie schluckte ihn hinunter. Eigentlich war Eva ein liebes Mädchen, mit der sie während der Zeit gut zurechtgekommen war. Naiv und vielleicht ein bisschen blöd, aber ansonsten ganz okay.

»Und was machst du jetzt?«, fragte Eva sichtbar geschockt.

»Was werde ich schon machen? Ich geh nach Hause und heul mich bei Till aus. Zumindest, wenn er nach dem Auftritt mit seiner Band wieder aus dem Koma erwacht ist.«

Kathi holte ihren Mantel aus dem Schrank und zog ihn über. »Wenigsten einer, der sich freut, wenn er mich mal etwas früher sieht.«

Sie hängte sich ihre Handtasche über die Schulter und griff nach ihrer Einkaufstasche. Dann streckte sie Eva die Hand entgegen.

»Ich wünsch dir alles Gute, Eva. Und lass dich nicht ausnutzen von diesem Typen, versprich mir das!«

Eva stand auf und umarmte Kathi kurz. »Versprochen, Kathi. Und viel Glück für dich!«

Kathi nickte. Um den Kloß, den sie plötzlich in ihrem Hals fühlte, passte kein »Auf Wiedersehen!« herum. Sie nickte ihrer Kollegin zu und versuchte, zu lächeln, ehe sie das Büro verließ.

Erst in der U-Bahn, auf dem Weg nach Hause, meldete sich die Vernunft, die merkwürdigerweise immer mit der Stimme ihrer Mutter sprach.

Sag mal, Mädchen, bist du eigentlich vollkommen übergeschnappt? Was glaubst du denn, wer dich jetzt noch einstellen wird? Und was für ein Zeugnis du bekommen wirst? Die Agenturleiter kennen sich doch alle untereinander. In Hamburg kannst du es vergessen, jemals wieder einen Fuß auf die Erde zu bekommen. Jetzt musst du beim Arbeitsamt zu Kreuze kriechen, und die streichen dir obendrein das Geld für ein paar Monate, weil ja du gekündigt hast. Und wenn die auch noch spitzkriegen, dass Till sowieso so gut wie alles bezahlt, kannst du vergessen, dass du je wieder Geld von ihnen kriegst. Konntest du nicht wenigstens einmal den Mund halten? Die paar Monate hättest du auch noch rumbekommen. Aber nein!

Kathi knetete die Griffe ihrer Einkaufstasche, die sie in der vollen U-Bahn auf den Schoß genommen hatte. Der alte Mann, der ihr gegenübersaß, wurde plötzlich ganz verschwommen. Sie wandte schnell ihr Gesicht dem Fenster zu und wischte mit einer zornigen Handbewegung die Tränen aus ihrem Gesicht. Nein, dieses Mal würde ihre Mutter nicht recht behalten. Sie würde einen Weg finden. Auch ohne Ludger und die Nobelagentur.

Sie sehnte sich danach, von Till in den Arm genommen und getröstet zu werden. Wenn er noch schlafen sollte, würde sie ganz vorsichtig zu ihm ins Bett klettern und sich eng an ihn schmiegen.

Mit Till war sie schon seit ihrer Kindheit befreundet. Sie hatten sich schon im Sandkasten des Kindergartens die Schäufelchen geklaut, waren zusammen eingeschult worden und hatten zusammen Abitur gemacht. Irgendwann, auf einer der Klassenpartys, war aus ihnen ein Paar geworden. Als er nach Hamburg zum Studieren ging, hatte sie sich dort um eine Lehrstelle beworben, und sie hatten sich gemeinsam eine Wohnung gesucht. Zwei Zimmerchen, Küche, winziges Bad. Bezahlt von seinen Eltern, die eine große Steuerberaterkanzlei betrieben. Till sollte sie irgendwann übernehmen, aber er ließ sich mit dem Betriebswirtschaftsstudium reichlich Zeit, besuchte nur wenige Vorlesungen und Seminare und hatte erst nach sechs Semestern seine Zwischenprüfung mit Ach und Krach bestanden. Seine ganze Energie setzte er in seine Musik. Er spielte Leadgitarre in einer Band, die deutschen Rock machte, und träumte von einer Karriere als Musiker. Die Band war gut, keine Frage, aber ob sie nun wirklich so gut war, dass man dafür sein Studium an den Nagel hängen sollte, da hatte Kathi doch erhebliche Zweifel.

Noch vier Stationen, noch drei. Die Bahn rumpelte aus dem Dunkel und wurde zur Hochbahn. Noch zwei Stationen, noch eine … Kathi stand auf und stieg aus.

In der Isestraße war Wochenmarkt. Wäre ihre Einkaufstasche nicht so voll gewesen, hätte sie gleich einkaufen können, so aber holte sie nur ein paar Brötchen und zwei Croissants für ein spätes Frühstück, lief die paar Straßen bis zu ihrer Wohnung und schlich müde die drei Treppen hoch. So leise, wie sie konnte, drehte sie den Schlüssel im Schloss herum und zog dabei den Türknauf in ihre Richtung. Sie schimpfte leise, weil Till offenbar noch immer nicht bei der Hausverwaltung angerufen hatte, dass das Schloss klemmte. Wenn sie nicht alles selbst machte.

Kaum hatte Kathi die störrische Tür geöffnet, als ihr Walter schon laut maunzend entgegenkam, um ihre Knöchel strich, um sich dann vor ihr auf den Boden zu werfen.

»Na, mein Kleiner?«, flüsterte sie und kraulte ihren Kater unter dem Kinn, der begeistert zu schnurren begann. »Hat Till vergessen, dich zu füttern? Sowas aber auch!«

Walter war *ihr* Kater, wie Till immer betonte. Wäre es nach ihm gegangen, das haarende Viech, wie er Walter manchmal nannte, wäre ihm nicht in die Wohnung gekommen. Aber als sie auf der Internetseite des Tierheims sein Bild gesehen und gelesen hatte, man hätte ihn mit kaum vier Wochen ausgesetzt, hatte es für Kathi kein Halten gegeben. Sie hatte Walter ein paarmal bei seiner Pflegestelle besucht, bis sie den kleinen Kerl im Alter von acht Wochen mit nach Hause nehmen konnte. Ein Jahr war das jetzt her, und Walter hatte sich zu einem bildschönen schwarz-weiß gefleckten Kater entwickelt, der sogar ein paar Tricks gelernt hatte. Von wegen, man kann eine Katze nicht dressieren. Alles, was man dazu brauchte, war ein großer Vorrat an Leckerchen.

»Nicht du dressierst Walter, Walter dressiert dich!«, sagte Till kopfschüttelnd, wenn er sah, dass sich Walter vor ihr auf den Rücken warf und *tote Katze* spielte, um ein Leckerli zu erbetteln.

Als Kind hatte Kathi eine Katze namens Lotte gehabt und war vollkommen verzweifelt gewesen, als diese mit sechzehn Jahren eingeschläfert werden musste. Kurz darauf hatten ihre Eltern sich getrennt, und in der Wohnung, in die sie zusammen mit ihrer Mutter gezogen war, war Tierhaltung verboten gewesen.

»Na komm, ich werde dir erst mal was zu futtern geben!«

Leise schlich sie durch den Flur in die Küche und holte die Katzenfutterdose aus dem Kühlschrank. Während sich Walter laut schnurrend den Bauch vollschlug, stellte Kathi ihre Taschen ab und legte die Brötchentüte auf den kleinen Bistrotisch. Einen Moment überlegte sie, zuerst Kaffee zu kochen und dann Till zu wecken, entschied sich aber dagegen. Der wäre sicher schon wieder kalt, ehe sie aus dem Bett kommen würden.

Nachdem sie sich im Bad ausgezogen hatte, schlich sie nackt zur Schlafzimmertür. Einen Augenblick lang wunderte sie sich noch, dass die Tür nicht, wie sonst immer, angelehnt war, damit Walter nicht an der Tür kratzte, wenn er hineinwollte. Dann drückte sie die Klinke hinunter und öffnete, so leise sie konnte, die Tür. Das Erste, was sie sah, war die grelle Sonne, die um diese Uhrzeit durch das Fenster schien. *Komisch, dass Till zum Schlafen nicht die Gardine zugezogen hat*, dachte sie noch, ehe ihr Blick auf das Bett fiel. Zwei nackte Körper lagen dort, so eng miteinander verschmolzen, dass unmöglich zu erkennen war, wo der eine anfing und der andere aufhörte. Sie sah eine Männerhand, die langsam über einen langen, schmalen Rücken streichelte – bis hinunter zu dem angewinkelten Bein neben seiner Hüfte – und langes, weißblondes Haar, das die Gesichter verdeckte, während sie sich gierig küssten. Jetzt lösten sie sich voneinander. Die Frau richtete sich auf, ihr Haar fiel bis auf ihre Hüften hinunter und verdeckte dabei den auf die Schulter tätowierten Drachen. Sie warf den Kopf in den Nacken und stöhnte, während sie begann, sich rhythmisch auf und ab zu bewegen. Jemand schrie: »Mach weiter! Mehr!«

Kathi starrte auf die Szene vor ihr, sah jedes Detail in überdeutlicher Schärfe. Aber was sie wahrnahm, wollte in ihrem Kopf keinen Sinn ergeben. Sie war in der richtigen Wohnung, in ihrem eigenen Schlafzimmer, und doch war alles falsch. Vielleicht halluzinierte sie, bildete sich nur ein, dass da ein Mann und eine Frau in ihrem Bett …

Plötzlich wurde ihr bewusst, dass sie splitterfasernackt in der Tür stand, die Klinke noch in der Hand hielt und jeden Augenblick von dem fremden Paar im Bett entdeckt werden würde. Ihre Arme schnellten nach vorne, um ihre Brüste zu bedecken, als ein weiterer Schrei der Frau sie zusammenzucken ließ. Sie taumelte ein Stück zur Seite und prallte mit der Schulter heftig gegen den

Türrahmen. Vor Schmerz wurde ihr einen Moment lang schwarz vor Augen.

»Kathi?«, hörte sie jemanden sagen. »Was machst du denn schon hier?«

Was für eine unsinnige Frage, dachte sie.

»Kathi?«

Warum spricht der Typ mit Tills Stimme? Und warum steht er auf? Was will er von mir? Warum bin ich nackt?

Die Fragen schossen Kathi so schnell wie Blitze bei einem Sommergewitter durch den Kopf. Plötzlich stand der Mann vor ihr. Er roch nach Till, sah aus wie Till und hatte Tills grüne Augen.

»Kathi?«

Die Frau mit den langen Haaren war aufgesprungen und wühlte neben dem Bett am Boden herum. Sie zog sich hastig ein T-Shirt über und griff nach einem blauen Ding, das sie über ihre Beine zog. Ihre Bewegungen waren hektisch, so als würde sie jemand antreiben.

Kathi schloss die Augen. *Du zählst jetzt bis drei, und dann ist der ganze Spuk vorbei*, sagte sie sich und fing an.

Als sie die Augen wieder aufschlug, sah sie zu ihrem Entsetzen immer noch ihren nackten Freund vor sich stehen. »Till? Was ...?«

Er schien verzweifelt nach Worten zu ringen. »Es ist ... pass auf, Kathi, ... es ist so: Wir ... also ... wir haben zusammen gefrühstückt und da ...«

Kathi starrte ihn fassungslos an. »Was hat das zu bedeuten? Was macht diese Frau hier? Till?«

Die blonde Frau hatte sich inzwischen angezogen und versuchte, sich an ihr und Till vorbeizuschieben. Erst jetzt erkannte

Kathi sie. Es war Nina, die Sängerin in Tills Band. Abrupt drehte Kathi sich um, rannte zurück ins Badezimmer und schloss die Tür hinter sich ab. Ihre Beine fühlten sich an wie Pudding. Sie lehnte sich an die Tür und ließ sich völlig erschöpft auf die Fliesen sacken. Ihr Kopf war vollkommen leer, als habe ihn jemand aufgeschnitten und den Inhalt wie beim Essen einer Kiwi fein säuberlich entfernt. Sie spürte weder die Kälte des Fußbodens noch reagierte sie auf das Klopfen an der Tür.

Ihr ganzes Leben, alles, was ihr wichtig war, hatte sich in Luft aufgelöst. Vielleicht war das alles nur ein Albtraum, angefangen von dem morgendlichen Gespräch mit Ludger Berger bis hin zu der absurden Szene im Schlafzimmer. Wenn sie nur jemand kneifen würde, damit sie endlich aufwachte und zusammen mit Till über den blödsinnigen Traum lachen könnte. Aber nein, das alles war real, fürchterlich real.

»Steh auf«, sagte sie leise zu sich selbst. »Zieh dich an. Sofort.«

Das Klopfen an der Tür wurde lauter. Jetzt rief Till, zuerst zögerlich, dann lauter. »Kathi, bitte, lass uns reden! Das ist alles ein Missverständnis. Ein blödes Missverständnis. Ich weiß ja, dass ich …«

»Hau ab!«, schrie Kathi mit aller Kraft, die ihr geblieben war. »Lass mich in Ruhe.«

Sie zog sich mühsam am Türgriff hoch. *Warum muss eigentlich immer alles gleichzeitig passieren?*, fragte sie sich. *Und warum ausgerechnet mir?* Mechanisch griff sie nach ihren Kleidern, die noch oben auf dem Wäschekorb lagen, und zog sich langsam an.

Du musst hier weg, wiederholte die Stimme in ihrem Kopf in einer Tour. *Nimm Walter, und verschwinde so schnell wie möglich.*

»Ja«, sagte sie laut zu sich selbst, und es schien ihr, als sei dieses

Ja ein geheimes Zauberwort gewesen, das ihr neue Kraft gab. Sie lauschte an der Tür. Till schien nicht mehr in der Wohnung zu sein oder hatte sich zumindest in die Küche oder ins Wohnzimmer verzogen. Vorsichtig schloss sie die Tür auf. Auf dem Flur war niemand. Sie verließ das Bad und schlüpfte schnell ins Schlafzimmer. Sie schob einen Stuhl vor den Schrank, um ihren Koffer herunterzuholen. Wahllos stopfte sie alles hinein, was ihr in die Hände kam.

»Was machst du da?«

Kathi sah hoch. In der Tür, in der sie vor wenigen Minuten splitterfasernackt auf Till und Nina gestarrt hatte, ohne zu verstehen, wer sich dort in ihrem Bett vergnügte, stand ihr Freund. Wie lächerlich musste sie ausgesehen haben, nackt und allein.

»Was glaubst du wohl?« Kathis Stimme überschlug sich fast.

»Du willst weg?!«

»Volltreffer!«

»Aber wohin?«, stammelte Till.

»Das lass mal meine Sorge sein. Den Rest meiner Sachen hole ich später ab. Du kannst alles in Kartons verpacken und in den Keller stellen. Dann brauche ich diese Wohnung wenigstens nicht mehr zu betreten.« Sie legte ihre ganze Verachtung in das Wort *Wohnung*.

»Kathi, lass uns bitte reden. Das war alles …«

»Worüber? Willst du mir vielleicht erzählen, dass das ein Versehen war? Dass es alles gar nicht deine Schuld war, weil diese blonde Schlampe dich verführt hat? Wie lange geht das schon so? Immer, wenn ich zur Arbeit war und du sturmfreie Bude hattest? Ach, lass sein! Es interessiert mich nicht mehr. *Du* interessierst mich nicht mehr.«

»Aber, Kathi, wo willst du denn hin?«, fragte er mit flehender Stimme.

Sie verdrehte die Augen. Was bildete Till sich überhaupt ein? Nur weil sein stinkreicher Papa sein Studium finanzierte und einen Großteil der Wohnung gleich mit, hatte er nicht das Recht, ihr solche Fragen zu stellen. Als ob sie nicht für sich selbst sorgen könnte! Wenn sein Vater erst mal dahinterkam, was sein feiner Herr Sohn unter Studium verstand, würde er ihm sofort den Geldhahn zudrehen. Er sollte sich lieber mal fragen, wo er selbst dann hingehen würde.

»Lass mich durch«, fauchte sie.

»Kathi, bitte ...«, sagte Till beschwichtigend, bevor er in den Flur zurücktrat, um sie vorbeizulassen.

Den Koffer ließ sie im Flur, griff nach der Transportbox und ging in die Küche, wo Walter gerade dabei war, die letzten Reste aus seinem Napf zu lecken. Rasch griff sie ihn im Nacken, steckte ihn in die Box und verschloss das Gitter vor seiner Nase. Till stand noch immer wie angewurzelt auf dem Flur und sah zu, wie sie ihren Mantel von der Garderobe riss, sich den Koffer schnappte und ihn hinter sich her zur Wohnungstür zerrte, während sie sich Mühe gab, Walter in seiner Box nicht zu sehr durchzuschütteln. Auf dem Hausflur angekommen, stellte sie den Koffer kurz ab, drehte sich um und schlug mit einem lauten Knall die Tür hinter sich zu.

»Verdammter Vollidiot!«, schrie sie und lief die Treppen hinunter auf die Straße. Hier blieb sie stehen. *Nach rechts oder nach links*, fuhr es ihr durch den Kopf. Sie setzte sich erschöpft auf ihren Koffer und redete beruhigend auf Walter ein, der sie durch das Gitter hindurch beleidigt musterte und leise miaute.

»Keine Angst. Ich finde schon ein Zuhause für uns beide.«

Tolles Versprechen, höhnte ihre innere Stimme. *Wo willst du denn hin? Ins Hotel? Mit einer Katze im Gepäck? Doch wohl kaum.*

Sie holte ihr Portemonnaie aus der Tasche. Zwei Fünfziger und ein paar Münzen. Sie versuchte krampfhaft, sich an ihren letzten Kontostand zu erinnern. War in diesem Monat ihr Mietanteil schon abgebucht worden? Zwar bezahlte sie nur knapp zweihundert Euro, aber das machte schon fast ein Viertel ihres mickrigen Gehalts aus.

Und jetzt?, meldete sich ihre innere Stimme schon wieder. *Ist die Flucht hier schon beendet?* Ein hämischer Lacher folgte. *Na, komm schon, denk doch mal nach! Wenn du jetzt wieder hochgehst und ihm großmütig den Seitensprung verzeihst, dann wird er mit Sicherheit alles machen, was du von ihm möchtest, und das für den Rest seines Lebens.*

»Klar, so weit kommt es noch«, murmelte sie. »Am besten, ich lasse mir die Haare bis zum Po wachsen und weißblond färben. Natürlich muss ich mir dann noch die Titten mit Silikon aufpumpen lassen und mich mit tonnenweise Schminke zukleistern. Nein, danke.«

Sollte Till doch diese hohle Nuss vögeln. Er würde schon sehen, was er davon hatte. Nicht einmal singen konnte sie.

Also, nach rechts oder links?, fragte die hämische Stimme erneut.

»Halt deinen Mund«, zischte Kathi und griff nach Walters Box. Sie überquerte die Straße und ging geradeaus über den Fahrradweg zwischen den Häusern. Auf dem kleinen Umweg zur Bushaltestelle dachte sie fieberhaft darüber nach, ob sie zu ihrer Mutter nach Frankfurt fahren sollte. Für die Bahnfahrkarte würde ihr Bargeld gerade reichen, aber der Blick, den ihre Mutter aufsetzen würde, ließ ihr schon jetzt einen Schauer über den Rücken laufen. Sie würde nichts sagen, nein, das würde ihre Mutter nicht, aber Kathi war klar, dass allein ihr Blick Bände sprechen würde. *Siehst du*, würde er sagen, *ich hab es dir doch immer gesagt, dass du nicht so schnell mit ihm zusammenziehen sollst. Ein Bruder Leichtfuß ist das. Ein Filou.*

Nein, sie konnte und wollte nicht nach Frankfurt. Außerdem war die Wohnung viel zu klein, und die wechselnden Männerbekanntschaften ihrer Mutter hatten sie schon bei den kurzen Wochenendbesuchen in den Wahnsinn getrieben. Sie liebte ihre Mutter über alles, aber das eine oder andere an ihr ging Kathi furchtbar auf die Nerven. *Ob es wohl umgekehrt genauso ist?*, schoss es ihr durch den Kopf.

Also wohin? In die Jugendherberge? Eine ebenso blöde Idee, wie ins Hotel zu gehen. Dann müsste sie Walter im Tierheim abgeben, und das kam überhaupt nicht infrage. Vielleicht zu Judith, ihrer besten Freundin? Aber die hatte sich gerade in Jonas verliebt, und wenn sie ihre SMS richtig verstanden hatte, kamen die zwei kaum aus dem Schlafzimmer heraus. *Das ertrage ich genauso wenig*, dachte sie.

Vielleicht nach Sylt, zu Oma Gesa! Sie hatte dieses kleine Gästezimmer, in dem Kathi schon als Kind in den Ferien immer geschlafen hatte. Und ganz sicher würde sie sich sehr freuen, sie zu sehen. Kurzentschlossen griff Kathi nach ihrem Handy und wählte die Nummer ihrer Großmutter. Nach dem fünften Klingeln meldete sich ihre Oma mit einem leisen »Hansen«.

»Hallo, Oma, Kathi hier.«

»Kathi? Ach, das ist aber schön, dass du mich anrufst. Wie geht es dir? Und deiner Mutter? Die meldet sich in letzter Zeit kaum noch bei mir.«

»Mir geht es gut. Mama auch«, sagte sie schnell. »Sag mal, Oma, mein Chef hat mir ganz plötzlich Urlaub gegeben und ich … also, ich meine, kann ich vielleicht ein paar Tage zu dir nach Sylt kommen?«

»Aber ja doch, sicher, Kathi. Das weiß du doch. Da brauchst du doch nicht fragen. Dein Zimmer ist immer für dich frei. Weißt du schon, wann du kommst?«

»Nein, ich muss gucken, wann der nächste Zug nach Westerland geht. Und, äh, Oma? Ich müsste Walter mitbringen.«

»Walter? Ach, deine Katze! Und ich dachte schon ... Sag mal, wie geht es denn Till?«

Kathi räusperte sich und bemühte sich, so fröhlich wie möglich zu klingen: »Dem geht's gut. Ich soll schön grüßen.«

»Danke! Dann grüß mal zurück. Natürlich kannst du den Kater mitbringen, wenn du ihn sonst nicht unterbringen kannst. So ein süßer kleiner Kerl.«

»Walter ist etwas gewachsen«, sagte Kathi und fügte schnell hinzu: »Aber immer noch süß.«

»Wann kommst du denn jetzt? Ich muss doch noch einkaufen und die Betten beziehen. Isst du immer noch Erdbeermarmelade zum Frühstück? Ach, Mensch, ich freu mich so! Hier scheint schon seit Tagen die Sonne und …«

»Oma«, unterbrach Kathi sie, da sie befürchtete, dass ihr Guthaben auf der Handykarte zur Neige ging. »Ich komme heute. Wann genau, weiß ich noch nicht. Ich rufe dich vom Hauptbahnhof aus an.«

»Das ist schön, Kathi. Dann sagst du mir, wann du in Westerland bist, und ich hol dich vom Bahnhof ab. Und sei schön vorsichtig. Man weiß ja nie, was so alles an Menschen …«

»Oma! Ich bin schon lange erwachsen. Am Bahnhof melde ich mich bei dir. Bis dann!«

***

Am Hamburger Hauptbahnhof kaufte Kathi die Karte und stellte sich anschließend in die Schlange bei Starbucks. Mit dem dampfenden Milchkaffee in der Hand suchte sie sich einen Platz direkt am großen Fenster und sah hinunter zu den Bahnsteigen, wo die Menschen zu ihren Zügen eilten. Ein alter Mann zog einen riesigen Koffer hinter sich her und schaute sich verwirrt um. Eine Frau hatte an beiden Händen kleine Kinder, die ihr nur widerstrebend folgten. Ein junger Mann im grauen Anzug und mit Businesskoffer sah den dreien kopfschüttelnd hinterher. Kathi dachte bei sich, dass er sich wohl gerade vornahm, niemals Kinder zu bekommen. Plötzlich musste sie an Till denken. Schon während der Busfahrt zum Bahnhof hatte sie zu grübeln angefangen. Vielleicht hatte sie ja doch überreagiert. Sollte sie wirklich die vielen Jahre einfach so wegwerfen? Wegen einer Dummheit, wegen eines kleinen Fehltritts? In der letzten Zeit hatten sie, wenn auch im Spaß, übers Heiraten gesprochen, darüber, ob sie Kinder haben wollten, ein Haus mit Garten. Oder waren das alles nur ihre Wunschträume gewesen, die sie Till übergestülpt hatte? Vielleicht hatte sie sogar dazu beigetragen, dass Till … Nein, er war erwachsen und verantwortlich dafür, was er tat. Sie hatte nie einen Hehl daraus gemacht, dass Fremdgehen für sie ein absolutes No-go war, der Vertrauensbruch schlechthin.

Dabei war sie nie eifersüchtig gewesen, nur weil Till beispielsweise einer Frau hinterhergeschaut hatte. Selbst ein kleiner Flirt in der Kneipe war nichts, worüber sie sich aufgeregt hätte. Sie hatte Till vertraut, vollkommen vertraut. Bis heute. Ließ sich so ein Riss wieder kitten?

Sie musste an ihre Eltern denken. Die hatten sich getrennt, weil ihr Vater eine neue Frau gefunden hatte. Das zumindest hatte Kathi jahrelang geglaubt, weil ihre Mutter es ihr so gesagt hatte. All die Jahre lang sei sie belogen und betrogen worden, hatte sie behauptet. Sie hätte die Augen vor der Wahrheit verschlossen, weil sie es nicht hatte wahrhaben wollen. Wenn ihre Eltern sich gestritten hatten, hatte Kathi in ihrem Bett gelegen und sich die Ohren zugehalten. Erst wenn die Wohnungstür scheppernd ins Schloss gefallen war, hatte das Entwarnung bedeutet. Und das Ende vom Lied war immer gewesen, dass sich ihre Mutter in ihren Armen ausgeheult hatte.

Nein, sie wollte keinen Mann, für den sie nicht das Wichtigste im Leben war, der sich von der erstbesten Blondine ins Bett zerren ließ. Lieber würde sie ihr Leben lang allein bleiben. Walter war ihr hundertmal lieber als eine Beziehung, die diesen Namen nicht wert war.

Sie schaute auf die Uhr und stellte erschrocken fest, dass ihr Zug in wenigen Minuten abfahren würde. Schnell zog sie ihren Mantel über und hetzte mit Walters Box im Arm und dem Koffer im Schlepptau zum Bahnsteig.

Sie schaffte es gerade noch, ihren Zug zu erreichen, und stieg als Letzte ein, bevor sich die Türen schlossen. Eine freundliche Frau um die Fünfzig nahm Walters Box entgegen, während Kathi den schweren Koffer die Stufen hochwuchtete.

»Ist da eine Katze drin?«, fragte die Frau verblüfft. Kathi nickte und bedankte sich für die Hilfe, während Walter wie zur Bestätigung ein klägliches Miauen von sich gab.

»Ich wusste gar nicht, dass man Katzen mit in den Zug nehmen darf«, sagte die Frau. »Aber in solch einem Kasten ist es ja richtig praktisch.«

Verdammt, darüber hatte Kathi gar nicht nachgedacht. Für Hunde musste man ein Ticket lösen, das wusste sie. Ob das auch für Katzen galt? Sie kontrollierte ihr Bargeld, war sich aber nicht sicher, ob es für eine weitere Karte reichen würde. Hoffentlich bekam sie keinen Ärger oder musste schlimmstenfalls den Zug verlassen. Für diesen Tag reichten ihr die bisherigen Katastrophen vollkommen.

Zum Glück war der Zug halb leer. Zur Mitte der Woche und weit vor Beginn der Osterferien fuhren nur wenige Reisende in Richtung Sylt. Kathi lief durch den Zug, der inzwischen langsam aus dem Bahnhof rollte, auf der Suche nach einem Platz, an dem Walter kein Aufsehen erregen würde. Schließlich kam sie zum Fahrradabteil, das bis auf zwei ältere Herren, die sich angeregt unterhielten, leer war. Vorsichtig stellte sie die Transportbox auf den Boden und drapierte ihren Koffer so davor, dass die Box nicht auf den ersten Blick zu erkennen war. Sie beugte sich hinunter und kraulte Walter durch das Gitter an den Ohren. Der Kater sah sie vorwurfsvoll an.

»Du musst ganz leise sein, hörst du, Walter?«, flüsterte sie. Dann zog sie ihren Mantel aus und hängte ihn über den Koffer und die Box.

Erschöpft ließ sie sich auf den Klappsitz direkt neben ihrem Koffer fallen und warf den Männern am anderen Ende des Abteils einen verstohlenen Blick zu. Beide schienen glücklicherweise nichts bemerkt zu haben. Sie unterhielten sich über das Champions-League-Spiel vom Vorabend.

Ein Buch zur Ablenkung wäre gut, dachte Kathi. Drei Stunden

Fahrt lagen vor ihr, und die würden vermutlich sehr lang werden, wenn ihr immer wieder die gleichen, zu nichts führenden Fragen durch den Kopf gingen.

Kathi spürte eine bleierne Müdigkeit in sich aufsteigen. Nur einen Moment die Augen schließen, an nichts denken. Nicht an Ludger Berger und seinen Milchschaumbart, nicht an Tills grüne Augen und vor allem nicht an Ninas nackten Rücken mit dem Drachen-Tattoo.

Nein, besser, sich an etwas Schönes erinnern. An Sylt. An früher, als sie noch ein Kind gewesen und in den Ferien zu ihren Großeltern verreist war. Ans Drachensteigenlassen mit Opa in den Dünen. Ans Schwimmen im kühlen Meer. An den Tag, als direkt neben ihr eine Schweinswalmutter mit ihrem Jungen aufgetaucht war. An Omas Erdbeermarmelade und ihren Kuchen. *Sylter Wolken* nannte sie den. Ein lockerer Teig mit Äpfeln und einer dicken Sahneschicht oben drauf, über die ein bisschen Zimt gepudert wurde.

Eine Hand rüttelte an ihrer Schulter. Kathi schreckte hoch. Verwirrt starrte sie in das Gesicht der Schaffnerin, die sich ein wenig zu ihr heruntergebeugt hatte. »Alles in Ordnung?«, fragte sie freundlich.

»Was? Ich …«, stammelte Kathi. Sie richtete sich auf und setzte sich aufrecht hin. »Doch, ja, alles in Ordnung, ich muss wohl eingenickt sein.«

Die Schaffnerin lächelte. »Das kommt vor!«, sagte sie. »Die Fahrkarte, bitte.«

»Ja, natürlich!«

Immer noch etwas benommen beugte sich Kathi zur Seite und zog an ihrem Mantel, in dessen Innentasche sie die Fahrkarte gesteckt hatte. Einer der Knöpfe blieb im Gitter der Transportbox hängen, hob sie ein Stückchen an, ehe sie sich löste und rumpelnd wieder zu Boden fiel. Walter protestierte laut fauchend. Er randalierte kurz in der Box, ehe er wieder Ruhe gab.

Die Schaffnerin hob erstaunt die Augenbrauen. »Was war das denn? Haben Sie etwa eine Katze dabei?«

Kathi hätte sich wegen ihrer Ungeschicklichkeit selbst ohrfeigen können. Leugnen half jetzt auch nicht mehr. Sie nickte. »Ja«, sagte sie zerknirscht. »Und ich hab vergessen, für ihn eine Fahrkarte zu kaufen.«

Die Schaffnerin lachte und nahm das Ticket, das Kathi ihr entgegenhielt. »Da machen Sie sich mal keine Gedanken.« Sie entwertete den Fahrschein und gab ihn Kathi zurück. »Katzen reisen bei uns gratis mit. Sie müssen nur eine stabile Transportbox haben, und Sie dürfen das Tier nicht rauslassen. Darf ich mal gucken?«

»Sicher.« Kathi nahm den Mantel herunter und hob die Box auf ihren Schoß. Neugierig spähte die Schaffnerin durch das Gitter. Walters Augen funkelten böse im Halbdunkel, während er ein kehliges Brummen von sich gab.

»Hey, Walter, benimm dich!«, sagte Kathi streng. »Der muss sich tüchtig erschrocken haben, das macht er sonst nie.«

Die Schaffnerin winkte lachend ab. »Ich kenn das! Meine Katze hasst die Box und schreit darin immer, als würde sie aufgespießt. Sie verbindet das Ding wohl mit Besuchen beim Tierarzt.«

»Eigentlich liebt Walter seine Kiste. Da liegt immer eine Decke drin, weil er so gern darin schläft. Aber heute … Er ist schon eine ganze Weile eingesperrt.«

»Und jetzt mag er nicht mehr. Verständlich! Aber es ist ja nur noch eine halbe Stunde bis Westerland. Das wird der hübsche Kerl wohl noch überstehen!« Sie winkte dem Kater zu. »Mach's gut, Walter. Und benimm dich!« Lächelnd nickte die Schaffnerin Kathi einen Gruß zu und verließ das Abteil.

Kathi stieß ein erleichtertes Seufzen aus. Das war das erste Mal an diesem verrückten Tag, dass etwas Unvorhergesehenes sich nicht zur Katastrophe ausgewachsen hatte. Vielleicht lag es an Sylt … Auf Sylt war immer alles gut geworden.

Sie hob die Box ein bisschen höher, sodass Walter aus dem Fenster sehen konnte. »Guck mal, Walter. Das ist das Meer«, sagte sie leise. »Ist das nicht schön?«

Der Zug rollte langsam auf dem Hindenburgdamm durch das Wattenmeer auf die Insel zu. Die späte Märzsonne stand schon tief und brachte das Wasser in den Prielen zum Glitzern. Auf den grauschimmernden Wattflächen liefen Strandläufer emsig hin und her, um nach Futter zu suchen, und in einiger Entfernung konnte Kathi ganze Scharen von Gänsen erkennen, die hier auf dem Weg zu ihren Brutplätzen in Skandinavien Rast machten.

»Auf Sylt wird alles gut«, murmelte sie.

***

Oma Gesa wartete schon am Bahnsteig, als der Zug in den Bahnhof von Westerland einlief. Sie hob den Arm und winkte aufgeregt, als sie Kathi am Zugfenster entdeckt hatte.

Kathi musste lachen. Wenn man sie so sah, dann würde man nicht auf den Gedanken kommen, dass sie auf die Siebzig zuging. Sie hatte so gar nichts von einer alten Frau an sich. Nun gut, ihre Haare waren inzwischen beinahe weiß, aber durch den kurzen Pagenschnitt fiel die Farbe nicht so ins Gewicht. »Bloß keine Omafrisur«, sagte sie immer. »Das muss praktisch sein. Dieses

Getakel mit den Lockenwicklern ist nichts für mich. Das macht mich wahnsinnig.«

Praktisch. Das Wort beschrieb Oma Gesa am besten. Nur kein Schickimicki und Gedöns. Heute trug sie Jeans und Lederstiefel und darüber eine dunkelblaue Wachsjacke gegen den Wind, der die Fahnen am Bahnsteig zum Flattern brachte.

Als Kathi aus dem Zug kletterte, war Oma Gesa schon an der Tür und umarmte sie lebhaft, noch bevor sie den Koffer und Walters Box abstellen konnte.

»Ach, ist das toll, dass du da bist, Kathi!«, rief sie. »Ich freu mich ja so!«

Sie küsste Kathi auf die Wange und schob sie dann auf Armeslänge von sich. »Lass dich mal ansehen, wie geht es dir denn? Ein bisschen blass bist du ja schon. Aber, wirst sehen, das gibt sich, wenn du dir den Wind um die Nase wehen lässt. Du hast aber ganz schön viel Gepäck dabei. Warte mal, ich hol uns schnell einen Wagen, das wollen wir ja nicht alles bis zum Auto schleppen.«

Bei den letzten Worten drehte sie sich um und lief auf die Station mit den Gepäckwagen zu.

Kathi fühlte sich ein wenig von Gesas Redeschwall überrollt. Nicht ein einziges Wort hatte sie bisher sagen können. Aber so war das nun einmal bei ihr. Opa hatte immer gesagt, da müsse man schon Glück haben oder eine Nummer ziehen, um mal zu Wort zu kommen.

Wie der Blitz war Gesa mit dem Gepäckwagen zurück, wuchtete trotz Kathis Protest den Koffer darauf und griff energisch nach Walters Box.

»Dann lass uns mal schnell nach Hause fahren, damit das arme Tier endlich aus der Kiste rauskommt. Ich war schon einkaufen und hab Katzenfutter, Streu und ein Katzenklo mitgebracht. Das hast du doch sicher nicht dabei, oder? Wie war denn die Fahrt?«

Energisch schob sie den Wagen vor sich her zum Ausgang, ohne eine Antwort abzuwarten.

»Ich hab vielleicht eben Glück gehabt, dass ich direkt am Bahnhof noch einen Parkplatz bekommen hab. Da fuhr gerade ein Porsche raus, und dann hab ich mich direkt vor einem Mercedes in die Lücke gequetscht.« Gesa lachte. »Der Fahrer hat vielleicht blöd geguckt!«

»Fährst du immer noch den alten Golf?«

Gesa guckte ein wenig pikiert. »Aber selbstverständlich. Bis dass der TÜV uns scheidet. Immerhin hat Opa den noch gekauft. 1990 war das. Das Auto ist fast so alt wie du, aber das ist nicht kleinzukriegen. Und wenn doch mal was dran ist, dann fahr ich zu Gerold Dierksen nach Keitum. Der schraubt mir das für 'nen Appel und 'n Ei wieder zusammen. Einfach, weil er Spaß dran hat. Kostet mich nur ein Blech *Sylter Wolken*! Man muss eben die richtigen Leute kennen.«

Gesa schloss die Heckklappe des alten roten Golfs auf, der zwischen den ganzen Neuwagen vor dem Bahnhof wie ein Fremdkörper wirkte. Diesmal ließ sich Kathi den Koffer nicht aus der Hand nehmen und stellte ihn auf die Ladefläche zu den Kisten mit Gesas Einkäufen. Walter kam auf den Rücksitz, und Gesa brachte den Gepäckwagen zurück, während Kathi sich in den durchgesessenen Beifahrersitz fallen ließ.

»Schade, dass es gleich dunkel wird«, sagte Gesa, als sie rückwärts aus der Parklücke schoss und den Golf in einem gewagten Manöver in den Verkehr einfädelte. »Sonst hätten wir noch ans Meer fahren können. Aber das machen wir morgen nach dem Frühstück.« Sie warf ihrer Enkeltochter aus ihren immer noch strahlend blauen Augen einen Seitenblick zu. »Du bist so still! Alles in Ordnung mit dir?«

»Ja, alles in Ordnung, Oma«, log Kathi. »Ich bin nur müde von der Fahrt.«

Sie sah aus dem Seitenfenster und schwieg. Sie hatten Westerland verlassen. Wenningstedt und Kampen zogen vorbei, und schließlich fuhren sie an der Blidselbucht entlang, wo man die Austernbänke aus dem Wasser ragen sehen konnte. Die Sonne war inzwischen untergegangen, aber beschien von jenseits des Horizonts noch die wenigen zarten Wolken, zwischen denen der Himmel dunkelblau schimmerte.

»Ja«, sagte Kathi leise. »Jetzt, wo ich wieder hier bin, ist alles in Ordnung.«

***

Als sie kurz hinter List bei Gesas Haus ankamen, war es bereits dunkel. Nur das Licht neben der Eingangstür unter dem tief heruntergezogenen Reetdach ihrer Großeltern brannte. Plötzlich riss Gesa das Steuer herum, machte einen Schlenker und trat so heftig auf die Bremse, dass Kathi im Gurt landete.

»Was zur …«, entfuhr es ihr.

»Dieser alte Hornochse!«, fluchte Gesa lauthals. »Warum stellt der immer wieder seine Mülltonnen mitten auf die Straße? Das macht er doch nur, um mich zu ärgern!«

Gesa stieg aus dem Auto aus und zog zwei Mülltonnen, die halb auf der Straße standen, auf den Grünstreifen zurück.

Laut schimpfend kam sie zum Auto zurück, stieg ein und fuhr die letzten Meter bis zu ihrem Haus.

»Immer noch im Clinch mit dem alten Dr. Pieper?«, fragte Kathi grinsend. Die beiden lagen sich in den Haaren, seit Kathi denken konnte.

Gesa nickte. »Seit seine Frau tot ist, ist er noch verrückter geworden! Aber wir wollen uns jetzt nicht über diesen dummen, alten Kerl ärgern. Wir beide trinken jetzt erst mal einen schönen Tee. Na komm, Kathi!«, sagte sie und tätschelte ihrer Enkelin dabei den Arm.

***

Nachdem das Auto ausgeladen war und Gesa Teewasser aufgesetzt hatte, ließ Kathi den immer noch beleidigten Walter aus seiner Box. Er verkroch sich wie ein geölter Blitz unter Gesas Sofa. Kathis Bemühungen, ihn mit Leckerchen aus seinem Versteck zu locken, scheiterten.

»Am besten, du lässt ihn einfach einen Augenblick in Ruhe. Wirst sehen, der gewöhnt sich hier schnell ein«, meinte Gesa, während sie die Teebecher auf den Wohnzimmertisch stellte. »Nun komm erst mal her zu mir und setz dich auf deinen Platz.«

Sie deutete auf einen der beiden Sessel, der immer *ihr Platz* gewesen war, wenn sie bei Oma und Opa zu Besuch war. Gesa setzte sich aufs Sofa, griff nach der Teekanne und schenkte Kathi und sich ein.

»So, meine Kleine«, sagte Gesa leise und eindringlich. »Und jetzt erzählst du mir mal ganz in Ruhe, was bei dir los ist, dass du so Hals über Kopf herkommen musstest. Und zwar die ganze Wahrheit!«

Kapitel 2

Die Frühjahrssonne bahnte sich den Weg durch den Spalt der Vorhänge ins Zimmer. Kathi drehte sich auf die andere Seite und blinzelte vorsichtig ins Licht. Erst allmählich wurde ihr wieder bewusst, wo sie war. Sie erinnerte sich an den gestrigen Abend, an dem sie ihrer Oma unter Tränen alles erzählt hatte, was in Hamburg passiert war. Als sie mit ihrer Geschichte fertig war, hatte Gesa sie fest in den Arm genommen und ihr ins Ohr geflüstert, dass alles gut werden würde und morgen die Welt schon wieder viel freundlicher aussehen würde. Kathi hatte daran zurückdenken müssen, wie Oma Gesa sie als Kind immer an sich gedrückt hatte, wenn sie nach einem Albtraum nicht mehr einschlafen konnte. Stundenlang hatte sie dann an Kathis Bett gesessen und ihr vorgelesen, bis die bösen Traumbilder verschwunden gewesen waren.

Kathi rutschte ein Stück im Bett hoch und stopfte sich das Kissen in den Rücken. Walter, der zusammengerollt an ihrem Fußende geschlafen hatte, wurde wach, reckte sich und kletterte auf ihren Bauch, wo er sich laut schnurrend auf den Rücken warf, um sich von ihr streicheln zu lassen.

»Na du?«, murmelte Kathi und kraulte ihn. »Wann bist du denn hier reingeschlichen? Du scheinst dich ja inzwischen wieder eingekriegt zu haben, was?«

Mal sehen, was der Tag so bringt, dachte sie, während sie zusah, wie Walter sich ganz lang machte und sichtlich genoss, unter dem Kinn gestreichelt zu werden.

Gesa hatte vorgeschlagen, heute gleich nach dem Frühstück einen langen Strandspaziergang am Ellenbogen zu machen. Danach könnten sie ja nach List fahren. Gesa wollte ihr zeigen, was sich seit Kathis letztem Besuch verändert hatte. Das kleine Museum direkt am Hafen sei sehr schön, und anschließend könnten sie vielleicht eine Kleinigkeit in der *Alten Bootshalle* essen. Kathi seufzte. Ohne Geld würde sie nirgendwo hingehen oder irgendwelches Touristenprogramm mitmachen können. Und schon gar nicht sollte ihre Oma für sie bezahlen. Ihre kleine Rente reichte gerade eben zum Leben, und Rücklagen auf der Bank hatte sie sicher nicht. Gestern hatte sie in einem Nebensatz erwähnt, dass das Reetdach schon seit Jahren erneuert werden müsste und zwei Fenster nicht mehr zu öffnen waren. Und jetzt kam sie und lag ihrer Oma auch noch auf der Tasche.

Verdammter Till. Als ihr der Name durch den Kopf schoss, griff sie nach ihrem Handy auf dem Nachttisch und schaltete es ein. Auf dem Display leuchtete eine Zehn auf. Sie öffnete die erste SMS und fing an zu lesen, als ihre innere Stimme sie fragte, worauf das hinauslaufen sollte. Wütend über sich selbst löschte sie Tills Nachrichten, schaltete das Handy aus und stopfte es in die Nachttischschublade. Sie wollte keine Entschuldigungsarie hören, bei der sich Till am Ende in ihren Armen ausheulte und sie sich genötigt fühlte, ihn auch noch zu trösten. Das Kapitel Till war ein für alle Mal abgeschlossen.

Aber an ihrer finanziellen Misere änderte dieser Entschluss leider nichts.

Alles würde gut werden, hatte Gesa gesagt.

Kathi schob Walter ein Stückchen zur Seite, sprang aus dem Bett und zog die Vorhänge auseinander. Die Sonne, die vom strahlend blauen Himmel schien, verscheuchte auf der Stelle all ihre trüben Gedanken. Ostern stand vor der Tür und damit Scharen von Touristen, die auf die Insel kommen würden. Die vielen Cafés und Restaurants würden sicher Aushilfskräfte brauchen. Schon als Jugendliche hatte sie hin und wieder als Bedienung gearbeitet. Kellnern war zwar ein Knochenjob, aber die großzügigen Trinkgelder trösteten über so manchen Muskelkater und miesepetrigen Gast hinweg.

Die Tür öffnete sich und Gesa steckte ihren Kopf herein.

»Guten Morgen, Kleines«, sagte sie fröhlich. Kathi zog der Duft von frisch aufgebrühtem Kaffee in die Nase. »Magst du ein Ei zum Frühstück?«, fragte ihre Oma. »In zehn Minuten? Schaffst du das?«

***

Der Strand auf der Westseite der Insel war breiter, als Kathi ihn in Erinnerung hatte. Wann war sie das letzte Mal hier gewesen? Sie konnte sich nicht erinnern. Till mochte die Insel nicht, hasste das Meer regelrecht und hatte bei den wenigen Besuchen, bei denen er sie begleitet hatte, die ganze Zeit schlechte Laune gehabt. War Till der Grund gewesen, weshalb sie ihre Oma so selten besucht hatte, obwohl die Fahrt von Hamburg wirklich nicht lang war? Till, immer wieder Till. Sie musste auf andere Gedanken kommen, sonst würde sie noch verrückt werden.

»Du warst schon lange nicht mehr hier am Strand, oder?«, fragte Gesa, als könne sie Gedanken lesen.

»Ja, das ist lange her«, antwortete Kathi traurig.

»Till?«, kam es von Gesa zurück.

Kathi schloss die Augen. Ganz offensichtlich wusste Gesa besser über ihren Gemütszustand Bescheid als sie selbst. »Hast du telepathische Fähigkeiten?«

»Die entwickelt man automatisch, wenn man Kinder und Enkel bekommt!«, antwortete Gesa lachend. »Wie lange kennst du Till jetzt schon?«

»Eine gefühlte Ewigkeit oder noch ein wenig länger. Ich weiß es nicht. Wir waren doch in der gleichen Klasse, und dann hat es irgendwann …«

»Ja, ich erinnere mich. In dem Sommer, als ihr beide zusammengekommen seid, warst du doch eine Woche hier. Ich habe dir sofort angesehen, dass du verliebt warst.« Gesa lachte. »Du hast regelrecht gestrahlt. Aber verraten hast du es erst am letzten Abend. Weißt du noch, dass ich dir einen Eierlikör eingeschenkt habe und du dann irgendwann du mit der Neuigkeit herausgeplatzt bist?«

»Hast du mir den Likör deshalb angeboten?«

»Was denkst du von deiner Oma? Alkohol an Minderjährige, um ihre Zunge zu lösen? Niemals!« Gesa grinste breit.

Kathi hakte sich bei ihr unter. »Was würde ich nur ohne dich machen, Oma?«

»Genauso gut zurechtkommen, wie du es bisher geschafft hast«, sagte Gesa, ohne aufzublicken.

»Geschafft? Was habe ich denn schon groß geschafft? Meine Beziehung mit dem allerersten Jungen, der mich geküsst hat, ist im Eimer. Trotz meiner Ausbildung hab ich keinen Job und werde in Hamburg auch sicher keinen bekommen. Weder Geld auf dem Konto noch im Portemonnaie. Hab ich was vergessen?«

»Walter«, warf Gesa ein.

Kathi musste lächeln. »Ja, du hast recht. Walter ist mir als Einziger treu ergeben. Obwohl, so wie er sich gestern an dich gekuschelt hat, bin ich mir nicht einmal dabei mehr sicher.«

»Quatsch! Der verlässt dich nie.« Gesa grinste. »Es sei denn, meine Leckerlis überzeugen ihn doch.«

»Wehe!«, sagte Kathi und drohte mit dem Zeigefinger.

»Keine Angst. Der weiß genau, zu wem er gehört.« Gesa blieb stehen und schaute auf die schaumbedeckten Wellenkronen, die immer höher auf den Sandstrand aufliefen. »In einer halben Stunde ist das Wasser voll da. Schade, dass man noch nicht schwimmen kann. Obwohl – als ich noch jung war, bin ich zu Ostern immer einmal ins Wasser gestiegen. *Anbaden*, haben wir das genannt.«

Kathi sah fröstelnd zu ihrer Oma hinüber. »Das ist jetzt nicht wahr, oder? Du erzählst doch schon wieder eine deiner Räubergeschichten.«

Gesa hob ihre Rechte mit drei erhobenen Fingern. »Ich schwöre. Ich lüge nie.«

Kathi schüttelte lachend den Kopf. »Warum bin ich in den letzten Jahren nur so selten zu dir gekommen? Aber das ist jetzt vorbei.« Sie atmete tief ein. »Ich liebe diese Luft. Ich liebe das Meer und den Wind. Wie konnte ich nur!«

»Jetzt bist du ja da.«

»Ja«, antwortete Kathi. »Jetzt bin ich da.«

Sie liefen eine halbe Stunde am Strand entlang, bevor sie umkehrten. Kathi hätte am liebsten ihre Schuhe und Strümpfe ausgezogen und wäre ins seichte Wasser gewatet. Aber sie überlegte es sich anders. Das Letzte, was sie jetzt gebrauchen konnte, war eine Erkältung.

»Als Kind konnte ich dich gar nicht vom Strand wegkriegen. Einmal warst du so durchgefroren, dass du schon blaue Lippen hattest, aber du hast dich strikt geweigert, den Bademantel anzuziehen oder gar mit nach Hause zu kommen.«

»Und was hast du dann gemacht?«, fragte Kathi.

»Ich habe dir die Geschichte von dem Meeresungeheuer erzählt, das es auf kleine frierende Mädchen abgesehen hat. Das hat gewirkt. Und als du mich abends im Bett gefragt hast, ob es dieses Monster wirklich gibt, habe ich gelacht und dir gesagt, dass es dir nichts tun wird, weil es Angst vor mir hat.«

»Die gefährlichste Oma an der ganzen Nordseeküste«, sagte Kathi lachend. Plötzlich wurde sie ernst. »Oma, das ist fürchterlich nett, dass du mich aufgenommen hast. Aber auf Dauer will ich dir nicht auf der Tasche liegen.«

»Da mach dir mal keine Gedanken drüber, Kleines. Irgendwie kriegen wir das schon hin.« Gesa legte ihren Arm um Kathis Schulter und drückte sie fest an sich.

»Das ist lieb von dir, Oma. Aber ich kann mich doch nicht einfach schmollend bei meiner Großmutter verkriechen. In drei Jahren werde ich dreißig, und erwachsen bin ich schon eine ganze Weile. Jedenfalls dachte ich das bis vor zwei Tagen.«

Gesa musterte sie nachdenklich. »Dann mache ich dir jetzt einen Vorschlag, Kathi. Heute ist Mittwoch. Du lässt dir bis Montag Zeit und ruhst dich mal so richtig aus. Denkst an nichts, aber auch an gar nichts. Während der Zeit höre ich mich mal um, und es sollte doch mit dem Teufel zugehen, wenn sich nicht irgendwo eine Arbeit für dich finden lässt. Die Hauptsaison steht vor der Tür, und gute Kräfte sind Mangelware. Dein großer Vorteil ist doch, dass du schon eine Unterkunft hast. Hier auf der Insel sind bezahlbare Unterkünfte so knapp, dass nicht wenige der Aushilfen jeden Tag vom Festland rüberkommen. Na, was sagst du?« Sie streckte Kathi die Hand entgegen. »Schlag ein, min Deern.«

»Oma, das ist furchtbar lieb von dir, aber ich muss mich selbst um Arbeit kümmern. Ich bin nicht mehr vierzehn.«

»Ach, Blödsinn, du musst erst mal wieder einen klaren Kopf bekommen. Ich habe sowieso nichts Besseres zu tun. Also, keine Widerrede, wir machen das so und damit basta.« Bei den letzten Worten grinste Gesa übers ganze Gesicht.

»Da ist wohl jeder Widerstand zwecklos«, antworte Kathi lächelnd.

»Stimmt!« Gesa lachte. »Und jetzt zurück nach Hause.«

***

Mittags bereitete Gesa Kathis Lieblingsessen zu: Pfannkuchen mit selbstgemachtem Apfelmus. Kathi aß, als sei sie vollkommen ausgehungert. Nach dem sechsten Pfannkuchen lehnte sie sich erschöpft auf dem Stuhl zurück und stöhnte. »Das grenzt ja schon an Körperverletzung. So leckeres Apfelmus habe ich mein Lebtag noch nicht gegessen. Unglaublich.«

Gesa schmunzelte. »Speziallieferung von meinem Vetter aus dem Alten Land. Fritz, erinnerst du dich an ihn? Er hat uns mal besucht, als du im Sommer hier warst.«

»Onkel Fritz? Natürlich erinnere ich mich. Klein und stämmig. Rundes Gesicht mit unglaublich buschigen Augenbrauen.«

»Genau der! Er hat seinen Hof schon vor einer Weile an seinen Sohn überschrieben und widmet sich seitdem seiner Leidenschaft, uralte Apfelsorten wieder neu zu züchten. Hauptsächlich *Altländer Küchenapfel.* Der war quasi schon ausgestorben, und Fritz hat ihn sozusagen wiederbelebt. Im letzten Jahr war die Ernte so gut, dass er mir sage und schreibe zehn

Kisten mitgebracht hat. Die lagern jetzt fein säuberlich bei mir im Keller.«

»Verrückt!«

»Ja, Fritz war immer etwas eigen. Er meint, ich hätte noch was gut bei ihm. Und deshalb kommt er jedes Jahr im Herbst mit seinem kleinen Lieferwagen hier an und besucht mich. Und das alles nur, weil ich damals, als seine Frau so plötzlich gestorben ist, zwei Monate bei ihm war und im Haushalt geholfen habe. War doch ganz selbstverständlich.«

»Na, Oma. Ich weiß nicht. Selbstverständlich ist so was wohl kaum. Aber du bist halt eine gute Seele und kannst nicht Nein sagen.«

»Gute Seele … Blödsinn!«, sagte Gesa mit zusammengezogenen Augenbrauen. »Auf jeden Fall habe ich den Keller voller Äpfel. Morgen mach ich uns *Sylter Wolken*. Du erinnerst dich?«

»Wie könnte ich die vergessen, Oma!«

***

Am Abend ging Kathi früh auf ihr Zimmer. Trotz der aufkommenden Müdigkeit ließ sie den Tag Revue passieren. Wann hatte sie zum letzten Mal so viel Spaß am Leben gehabt, so viel gelacht? Während des Praktikums schien sich ihr ganzes Leben um die Arbeit gedreht zu haben. Wenn sie abends nach Hause gekommen war, war sie meist so müde gewesen, dass sie nur noch wie ein Stein ins Bett gefallen war. Selbst am Wochenende waren sie und Till nicht mehr zusammen ausgegangen oder hatten sich mit Freunden getroffen, weil Kathi einfach nur ihre Ruhe haben wollte. Und Till? Hatte er darunter gelitten, dass sie zu nichts Lust gehabt hatte? Gesagt hatte er jedenfalls nie etwas. Außerdem war er so mit seiner Musikerkarriere beschäftigt, dass es ihm vermutlich nicht einmal aufgefallen war. Kathi hatte es ja immer noch geschafft, zu funktionieren, hatte den *Laden zusammengehalten*, wie Gesa es ausdrücken würde. Aber es hatte sie immer mehr Kraft gekostet, sich um alles zu kümmern. Selbst der Sex mit Till war ihr manchmal vorgekommen wie eine lästige Pflichtübung. Nicht, dass es ihr keinen Spaß mehr gemacht hätte. Nein, sie fand einfach den Knopf zum Abschalten nicht mehr. Egal, was sie tat, immer lief im Hintergrund ihrer Gedanken ein Film ab, in dem sie durch ein riesiges Bürolabyrinth hetzte und an all den vielen Schreibtischen gleichzeitig Arbeiten verrichten musste. *Müdigkeit ist der Feind jeglicher Intimität*, schoss es ihr durch den Kopf. Hatten die Monate der Arbeitslosigkeit und die Arbeit in Ludgers Agentur sie so sehr verändert, ohne dass sie es selbst bemerkt hatte? Kathi wusste es nicht. Das Einzige, was sie wusste, war, dass sie Zeit brauchte, fern von Hamburg, fern von Ludger Bergers Agentur und vor allem fern von Till.

Sie schlief ein und träumte von kilometerlangen Sandstränden, vom blauen Meer mit weißen Segelschiffen und einer Hängematte im Garten ihrer Oma, in der sie stundenlang den kleinen Sommerwolken am Himmel zusah, während Walter auf ihrem Schoß eingerollt schlief.

Von einem Moment auf den anderen verwandelte sich ihr wunderbarer Traum in einen Albtraum. Plötzlich lief sie über einen Strand, der über und über bedeckt war mit dem Müll der Touristen. Glasflaschen und Plastikbecher lagen zwischen aufgeweichtem Papier, Seetang und toten Seevögeln. Dort, wo die

Stürme den Sand ins Meer gerissen hatten, waren tiefe Kuhlen, an deren Grund schmutzig braunes Wasser stand. Überall im Müll saßen Menschen, die sich weinend in den Armen lagen. Ein Mann in Lumpen kam auf sie zu und rief, er habe das alles vorhergesehen. Man hätte niemals zulassen dürfen, dass alle Einwohner Hamburgs an einem einzigen Tag auf die Insel kommen dürften. Als Kathi ihm zustimmen wollte, sah sie, wie sich auf dem Meer eine gewaltige Welle aufbaute und auf den Strand zuschoss. Kathi drehte sich um und rannte und rannte, aber ihre Füße wollten sich nicht vom Fleck bewegen. Erst als sie über eine Mülltonne stolperte, schreckte sie hoch und blieb aufrecht im Bett sitzen.

Als sie ihre Atmung wieder im Griff hatte, kamen ihr Gesas Worte in den Sinn: *Du musst deinen Kopf frei kriegen, Kleines.*

***

An diesem Morgen schlief sie bis weit nach zwölf Uhr. Sie konnte sich nicht mehr erinnern, wann sie zuletzt so lange im Bett gelegen hatte. Wohlig räkelte und streckte sie sich und ertappte sich dabei, wie sie vor sich hinsummte, so wohl und ausgeruht fühlte sie sich. Als sie ihre Oma in der Küche hantieren hörte, sprang sie aus dem Bett und lief im Pyjama in die Küche.

»Einen wunderschönen guten Morgen, Oma«, rief sie.

»Gut geschlafen?«, fragte Gesa.

»Herrlich! Ich könnte Bäume ausreißen. Was machen wir heute?«

»Erst mal bekommst du einen ordentlichen Kaffee und dein Frühstück. Dann sehen wir weiter. Wie wäre es mit einer kleinen Rundtour über die Insel zur Auffrischung der allgemeinen Ortskenntnisse?«

»Das wäre sicherlich gut! Immerhin war ich lange nicht hier! Und wenn ich mich um einen Job als Reiseführerin bewerben sollte, muss ich mich ja wohl ein bisschen mit den Sehenswürdigkeiten auskennen.«

»Also dann fahren wir einmal vom Ellenbogen im Norden bis nach Hörnum im Süden und an der Wattseite wieder zurück und sehen uns unterwegs alles an, was es zu begucken gibt. Und mit etwas Glück bist du danach wieder eine echte Inseldeern.«

Gesa lachte und drückte ihrer Enkeltochter einen Kuss auf die Wange.

Walter, der auf einem der Küchenstühle ein Nickerchen gemacht hatte, sprang herunter, stolzierte mit hoch erhobenem Schwanz durch die Küche und strich Gesa um die Knöchel. Ganz offenbar war er der Meinung, dass es dringend Zeit für sein Mittagessen wurde.

»Und du, mein kleiner Freund, wirst schön hierbleiben und das Haus bewachen!«

Kapitel 3

»Beim besten Willen, ich kann nicht mehr!« Kathi schob den Teller ein Stückchen von sich weg. »Wenn ich nur noch einen Bissen esse, platze ich. Wenn das hier so weitergeht, kann man mich in einer Woche kugeln.«

»Ach, Unfug!«, sagte Gesa kauend. »Erstens bist du gertenschlank, und zweitens brauchst du Kraft, wenn du gleich in Hörnum den Leuchtturm hochklettern willst.« Sie deutete mit dem Messer in ihrer Hand auf Kathis Teller. »Iss wenigstens die Wurst noch auf. So eine gute Currywurst kriegst du sonst nirgends.«

Sie saßen zusammen auf der Terrasse der *Sansibar*, ließen sich den immer noch kühlen Wind um die Nase wehen und aßen eine Riesencurrywurst mit Bratkartoffeln, während sie über die Dünen auf die Nordsee hinausblickten.

Gemächlich waren sie in Gesas Golf von List aus über Land gefahren, hatten in Westerland ein paar Kleinigkeiten eingekauft und kurz darauf in Rantum haltgemacht, wo es, wie Gesa glaubhaft versicherte, die beste Currywurst der Insel gab. Kathi seufzte, stach mit der Gabel in das letzte Stückchen und steckte es sich in den Mund.

Iss wenigstens die Wurst … Diesen Spruch ihrer Oma kannte sie von früher nur allzu gut und wusste, dass jeder Widerstand zwecklos war. Nachdem sie den letzten Bissen die Kehle hinuntergekämpft hatte, lehnte sich Kathi zurück und sah ihrer Großmutter zu, die mit großem Genuss ihre Bratkartoffeln verspeiste. Nachdenklich drehte sie den Stiel ihres Wasserglases hin und her.

»Das wird sicherlich komisch werden, nachher auf dem Leuchtturm«, sagte Kathi schließlich. »Seit Opa gestorben ist, war ich nicht mehr oben.«

Gesa trank einen großen Schluck Wasser. »Stimmt ja«, sagte sie leise. »Das war immer euer erster Ausflug, wenn du bei uns zu Besuch warst. Immer am Tag, nachdem du angekommen bist, seid ihr beide nach Hörnum gefahren, auf den Leuchtturm gestiegen, um in die Runde zu gucken, ob auch noch alles an seinem Fleck ist. Dann muss es ja mindestens zehn Jahre her sein, dass du da oben warst.« Sie lächelte. »Wird höchste Zeit, sich mal wieder gründlich umzusehen!«

»Eigentlich …« Kathi sah in den blauen Himmel. »Ich hatte mir eigentlich vorgenommen, nie wieder dort hinaufzusteigen, damals, als Opa gestorben ist. Ich wollte die Erinnerung an die Ausflüge mit ihm nicht kaputtmachen.« Kathi zuckte die Schultern. »Als könnte ich sie so frisch halten. Was man so für seltsame Ideen hat, wenn …«

Gesa nickte. »Ich versteh schon, was du meinst«, sagte sie. »Aber ich hab die Erfahrung gemacht, dass es genau umgekehrt ist. Wenn man die gemeinsamen Lieblingsplätze besucht, fühlt es sich immer ein wenig an, als ob der, den man verloren hat, wieder bei einem wäre.«

»Vermisst du ihn sehr?«

»Weißt du, Kathi, wenn man, so wie wir, fast vierzig Jahre verheiratet war, dann gewöhnt man sich sehr aneinander. Dein ganzes Leben dreht sich irgendwie um den anderen, und wenn dein Partner dann auf einmal nicht mehr da ist, ist das eine enorme Umstellung. Es hat lange gedauert, bis ich damit zurechtgekommen bin. Bis heute gibt es keinen Tag, an dem ich nicht an ihn denke.« Zu Kathis Erstaunen lächelte ihre Oma. »Aber inzwischen tut das Erinnern nicht mehr weh. Kurt war nicht nur mein Mann, er war auch mein bester Freund. Ja, ich vermisse ihn sehr.«

Gesa stürzte den letzten Schluck aus ihrem Glas hinunter und erhob sich. »Aber nun lass uns mal aufhören, Trübsal zu blasen!«, sagte sie. »Ich geh schnell bezahlen, und dann fahren wir zum Leuchtturm. Und wenn du mich ganz lieb bittest, dann lass ich mich vielleicht sogar überreden, mit hinaufzusteigen, auch wenn die Treppen Gift für meine alten Knie sind.«

Eine Viertelstunde später parkte Gesa den Golf auf dem Parkplatz unterhalb des rot-weißen Leuchtturms.

»Ach, so ein Pech aber auch!«, rief sie und deutete auf den geschmückten Brautwagen, der auf dem Parkplatz direkt neben dem Fußweg zum Leuchtturm stand. »Das wird heute wohl nichts mit der Kletterpartie! Guck, da findet gerade eine Hochzeit statt, dann kann man nicht hinauf auf die Plattform.«

Gesa stieg aus und sah ihre Enkeltochter, die inzwischen ebenfalls neben dem Golf stand, fragend an. »Was machen wir jetzt? Natürlich könnten wir warten, bis die Hochzeitsgesellschaft wieder draußen ist, aber wer weiß, wie lange das dauert? Und eigentlich hab ich später noch was vor. Oder aber wir verschieben den Rundblick auf ein anderes Mal, gehen nur zum Hafen hinunter und kaufen uns frische Krabben. Und wenn wir zu Hause sind, pulen wir die und machen uns ein richtig tolles Krabbenbrot mit Rührei. Und Walter darf auch probieren. Wie wär's?«

Kathi, die noch immer mit der Riesencurrywurst zu kämpfen hatte, wurde bei dem Gedanken an Krabbenbrot mit Rührei etwas flau im Magen. Aber auf der anderen Seite, bis zum Abendbrot war noch Zeit, und frische Krabben hatte sie schon immer für ihr Leben gern gegessen. »Aber nur unter der Bedingung, dass ich diesmal bezahle!«

Gesa klopfte mit den Knöcheln auf das Autodach und lachte. »Also gut, abgemacht!«

Sie schlenderten zum Hafen hinunter, betrachteten eine Weile die vielen Segelboote, die im ruhigen Wasser der Wattseite kreuzten, ehe Kathi an einer Verkaufsbude direkt am Kai ein Kilo frische Nordseekrabben kaufte. Dann liefen sie noch weiter bis zum Rand des Golfplatzes, setzten sich einen Moment auf eine der dort aufgestellten Bänke und sahen ein paar Männern mittleren Alters zu, die ihre Bälle über das Grün trieben, um dann ihre offenbar schweren Taschen zu schultern und weiterzulaufen.

Gesa schüttelte den Kopf. »Werde ich wohl nie begreifen, was am Golfen nun so großartig sein soll. Meins wär das ja nicht! Ich kann mit meiner Zeit wahrhaftig was Besseres anfangen, als einen Ball mit einem Schläger in ein so winziges Loch im Boden zu bugsieren.« Sie lachte. »Wie gut, dass die Geschmäcker so unterschiedlich sind.« Nach einem schnellen Blick auf ihre Armbanduhr fügte sie hinzu: »Wie sieht es aus, Kleines, wollen wir mal langsam weiter?«

Kathi genoss die Fahrt zurück durch die hohen Dünen, die mit Strandhafer und Heide bedeckt waren, und sah aus dem Seitenfenster immer wieder das Meer aufblitzen. Diesmal fuhren sie an der Wattseite der Insel entlang, wo das Wasser ruhiger war und Schafe und vereinzelt auch schon Rinder auf den Marschwiesen weideten.

Kathi fiel auf, dass Oma Gesa immer wieder einmal auf ihre schmale goldene Armbanduhr sah. Schließlich fasste sie sich ein Herz. »Was ist denn los, Oma? Hast du noch was vor?«

»Wenn es nicht schon so spät wäre, hätten wir noch auf die Uwedüne klettern können. Von da aus hat man auch eine tolle

Sicht!« Gesa warf ihrer Enkeltochter aus den Augenwinkeln einen kurzen Blick zu. »Aber ich fürchte, dafür bleibt keine Zeit mehr. Es ist immerhin schon fast sechs.«

»Und was ist um sechs?«

»Nicht um sechs, sondern um halb sieben«, erklärte Gesa, ohne den Blick von der Straße zu nehmen. »Da stelle ich dich einem alten Freund von mir vor, den ich schon eine halbe Ewigkeit nicht mehr gesehen habe.«

Kathis Augen wurden groß. »Oma, hast du etwa ein Date?«

»Sagen wir lieber, *wir* haben eine Verabredung!«

Sie passierten das Ortsschild von Kampen, und Oma lenkte den Golf durch ein paar Nebenstraßen direkt auf ein großes, reetgedecktes Haus zu, das etwas abseits in den Dünen direkt an der Küste stand und von einer niedrigen Kiefernhecke umgeben war.

In dezenter Leuchtschrift prangte der Name *Kate am Watt* über der Eingangstür.

»Sag mal, du hast doch nicht etwa vor, mich in diesen Edelladen zum Essen einzuladen, oder?«, rief Kathi.

Die *Kate* galt als einer von Sylts Gourmettempeln und wurde in so gut wie jeder Dokumentation über Sylt, die im Fernsehen lief, als einer der Orte genannt, die man unbedingt besucht haben musste, wenn man in den Kampener Kreisen dazugehören wollte.

Gesa lachte schallend. »Nein, hab ich nicht! Das lässt mein Geldbeutel leider nicht zu, so gern ich das täte. Die Küche soll wirklich außerordentlich gut sein, besonders, seit der Junior einen Küchenchef eingestellt hat, der zwei Sterne hat. Den hat er wohl irgendwo in Hamburg abgeworben, hab ich gehört. Nein, wir zwei treffen uns hier mit dem Senior. Ich kenne Renke schon seit der Schulzeit. Er war eine Klasse über mir, und eine Zeitlang haben wir viel zusammen unternommen. Jedenfalls hab ich ihn gestern angerufen und ihm erzählt, dass meine Enkeltochter hier auf der Insel auf Jobsuche ist, und da hat er …«

»Aber Oma, das geht doch nicht! Du kannst doch nicht einfach bei einem Bekannten für mich … Ich meine, ich hab doch gesagt, ich will mich selbst um eine Arbeit kümmern.«

»Warum soll das denn nicht gehen? Kontakte schaden nur demjenigen, der keine hat! Renke hat sich jedenfalls sehr gefreut, dass ich ihn angerufen habe, und gemeint, in der Saison bräuchten sie eigentlich immer Servicepersonal. Und wenn du dich geschickt anstellst …«

»Geschickt anstellst? Du bist gut, Oma. Wie soll denn das funktionieren? Ich hab doch noch nie in so einem edlen Restaurant gekellnert. Das kann doch nur in die Hose gehen.«

»Abwarten und Tee trinken! Jetzt gehen wir erst mal rein und gucken, was der alte Renke Frerichs sagt, wenn er meine hübsche Enkelin etwas beschnuppert hat!«

Bei den letzten Worten stieg sie aus dem Auto und schritt energisch auf den erleuchteten Eingang des Restaurants zu. Kathi blieb nichts übrig, als ihr zu folgen, auch wenn sie sich von ihrer Großmutter ziemlich überrumpelt fühlte. Warum hatte sie denn nur vorher nichts davon gesagt? Dann hätte sie sich wenigstens nicht in ihrer ältesten Jeans, dem dicken, selbst gestrickten Pullover und ihren abgetragenen Sneakers bei einem möglichen neuen Arbeitgeber vorstellen müssen. Was für ein blamabler Auftritt!

Als sie das Restaurant betrat, hatte sie das Gefühl, alle Augen würden sich auf sie richten. Zum Glück hielten sich erst wenige Gäste im Restaurant auf. Suchend schaute sie sich um und sah, dass ihre Großmutter bereits am Tresen stand und nach Herrn

Frerichs fragte. Der Kellner ging nach hinten, und ein paar Augenblicke später kam ein großgewachsener, breitschultriger Mann mit schlohweißem, vollem Haar aus einer Tür, an der in Goldbuchstaben *Privat* geschrieben stand. Er trug einen dunklen Anzug, eine ebensolche Krawatte und ein strahlendes Lächeln auf den Lippen.

Ein Mann wie ein Bär, schoss es Kathi durch den Kopf. Der alte Herr Frerichs erinnerte sie fatal an den Schauspieler Mario Adorf. Nur dass er ein bisschen jünger war und keinen Bart trug.

Jetzt beugte er sich zu ihrer Großmutter herunter, gab ihr die Hand und küsste sie auf die Wange. Von wegen, kein Date!

»Wie schön, dich zu sehen, Gesa! Und das ist also deine Enkelin, die gerne bei uns arbeiten würde?«

Der alte Herr war auf sie zugekommen und streckte seine Hand aus, die so groß war, dass Kathis beinahe darin verschwand. Seine dunkelblauen Augen funkelten im Halbdunkel, als er strahlend zu lächeln begann. »Freut mich sehr, Frau …«

»Adrians, Katharina Adrians«, stotterte Kathi heiser. Sie räusperte sich, aber ihre Stimme wollte ihr unter dem durchdringenden Blick der blauen Augen nicht recht gehorchen.

»Ach was, *Frau Adrians*!«, lachte Gesa. »Das ist die kleine Kathi! Die kennst du doch noch von früher. Als ihr noch in List gewohnt habt, ist sie euch doch bestimmt über den Weg gelaufen. Da war sie doch jeden Sommer bei uns.«

Das Lächeln in seinem Gesicht wurde noch breiter. »So ein kleiner Wirbelwind mit dunklen Locken, der lauter Unfug im Kopf hatte, nicht wahr? Doch, ich erinnere mich! Sehr gut sogar!« Jetzt lachte er schallend.

Kathi fühlte, wie ihr das Blut in den Kopf schoss. Sie sah zu

Boden und hoffte, dass es in dem schummrigen Licht des Restaurants nicht auffiel.

»Ich würde vorschlagen, wir gehen in den kleinen Klubraum«, schlug Renke Frerichs vor. »Der ist heute nicht gebucht, da können wir uns in Ruhe unterhalten.«

Er ging voran in einen geräumigen Flur, öffnete eine Tür und bat die beiden Frauen, einzutreten.

Die ganze Breitseite des kleinen Raums, in dem nur drei Tische standen, wurde von einem enormen Terrassenfenster eingenommen, durch das man auf das Wattenmeer sehen konnte. Es war gerade Ebbe, aber der rosarote Abendhimmel spiegelte sich überall dort, wo noch ein wenig Wasser auf dem Watt stehen geblieben war.

Kathi ertappte sich dabei, dass sie mit offenem Mund nach draußen starrte.

»Habt ihr zwei schon zu Abend gegessen?«, fragte Renke Frerichs, als er charmant für Gesa den Stuhl zurückzog.

»Nein, aber …«, begann Gesa.

»Ja dann, keine Widerrede! Fühlt euch bitte eingeladen! Unser Küchenchef kann uns ganz sicher auf die Schnelle etwas Schönes zaubern. Wir haben da heute Salzwiesenlamm hereinbekommen …« Er legte Daumen und Zeigefinger an die Lippen. »Wirklich ein Traum! Ich sag mal in der Küche Bescheid, dass die uns eine Kleinigkeit zurechtmachen sollen. Beim Essen spricht es sich leichter.«

Als Renke Frerichs sich wieder zu ihnen setzte, fing er an, von den – wie er sie nannte – *guten alten Zeiten* zu erzählen. Kathi hörte interessiert zu, während sie aus den Augenwinkeln ihre Großmutter beobachtete, die bei der einen oder anderen Anekdote aus ihrer Schulzeit schmunzelte und auch selbst Erinnerungen beisteuerte.

»Das war schon eine schöne Zeit, als wir noch Kinder waren«, meinte Renke Frerichs. »Da war die Insel noch nicht so überlaufen wie heute. Aber das ist leider alles Vergangenheit. Gut, wir leben von den Touristen, aber deshalb müssen wir sie nicht unbedingt lieben.«

Gesa nickte. »Hast du eigentlich noch Kontakt zu Heinz Fokensen? Der war doch damals auch in deiner Klasse.«

»Nein, er hat sein Haus verkauft, nachdem seine Frau gestorben ist. Soweit ich weiß, wohnt er jetzt in der Nähe seiner Tochter in Schleswig. Der Lauf der Dinge. So viele von den alten Syltern haben die Insel verlassen oder konnten nicht bleiben. Die Arbeit, die Liebe oder das Alter. Da muss man sich manchmal entscheiden. Umso erfreulicher, dass deine Enkelin jetzt bei dir wohnt. Ich hoffe ja mal, du wirst uns länger erhalten bleiben, Mädchen. Sylt braucht dringend die eigenen Kinder und nicht nur die vielen Fremden.«

»Das müssen wir abwarten«, warf Gesa eilig ein.

»Ja, die Jugend von heute kann selbst entscheiden, was sie aus ihrem Leben machen will. Wir hatten es da schon etwas schwerer. Wenn ich überlege, wie häufig ich mit meinem alten Herrn aneinandergeraten bin. Einmal wäre ich fast abgehauen, wollte nach Hamburg, um auf einem Schiff anzuheuern. Arne hat es mir ausgeredet. Du erinnerst dich an ihn? Er war mein bester Freund damals.« Renke Frerichs seufzte. »Ist jetzt auch schon seit zwei Jahren tot. Dieser verfluchte Krebs.«

»Ich weiß«, sagte Gesa leise. »Ich war auf der Beerdigung. Ganz hinten in der Menschentraube.«

In diesem Moment traten zwei Kellner ins Zimmer, um die *Kleinigkeiten* zu servieren. »Lammrücken in Kräuterkruste zu provenzalischen Bohnen mit Rosmarinkartoffeln«, erklärte einer von ihnen, als er einen Teller vor Kathi auf den Tisch stellte.

»Dann mal guten Appetit«, meinte Renke Frerichs. »Der neue Chefkoch hat manchmal ein paar Flausen im Kopf und möchte lieber wild herumexperimentieren, anstatt einheimische, bodenständige Küche anzubieten. Aber der gute alte Lammrücken bleibt auf der Karte, solange ich noch etwas zu sagen habe.«

Kathi probierte das Fleisch. »Unglaublich zart«, sagte sie. »Wie kriegt man das bloß so hin?«

Renke Frerichs lächelte. »Zwei, drei Tricks, und es klappt. Die Soße ist da schon kniffliger. Wir beschäftigen sogar einen Koch, der sich ausschließlich um die Soßen kümmert. Wenn du jetzt häufiger da bist ... Aber erst das Vergnügen und dann die Arbeit.« Er schnitt sich ein Stück vom Fleisch ab und begann, zu essen.

Kathi schaute verstohlen zu Gesa hinüber. Auch ihr schien es gut zu schmecken. Aber war da nicht noch etwas anderes? Diese kurzen Blicke, die sie ihrem alten Schulfreund zuwarf, das Leuchten in ihren Augen und ihr strahlendes Lächeln. So hatte sie ihre Oma noch nie erlebt. Sie wirkte beinahe wie ein junges Mädchen bei ihrem ersten Date.

Als ihre Bestecke auf den leeren Tellern lagen, lehnte Renke Frerichs sich zufrieden auf seinem Stuhl zurück. »Jetzt noch ein kleines Dessert und einen guten Aquavit, und die Welt sieht noch rosiger aus.« Lächelnd sah er die beiden Frauen an. »Hauke müsste auch gleich kommen. Dann können wir darüber reden, wann du anfangen kannst, Kathi.«

In diesem Augenblick öffnete sich die Tür, und ein Mann um die vierzig trat ein. Ganz offensichtlich handelte es sich um Renke Frerichs Sohn. Die gleiche Statur, der gleiche Blick, die gleiche volle Haarmähne, nur dass seine dunkelbraun war und sich lediglich an den Schläfen die ersten grauen Strähnen zeigten. Renke Frerichs nickte ihm zu. »Hauke, du erinnerst dich vielleicht noch an Frau Hansen? Gesa Hansen aus List. Wir sind zusammen zur Schule gegangen, sozusagen. Und das ist ihre Enkelin Kathi.«

Hauke Frerichs reichte Gesa und Kathi die Hand und begrüßte die beiden mit einem knappen »Moin«. An seinen Vater gewandt, fragte er: »Du wolltest …«

»Setz dich doch einen Moment, Hauke«, unterbrach er ihn.

Hauke Frerichs zog die Augenbrauen hoch, und Kathi schien es, als nehme er nur widerwillig Platz.

»Kathi sucht auf Sylt einen Job, und ich habe ihr angeboten, bei uns im Service zu arbeiten. Etwas Erfahrung hat sie schon, und den Rest sollten wir doch schnell hinbekommen. Was meinst du?«

Hauke Frerichs zupfte sich mit den Fingern an der Nasenspitze, verzog kurz sein Gesicht, bevor er nickte. »Wenn du meinst. Klar, wir können es versuchen.«

»Fantastisch. Dann wäre das ja geregelt. Hast du noch kurz Zeit, Kathi das Restaurant zu zeigen?«

Hauke Frerichs war während der letzten Worte seines Vaters aufgestanden und wollte sich bereits abwenden. »Ja, wenn es schnell geht.«

Kathi stand hastig auf. »Aber nur, wenn es keine Umstände macht.«

»Quatsch«, antwortete Renke Frerichs für seinen Sohn. »Das geht schon in Ordnung.«

Hauke Frerichs hielt Kathi die Tür auf. Sie warf ihrer Oma über die Schulter einen kurzen Blick zu, den Gesa mit einem aufmunternden Nicken erwiderte.

»Du bleibst länger auf der Insel?«, fragte Hauke Frerichs, als sie über den Flur in den Restaurantbereich gingen. Seinem Tonfall hörte Kathi an, dass er nicht gerade begeistert war, den Führer spielen zu müssen. Als er Kathis erstauntes Gesicht sah, fügte er hinzu: »Wir duzen uns hier. Ist familiärer so. Also, du bleibst länger auf Sylt?«

»Nein – oder eigentlich – ja«, stammelte Kathi.

»Was denn jetzt?«

Kathi räusperte sich, um ihre Nervosität zu überspielen. »Also, ich habe vor, den Sommer über auf der Insel zu bleiben. Meine Großmutter braucht etwas Unterstützung, und da ich gerade Zeit habe …«

Hauke Frerichs warf ihr einen kurzen Blick zu und runzelte die Stirn. »Den Sommer über also. Für ein paar Wochen würde es sich ja auch nicht lohnen, dich einzuarbeiten«, brummte er. »Wie dem auch sei. Wir sind hier eines der besten Häuser am Platz, das weißt du ja sicher. Das heißt auch, wir haben regelmäßig VIPs als Gäste. Da ist Diskretion oberstes Gebot. Du hast früher schon in der Gastronomie gearbeitet?«

»Ja, hin und wieder. Eigentlich bin ich Werbekauffrau, aber …«

Er schaute sie erstaunt an.

»Im Moment stehen andere Dinge bei mir im Vordergrund. Private sozusagen.«

»Ist ja auch egal. Wann kannst du anfangen?« Ohne Kathis Antwort abzuwarten, fügte er hinzu: »Übermorgen? Gut. Maja wird dir die Kleiderordnung und den Dienstplan erklären. Komm morgen einfach vorbei, so gegen zehn, dann hat sie Zeit. Alles klar?«

Kathi nickte.

»So, hier haben wir den Restaurantbereich. Einmal hier vorne und dann …«, er drehte sich um und zeigte mit der Hand auf einen breiten Gang, »… der hintere Bereich. Manche Gäste sind lieber etwas aus der Schusslinie. Sozusagen unter sich. Aber die Reservierung und der Empfang sind Sache des Maître. Damit hast du nichts zu tun.« Er wandte sich ab und ging auf eine Schwingtür zu. »Und da ist die Küche«, erklärte er knapp. »Noch Fragen?«

Kathi schluckte. »Eigentlich schon …«

»Wie gesagt, Maja wird dir alles erklären. Warte hier, ich schick sie gleich vorbei.«

Ohne sich zu verabschieden, ging Hauke Frerichs auf einen der Köche zu und fragte, ob die Sache mit den Perlhühnern inzwischen geklärt sei. Kathi atmete tief durch. *Was machst du hier eigentlich?*, fragte sie sich. *Warum lässt du dich so abfällig behandeln?*

Noch bevor sie sich selbst die Frage beantworten konnte, kam eine Frau auf den Juniorchef zu. Schulterlange, rot gefärbte Haare, schwarzer, eng anliegender Hosenanzug. Das Alter war schwer zu schätzen, aber Kathi vermutete, dass sie kaum älter war als sie selbst. Die Art und Weise, wie sie ihn anlächelte, ließ vermuten, dass sie mehr mit dem Mann verband als nur ein Arbeitsverhältnis. Hauke Frerichs nickte ihr zu und sprach so leise, dass Kathi ihn nicht verstehen konnte. Wenige Augenblicke später stand die Frau vor ihr und reichte ihr lächelnd die Hand. »Maja. Herzlich willkommen im Team.«

»Katharina Adrians«, antwortete Kathi.

»Wir duzen uns untereinander. Ist einfacher.«

»Dann Kathi. Herr Frerichs sagte mir, dass Sie … dass du mir sagen würdest, was ich …«

»Lass uns am besten nach hinten gehen. Gleich ist hier der Teufel los, da stehen wir nur im Weg.«

Kathi lief hinter Maja her, die sie in ein kleines Büro führte. An der Wand standen auf einem Holzregal Dutzende schwarzer Ordner mit fortlaufenden Jahreszahlen. Daneben befand sich ein Schreibtisch, auf dem ein aufgeklappter Laptop lag, und in der Ecke des Raumes ein Tisch mit drei Stühlen.

»Unsere Einsatzzentrale«, kommentierte Maja Kathis Rundumblick. »Setz dich doch. Der Chef sagte, dass du nur wenig Ahnung von Service hast. Das wird nicht einfach.«

Kathi war verblüfft über Majas Direktheit. Einen kurzen Moment hatte sie überlegt, ihre Erfahrungen etwas aufzubauschen, um sich nicht als Kneipenaushilfe outen zu müssen, aber dann entschied sie sich doch für die Wahrheit. »Hin und wieder habe ich in einem Lokal ausgeholfen. Aber da waren mehr Studenten anzutreffen als diese …« Sie suchte nach einem Begriff, der nicht abwertend klang.

» … diese Möchtegern-Gourmets«, half Maja ihr grinsend aus.

»Naja, so würde ich das nicht ausdrücken«, antwortete Kathi ausweichend.

»Warum nicht? Trifft es doch ganz gut. Die meisten würden es kaum merken, wenn sie Rotwein vom Aldi serviert bekämen, geben aber gleichzeitig ein Vermögen für gutes Essen aus, ohne dass sie es von einer Currywurst aus der Pommesbude unterscheiden könnten.« Sie lachte. »Trotzdem: Der Kunde ist König! Davon leben wir. Und hin und wieder trifft man auch jemanden, der unser Essen wirklich zu schätzen weiß. That's life.« Maja betrachtete Kathi. »Etwas aufhübschen werden wir dich müssen. Ein paar andere Klamotten wären auch nicht schlecht. Wir tragen hier grundsätzlich Schwarz. Rock, Bluse, Schuhe, nicht gerade vom Discounter, aber auch nicht zu elegant. Wir wollen den Damen ja keine Konkurrenz machen.« Maja musterte Kathi. »Bist du sicher, dass du dir das zutraust?«

Kathi streckte den Rücken durch. »Natürlich. Mit etwas Hilfe. Sicher«, erwiderte sie überzeugt, obwohl sie ihren Worten selbst nicht recht traute. Ein Chef, der sie nur gezwungenermaßen eingestellt hatte und sicher auf die erstbeste Gelegenheit wartete, sie wieder loszuwerden; eine Umgebung, in der sie sich fehl am Platz fühlte; eine Kollegin, die zwar auf dem ersten Blick freundlich und hilfsbereit war, von der sie aber nicht wusste, inwieweit man ihr trauen konnte. Aber sie konnte nicht zum dritten Mal innerhalb weniger Tage davonlaufen. Gesa hatte sich alle Mühe gegeben, ihr einen gut bezahlten Job zu beschaffen, sie wollte sie nicht enttäuschen. Außerdem musste sie dringend Geld verdienen, damit sie ihrer Oma nicht weiter auf der Tasche lag. Vielleicht sah alles nur im Augenblick so kompliziert aus und es würde sich schnell herausstellen, dass sie mit dem Job den Hauptgewinn gezogen hatte.

»Ich habe schon ganz andere Dinge in meinem Leben hinbekommen«, fügte Kathi schnell hinzu.

Maja lächelte. »Klingt doch klasse! Morgen um zehn Uhr? Dann zeige ich dir alles, und wir können auch ein bisschen üben. Wenn du möchtest, komme ich später mit, und wir suchen für dich nach passenden Klamotten.«

Dann muss ich vorher eine Bank ausrauben, ging es Kathi durch den Kopf. Maja, die Kathis Zögern offenbar bemerkt hatte, fügte schnell hinzu: »Ich sorge dafür, dass du einen kleinen Vorschuss bekommst. Zum Einkleiden sozusagen.«

Kathis Miene hellte sich auf. »Das ist … danke. Du bist …«

»Ist schon gut«, unterbrach Maja sie. »Ich habe auch mal klein angefangen, und weiß, wie das ist.« Sie stand auf. »Ich muss jetzt. Die Schönen und Reichen warten auf mich, damit ich ihnen fantastisches Essen und hervorragende Weine serviere.«

***

Als Kathi zu Gesa und ihrem Schulfreund Renke zurückkam, saßen die beiden lachend beieinander und schienen sich in der Zwischenzeit prächtig amüsiert zu haben.

»Kathi, da bist du ja wieder! Renke hat mir gerade erzählt, wie er bei einer Kutterfahrt mit ein paar Freunden in Seenot geraten ist.«

»Sie meint, ich bin über Bord gegangen.« Renke Frerichs lachte und legte Gesa die Hand auf den Unterarm. »Rein aus Versehen natürlich. Ein Aquavit zu viel oder zu wenig. Wie man's nimmt.«

»Aber zum Glück kam ja außer deinem Stolz niemand zu Schaden!«, fügte Gesa lachend hinzu. »So, ich glaube, wir müssen dann mal.«

Renke Frerichs stand auf. »Ich hoffe doch, dass wir uns jetzt häufiger sehen und ich nicht wieder zwanzig Jahre warten muss.«

Gesa sah kurz zu Kathi, bevor sie auf Renke Frerichs zuging und ihm einen Kuss auf die Wange gab.

***

»Ihr scheint ja viel Spaß zusammen gehabt zu haben«, sagte Kathi, die aus dem Autofenster noch einen Blick auf das Restaurant warf, während Gesa versuchte, den alten Golf zu starten.

»Das muss doch jetzt nicht sein«, stöhnte ihre Großmutter und drehte erneut den Schlüssel um. Der Motor röhrte und sprang endlich an. »Gerold hat mich schon beim letzten Mal vorgewarnt. Er meint, der Motor hätte es bald hinter sich.«

Sie fuhr vom Parkplatz des Restaurants auf die Straße. Kathi schwieg betreten. Nicht nur Gesas Haus musste dringend renoviert werden, jetzt gab auch noch das Auto auf.

Kathi hatte am Morgen im Internet nachgeschaut, was ein neues Reetdach kosten würde. Selbst wenn man nur auf der Wetterseite das Reet ersetzen würde, wäre man ganz schnell bei mehreren Zehntausend Euro. Als sie die Preise sah, hatte sie ihren Laptop schnell wieder zugeklappt. Ein neuer Motor würde sicherlich auch einige Hundert Euro kosten, selbst wenn man einen gebrauchten vom Schrottplatz nehmen würde. Und wenn sich die Reparatur nicht mehr lohnen würde, dann müsste ein anderes Auto her. Weder das eine noch das andere konnte ihre Oma finanzieren, da war sich Kathi sicher.

Kathi bewunderte die Gelassenheit, mit der Gesa mit ihren Problemen umging. Nie schien sie die gute Laune zu verlieren, egal, wie dicke es auch kam.

Vielleicht sollte sie ihre Mutter anrufen und ihr von dem ganzen Dilemma erzählen. Auf der anderen Seite war sie sich ziemlich sicher, dass Gesa das nicht recht wäre. Seit Kathi denken konnte, hatten ihre Mutter und Gesa ein schwieriges Verhältnis. Keine von beiden hatte Kathi je erzählt, was zwischen ihnen vorgefallen war, aber sobald die beiden in einem Zimmer waren, dauerte es nie lange, bis es zum Streit kam. Gesa machte eine Bemerkung, ihre Mutter entgegnete etwas, was wiederum von Gesa kommentiert wurde. Dann gab ein Wort das andere, bis eine von beiden beleidigt aus dem Raum ging.

Nein, sie würde Mama nicht anrufen. Sie würde höchstens sagen, dass Gesa doch endlich das Haus verkaufen sollte, wenn sie Geldprobleme hätte. Das Grundstück sei ein Vermögen wert, bei den Preisen auf Sylt. Nur, wo sollte Gesa dann wohnen? Auf der Insel waren bezahlbare Wohnungen nicht zu bekommen, und Gesa wollte unter keinen Umständen aufs Festland ziehen. Sie sei auf Sylt geboren und hier wolle sie auch sterben, sagte sie immer. Nein, das Haus zu verkaufen, würde nichts besser machen – im Gegenteil.

»Du bist so still, Kleines. Was ist denn los? Hast du Angst vor der neuen Arbeit?«, fragte Gesa nach einem kurzen Seitenblick auf ihre Enkelin.

Kathi seufzte. Gesa schien wirklich Gedanken lesen zu können.

Ja, sie hatte Angst, der Arbeit in der *Kate* nicht gewachsen zu sein. Aber sie wollte Gesa in ihrer schwierigen finanziellen Situation auf keinen Fall länger auf der Tasche liegen.

Nun reiß dich mal zusammen, zischte ihre innere Stimme. *So schlimm wird es schon nicht werden! Sieh zu, dass du was auf die Beine stellst, damit du deiner Oma helfen kannst.*

»Alles in Ordnung«, sagte Kathi leichthin. »Damit komm ich schon klar.«

»Aber sicher! Du schaffst das mit links. Wir Hansens sind aus hartem Holz geschnitzt.« Sie klopfte mit den Knöcheln der freien Hand gegen ihren Kopf. »Sylter Dickschädel.«

Kathi lachte. »Klar, Oma, wir beide kriegen das schon hin.«

Kapitel 4

Vor lauter Angst, den Termin mit Maja zu verschlafen, wachte Kathi am nächsten Morgen schon um kurz vor sechs auf. Draußen wurde es hell, und die ersten Amseln begannen zu zwitschern. Entschlossen warf Kathi die Bettdecke zurück und erschreckte Walter, der wie eine schwarzweiße Fellkugel eng eingerollt am Fußende geschlafen hatte. Der Kater zuckte zusammen und sprang auf die Füße.

»Entschuldige, Walter!«, sagte Kathi leise, streckte die Hand aus und kraulte ihn hinter den Ohren, worauf er sich begeistert schnurrend auf den Rücken warf, um sich den Bauch streicheln zu lassen. »Das wird ein anstrengender Tag heute. Na komm, lass uns mal runtergehen und Kaffee kochen. Und du hast doch sicher auch schon Hunger, oder?«

Sie zog sich einen Bademantel über und schlich auf Zehenspitzen die Treppe hinunter in die Küche. Zu ihrer Überraschung saß ihre Großmutter bereits mit einer Tasse Tee am Küchentisch und las die Tageszeitung. Als sie Kathi bemerkte, schob sie ihre Lesebrille in die Haare und lächelte. »Hallo, Kathi! Du bist aber früh wach«, sagte sie. »So nervös wegen des Termins in der *Kate*?«

Kathi zuckte die Achseln. »Ich weiß nicht, was es war, jedenfalls konnte ich nicht mehr schlafen. Und was machst du schon so früh hier?«

»Ich bin eigentlich immer schon um diese Uhrzeit wach«, erwiderte Gesa. »Muss wohl senile Bettflucht sein, auch wenn ich mich eigentlich noch gar nicht so alt fühle.« Sie lachte. »Nein, im Ernst. Ich liebe diese stille Stunde ganz früh am Morgen. Zusehen, wie der Tag erwacht, und dabei meine erste Tasse Tee trinken und die Zeitung lesen. Das hab ich schon früher immer so gemacht, als Opa noch lebte. Er war genauso ein Langschläfer wie du. Wenn er nicht zur Arbeit musste, hat er mindestens bis zehn in den Federn gelegen. Diese Zeit am Morgen gehörte immer mir ganz allein.« Sie stand auf, holte für Kathi einen Becher aus dem Küchenschrank und schenkte ihr Tee ein. »Und jetzt gehört der Morgen uns beiden.«

Wie zum Zeichen, dass sie jemanden vergessen hatte, ließ Walter, der ihr um die Knöchel strich, ein langgezogenes Miauen hören. Die beiden Frauen lachten. »Natürlich uns dreien«, ergänzte Gesa, bückte sich zu dem Kater hinunter und kraulte ihn.

***

Pünktlich kurz vor zehn Uhr parkte Kathi Omas alten Golf vor der *Kate* in Kampen. Sie warf noch einen schnellen Blick in den Rückspiegel und fand, dass sie das Make-up ganz gut hinbekommen hatte. Lidschatten, schwarze Mascara und ein dezenter blassroter Lippenstift betonten ihre helle Haut und brachten ihre blaugrauen Augen zum Strahlen. Doch, sie sah annehmbar aus, fand sie. Die Haare trug sie zum Pferdeschwanz gebunden, was ihr Gesicht noch schmaler wirken ließ.

»Toi, toi, toi, Kathi«, wiederholte sie murmelnd die Worte, mit denen ihre Großmutter sie an der Tür verabschiedet hatte. Dann holte sie tief Luft, stieg aus dem Wagen und ging zur Eingangstür.

Maja, die hinter dem Empfangstresen stehend etwas in ein großes Buch schrieb, hob den Kopf, als Kathi eintrat.

»Ah, hallo Kathi!«, sagte sie freundlich. »Prima, dass du so pünktlich bist. Lass mich noch kurz die Reservierung zu Ende notieren, dann können wir loslegen.«

Während sie weiterschrieb, musterte Kathi ihre Kollegin genau. Heute trug Maja eine helle Jeans, eine lockere weiße Baumwollbluse und Markensportschuhe. In diesem Outfit sah sie aus wie ein junges Mädchen von vielleicht achtzehn oder neunzehn Jahren, nicht wie die seriöse Serviceleiterin eines Gourmetrestaurants. Endlich legte Maja den Stift zur Seite und klappte den Terminkalender zu. Sie sah an Kathi vorbei durch die Glasscheiben der Eingangstür. »Ist das dein Wagen?«, fragte sie.

»Der meiner Großmutter, aber ja, ich bin damit hergekommen.«

Maja runzelte die Stirn. »Solange keine Gäste da sind, kann er da stehen bleiben«, sagte sie. »Aber wenn du morgen kommst, solltest du unbedingt hinter dem Haus parken. Da ist noch ein kleiner Parkplatz für uns. Anweisung vom Chef.« Sie zwinkerte Kathi zu. »Vorne ist der Platz für die Edelkarossen.«

Kathi spürte, wie ihr das Blut in den Kopf stieg und griff nach Gesas Schlüssel. »Ich kann ihn auch schnell wegfahren?«, sagte sie.

»Nein, lass nur. Das konntest du ja nicht wissen.« Maja grinste. »Mit etwas Fantasie geht er doch fast als Oldtimer durch.« Sie trat hinter dem Empfangstresen hervor und gab Kathi die Hand. »Willkommen bei uns in der *Kate*!«, sagte sie herzlich. »Ich zeig dir erst mal das Team und dann können wir ein bisschen trainieren.«

Sie ging voraus in die Küche und stellte Kathi den drei Köchen vor, die mit den ersten Vorbereitungen für das Abendmenü beschäftigt waren und Kathi nur einen kurzen Gruß zunickten, ehe sie sich wieder an ihre Arbeit machten.

»Mach dir nichts draus«, sagte Maja, als sie in den Restaurantbereich hinübergingen. »Köche sind meistens mundfaul. Dafür hören die Leute aus dem Service meistens gar nicht mehr auf zu reden, wenn sie erst mal angefangen haben. Berufskrankheit, sozusagen.«

Im Restaurant waren zwei junge Männer und eine Frau damit beschäftigt, die Tische für den Abend einzudecken. Auf einem Servicewagen standen etwa dreißig Orchideengestecke in kleinen Glasschalen bereit, die als Tischdekoration dienen sollten. Die beiden Männer waren dabei, die Tischdecken zu wechseln, während die junge Frau an einem der Tische saß und schnell und geschickt die gestärkten Stoff-Servietten faltete, die flach auf einem Stapel vor ihr lagen.

»Das ist Kathi, die wird uns ab morgen hier helfen!«, sagte Maja zu den dreien. »Kathi, das sind Hannes, Patrick und Rosa. Den Rest des Serviceteams lernst du nach und nach kennen.«

Nachdem Kathi allen dreien die Hand gegeben hatte, schlug Maja vor, dass sie Rosa beim Falten der Servietten helfen solle. Sie setzte sich mit an den Tisch und ließ sich von der zierlichen Rosa zeigen, worauf sie dabei zu achten hatte. Es sah komplizierter aus, als es war, und Kathi hatte den Bogen schnell raus. Die fertigen Servietten legten sie zunächst in einen großen hölzernen Kasten, von wo aus sie zusammen mit Platztellern, Weingläsern und den meerblauen Wassergläsern auf den Tischen drapiert wurden.

Schnell waren die Tische für den Abend fertig eingedeckt. Die Arbeit mit den drei anderen machte Kathi Spaß, es herrschte ein lockerer Umgang miteinander. Die beiden Jungs zogen Rosa und sie ein bisschen auf, und alle vier lachten schallend über Patricks blöde Kalauer.

Das Arbeitsklima schien ausgesprochen gut zu sein, und Kathi fühlte sich unter den Serviceleuten der *Kate* gleich richtig wohl. Maja, die sich kurz entschuldigt hatte, kam mit ein paar Tellern in der Hand zurück. »So, jetzt gucken wir mal, wie du das mit dem Servieren so hinbekommst!«, sagte sie. »Stell dir einfach vor, da sind jetzt Gourmetmenüs drauf. Schaffst du drei Teller?«

Kathi verzog das Gesicht. »Vielleicht sollte ich es doch lieber erst mal mit zweien versuchen.«

Maja zuckte die Schultern. »Für den Anfang sicher kein Problem. Ich denke, den Bogen wirst du schnell raushaben. Schau?« Geschickt balancierte sie zwei Teller in der Linken, nahm einen in die Rechte und stellte sie nacheinander auf die Platzteller des Tisches vor ihr. »Wichtig ist, dass du immer von rechts servierst. Und auch wieder von rechts abräumst.« Sie sammelte die Teller wieder ein und reichte sie an Kathi weiter. »Jetzt du!«

Kathi probierte es, und Maja nickte zufrieden. »Das war doch schon mal gar nicht schlecht!«, sagte sie. »Was für dich vermutlich zu Anfang eine ziemliche Umstellung sein wird, ist die Tatsache, dass wir die Bestellungen nicht aufschreiben. Du musst dir alles merken, dann bongst du das in die Kasse und gibst den Bon in die Küche. Und wenn du dann später das Essen servierst, musst du immer noch genau wissen, welcher Gast welchen Teller bekommt. Da muss man sich ziemlich konzentrieren. Meinst du, du schaffst das?«

Kathi schluckte und nickte dann. »Eigentlich hab ich ein ganz gutes Gedächtnis«, sagte sie forsch, ohne selbst von ihrer eigenen Behauptung überzeugt zu sein.

»Prima! Keine Sorge, zu Anfang trägst du nur mit auf. Du musst dir ja auch erst mal alles einprägen, was wir auf der Karte haben. Wunder erwartet niemand von dir.«

»Dann bin ich ja beruhigt!«, sagte Kathi mit einem vorsichtigen Lächeln.

Maja nickte ihr aufmunternd zu. »Du schaffst das schon, ich hab ein gutes Gefühl! Und die anderen vom Team werden dir helfen, dich in den Job einzufinden, nicht wahr?« Patrick, Hannes und Rosa nickten, und Kathi schenkte ihnen ein dankbares Lächeln.

Maja schaute auf ihre Uhr. »Prima! Jetzt haben wir noch Zeit genug, zusammen nach Westerland zu fahren und dich bei unserem Ausstatter einzukleiden.« Als sie Kathis besorgten Blick sah, fügte sie schnell hinzu. »Keine Sorge, das fällt unter Dienstkleidung! Hat der Senior bewilligt!«

***

Zwei Stunden später verließen Kathi und Maja mit etlichen Tüten beladen das Bekleidungsgeschäft Jensen in der Westerländer Innenstadt. Renke Frerichs musste ein großzügiges Budget zur Verfügung gestellt haben: Maja hatte für Kathi zwei schwarze, eng geschnittene Hosen, einen schmalen, wadenlangen Rock und vier schwarze Satinblusen ausgesucht. Hinzu kamen zwei Paar neue Schuhe: schwarze Lederballerinas zum Rock und sehr bequeme flache Laufschuhe. Maja hatte ihr dringend von Absätzen abgeraten.

»Du glaubst ja gar nicht, wie viele Kilometer du so an einem Abend zurücklegen wirst«, meinte sie. »High Heels werden da zu reinsten Folterinstrumenten! Glaub mir, das musste ich auch erst lernen! Eitelkeit kann man sich in dem Job nicht leisten.« Sie lachte. »Weißt du was? Wir gönnen uns jetzt erst mal eine Tasse Kaffee und ein schönes Stück Kuchen, ehe wir zurückfahren.«

Sie zog Kathi in eine der Konditoreien an der Friedrichstraße. »Hier gibt's den besten Kuchen auf der Insel! Such dir was aus, ich lade dich ein!«

Bei Kirschkuchen und Milchkaffee kamen die beiden jungen Frauen schnell ins Gespräch. Kathi erzählte von ihrer Ausbildung in Hamburg, davon, dass sie außer einem schlecht bezahlten Praktikum keinen Job gefunden hatte, und dass sie darum zum Arbeiten auf die Insel gekommen war. Auch wenn ihr Maja auf Anhieb sehr sympathisch war, hatte sie sich vorgenommen, nicht zu viel von sich preiszugeben.

»Und wie hat es dich auf die Insel verschlagen?«, fragte Kathi am Ende ihrer Geschichte. »Ich meine, du kommst doch nicht von hier, oder?«

»Nein! Gebürtig bin ich aus Hannover. Hab eine Ausbildung zur Hotelfachfrau gemacht, weil mir damals nichts Besseres eingefallen ist. Und dann bin ich mit einem guten Freund zusammen auf die Malediven ausgewandert, der dort eine Tauchschule aufgemacht hat. Das war unser gemeinsamer Traum. Lief auch die ersten zwei Jahre ganz gut, nur dann … Naja, ich bin krank geworden und musste wieder zurück nach Deutschland, weil ich mir dort die Behandlung nicht hätte leisten können. Krankenversicherung ist da drüben im Paradies halt unbezahlbar! Nach der Operation musste ich mir hier erst mal notgedrungen in Deutschland einen Job suchen. Was liegt da näher als Sylt, wenn man auf das Meer, den Wind und die salzige Luft nicht verzichten will. Die Arbeit in der *Kate* ist auch ganz in Ordnung …«

»Aber?«, hakte Kathi nach.

Maja schloss für einen Moment die Augen. »Naja, wenn du einmal Blut geleckt hast? Ich hab den Traum von der Tauchschule auf den Malediven nicht aufgegeben. Sobald ich das Geld zusammenhabe, werde ich mich in den Flieger setzen und einen neuen Anlauf starten.«

»Ganz schön mutig. Ich weiß nicht, ob ich das könnte, so weit weg von allem, in einem fremden Land wieder neu anfangen.«

Maja zuckte die Schultern. »Wenn du einen Traum hast, dann musst du alles tun, um ihn in die Tat umzusetzen. Welchen Sinn sollte das Leben sonst haben?«

Kathi schwieg. Hatte sie selbst je einen Traum gehabt, an den sie so sehr geglaubt hatte, dass sie dafür alles aufgegeben hätte? Träume hatten immer nur die anderen, sie selbst war irgendwie nur damit beschäftigt gewesen, dafür zu sorgen, dass der Laden lief, damit die anderen ihre Träume verwirklichen konnten. Besonders Till mit seiner Musik … Zorn und Enttäuschung brannten in ihrer Kehle und schnürten sie zu. Sie presste die Lippen aufeinander und stocherte mit der Gabel in ihrem Kuchen herum, ohne zu sehen, was sie tat.

Maja warf ihr einen fragenden Blick zu. »Alles in Ordnung, Kathi?«, fragte sie leise. »Schmeckt dir der Kuchen nicht?«

Kathi schrak aus ihren trüben Gedanken hoch. »Wie? Doch, der Kuchen ist gut. Es ist nur …« Sie suchte nach Worten. Maja war zwar ausgesprochen sympathisch, aber für die nächsten Monate auch ihre direkte Vorgesetzte. Sollte sie ihr unter diesen Umständen wie einer Freundin ihr Herz ausschütten? »Er ist nun mal nicht mit dem Apfelkuchen meiner Oma zu vergleichen. Altes Familienrezept, weißt du?«

Maja grinste. »Dann musst du unbedingt mal welchen davon in die *Kate* mitbringen. Vor der Arbeit trinken wir immer zusammen einen Kaffee. So eine Art Dienstbesprechung des Servicepersonals. Hin und wieder bringt da jemand was mit. Und selbst gebackener Kuchen ist natürlich bei uns der Hit.« Sie warf einen Blick auf ihre Armbanduhr. »Auweia!«, rief sie. »Schon gleich drei Uhr! Jetzt müssen wir uns sputen, sonst dreht Hauke am Rad. Er regt sich immer gleich so auf, wenn man zu spät kommt, und ich hab gesagt, ich bin um spätestens drei wieder da. Unserem lieben Chef fehlt ein wenig die lockere Lebenseinstellung.« Sie grinste und zwinkerte Kathi zu. »Ich geb mir ja alle Mühe. Vielleicht kann ich ihm da noch etwas beibringen. Lernfähig ist er ja!«

Maja stand auf und ging zur Kasse hinüber, um zu zahlen. Kathi sah ihr hinterher und rätselte, was Maja mit dieser Bemerkung gemeint haben könnte.

***

Am nächsten Nachmittag trug Kathi vorsichtig ein Blech *Sylter Wolken* vom Auto zum Hintereingang der *Kate*. Sie hielt das Blech weit vom Körper entfernt, während sie die Stufen zur Tür hinaufstieg. Jetzt nur nicht schmutzig machen, das fehlte noch!

Oma Gesa hatte es sich nicht nehmen lassen, morgens noch zu backen, damit Kathi an ihrem ersten Arbeitstag einen *würdigen Einstand geben konnte*, wie sie es nannte. »Sollst sehen, Kind. Ein bisschen geschmiert, laufen alle Räder runder.« Kathi hatte gelacht, und gemeint, das sei sicher nicht nötig, aber dann den Kuchen dankend entgegengenommen.

Im Dienstzimmer saßen bereits Patrick und Rosa zusammen mit drei weiteren jungen Männern, die ebenfalls ganz in Schwarz gekleidet waren. Alle hatten Kaffeebecher in der Hand und unterhielten sich.

Kathi nickte lächelnd in die Runde, sagte Hallo und versuchte dabei, nicht zu nervös zu wirken. Patrick erhob sich von seinem Stuhl, um ihr das Backblech abzunehmen. Er schnupperte genüsslich an dem Kuchen, von dem ein verführerischer Duft nach Äpfeln und Zimt ausging. »Hm! Unsere Neue weiß, wie man sich richtig einführt!« Er warf einen Blick auf seine Kollegen. »Und, was wollt ihr essen? Der Kuchen hier ist jedenfalls meiner! Und zwar ganz allein meiner!« Er wandte sich ab und tat so, als wolle er mit dem Blech hinausschleichen.

Bei dem Protest der anderen lachte er lauthals. »Nee, nee, ich hab nur Spaß gemacht. Thorben, hol doch mal schnell Teller und Gabeln.« Einer der beiden Kellner, die Kathi noch nicht kannte, stand auf und ging zur Tür.

»Und pass auf, dass die Küchenheinis nichts davon mitkriegen, sonst wollen die auch was abhaben!«, rief Patrick ihm nach.

»Es ist bestimmt genug für alle da«, meinte Kathi.

»Du weißt ja nicht, wie verfressen die Bande ist!«, erwiderte Patrick lachend und stellte das Blech mit den *Sylter Wolken* auf den Holztisch. »Wenn die hier einfallen, dann ist der Kuchen alle, ehe du *Kohlroulade* sagen kannst!« Er wandte sich an die versammelten Kollegen. »Leute, das ist Kathi, unsere neue Aushilfe! Kathi, das sind Ronny und Ingo, Rosa kennst du ja schon, und der da mit den Tellern ist Thorben. Das ist die Schicht, die sich heute die Hacken ablaufen darf, damit die da draußen was hinter die Kauleisten bekommen.«

»Du meinst, das sind die fleißigen Mitarbeiter, die sich um das leibliche Wohl unserer hochverehrten Gäste kümmern dürfen!«, ertönte eine lachende Stimme hinter ihnen.

Maja war unbemerkt eingetreten und lehnte mit verschränkten Armen in der Türöffnung. Auch heute trug sie wieder einen engen schwarzen Hosenanzug, der sie noch schlanker wirken ließ. »Wie ich sehe, hat Patrick dich schon vorgestellt, Kathi«, sagte sie. »Prima. Dann kann ich mir alle Förmlichkeiten sparen, und wir können gleich durchgehen, was heute alles anliegt. Und dazu den sagenumwobenen Apfelkuchen von Kathis Großmutter probieren. Hat mal jemand einen Becher Kaffee für mich?«

Damit zog sie einen Stuhl zurück, klappte eine schwarze Ledermappe auf, die sie vor sich auf den Tisch legte, und nahm Platz.

***

Als Kathi in dieser Nacht gegen halb eins endlich wieder zu Hause ankam, wartete Gesa im Wohnzimmer auf sie. Im Fernseher lief ein amerikanischer Krimi, aber Gesa schaute gar nicht hin. Sie hatte die Füße hochgelegt und strickte an einem unförmigen roten Pulloverteil, während Walter lang ausgestreckt neben ihr auf dem Sofa schlief.

Völlig erledigt ließ sich Kathi auf einen der Sessel fallen und streifte die Schuhe von den Füßen.

»Und? Wie war es?« Gesa schob ihre Lesebrille in die Haare hoch. »Sind die großen Katastrophen ausgeblieben?«

»Sieht so aus!« Kathi musste grinsen. »Maja, also die Serviceleiterin, meinte, fürs erste Mal hätte ich mich wacker geschlagen. Keine Teller zerbrochen, kein Menü über einen Gast gekippt, keinen Wein über die Tischdecke gekleckert. Aber meine Füße! Ich glaub nicht, dass ich je wieder in irgendwelche Schuhe passe! Aber sonst ist er erste Tag wohl ganz gut verlaufen.«

»Siehst du? Ich hab doch gleich gesagt, dass du dir ganz umsonst Gedanken machst. Überall wird nur mit Wasser gekocht, und Meister fallen nun mal nicht vom Himmel.«

Kathi lachte. »Zwei Lebensweisheiten in einem Satz! Das schaffst auch nur du!«

Kapitel 5

»Na los doch!«, rief Tills Stimme. »Halt dich fest, ich zieh dich raus.«

Von oben streckte sich ihr eine Männerhand entgegen, aber Kathi schüttelte den Kopf. »Geh weg! Lass mich in Ruhe!«, stieß sie hervor. »Verschwinde einfach! «

»Kathi, bitte! Du musst da rauskommen! Das ist gefährlich!«

So ein Blödsinn! Gefährlich ... Was sollte hier schon gefährlich sein? Sie kannte diesen Ort wie ihre Westentasche. Das hier war die Kiesgrube hinter dem Haus ihrer Eltern, in der sie als Kinder immer Verstecken gespielt hatten. Und dieses Erdloch war damals Kathis bestes Versteck gewesen. Hierher war sie oft gekommen, wenn zu Hause wieder einmal dicke Luft gewesen war, hatte stundenlang hier gesessen und nachgedacht oder gelesen. Kathi fragte sich nur, warum sie hier war.

»Jetzt mach schon«, rief Till mit hochrotem Kopf. »Ich habe nicht ewig Zeit. Ich muss gleich zur Bandprobe. Du weißt doch, dass wir einen Auftritt haben.«

»Lass mich in Ruhe«, zischte Kathi.

Till verschwand kurz aus ihrem Sichtfeld und kam dann mit einer Leiter in der Hand zurück. »Hier. So ist es ganz einfach. Mach Platz, ich lass die Leiter runter.«

Als sie die Metallfüße der Leiter erreichen konnte, griff Kathi danach und stieß sie mit aller Kraft wieder zurück.

»Was machst du denn da?«, schrie Till entsetzt. »Ich will dich doch retten!«

»Ich muss nicht gerettet werden. Hau endlich ab!«

Mit einem Ruck zog Till die Leiter wieder hoch und warf sie

zur Seite. »Also gut, dann eben nicht! Sieh doch zu, wie du allein aus dem Schlamassel wieder rauskommst.« Er drehte sich um und war verschwunden.

Erleichtert lehnte Kathi sich an die Wand aus Erde und sah nach oben. Die Sonne war verschwunden, und über ihr ballten sich dunkelgraue Gewitterwolken am Himmel zusammen. Blätter wirbelten in der Luft und wurden vom eisigen Wind in das Erdloch geweht. Ein Blitz zuckte über den Himmel, und sie fühlte die ersten Tropfen auf ihr Gesicht fallen.

Kathi fuhr aus dem Schlaf hoch und wischte sich mit der Hand durchs nasse Gesicht. Ihr Blick fiel auf den Wecker auf dem Nachttisch: zehn Minuten nach fünf. Draußen heulte ein Sturm um die Hausecken, schwere Regentropfen prasselten an die Fensterscheiben und vom schwarzen Deckenbalken über ihr tropfte es auf ihr Kopfkissen hinunter. Sie sprang aus dem Bett und zog sich Hose und Sweatshirt an. Als sie die Tür öffnete, stand Gesa mit zwei Eimern in der Hand vor ihr.

»Land unter!«, fluchte sie. »Ist doch schlimmer gekommen, als angekündigt. Regnet es bei dir auch durch?«

Kathi nickte und nahm ihr einen der Eimer ab, zog ihr Bett ein Stück von der Wand weg und stellte den Eimer so auf den Boden, dass alle Tropfen aufgefangen wurden.

Gesa stand hinter ihr und starrte zum Fenster hinaus. »Der dritte Frühjahrssturm. Auch das noch!« Kurz kontrollierte sie, ob an der Decke weitere feuchte Stellen zu finden waren, dann lief sie nach unten in die Diele. Kathi folgte ihr. Vorsichtig zog Gesa die Haustür auf und schrie entsetzt auf. »Da ist ein Teil vom Dach runtergeflogen. Ich muss da raus, vielleicht lässt sich noch was retten.« Bei den letzten Worten riss sie ihre Wachsjacke vom Haken und wollte sie gerade überziehen, als Kathi sie am Arm festhielt. »Das ist viel zu gefährlich, Oma. Du bleibst hier. Was willst du denn da draußen?«

»Ich muss!«, schrie Gesa gegen den tosenden Sturm an und drängte sich an Kathi vorbei zur Tür. Kathi griff nach ihrer Jacke und folgte Gesa nach draußen. Vor der Haustür wurde sie von einer Windböe erfasst, die sie gegen die Wand drückte. Gesa war inzwischen am Schuppen und hantierte an der Leiter, die außen angebracht war.

»Du willst doch wohl nicht aufs Dach klettern«, schrie Kathi gegen den Wind an. Gesa reagierte nicht, vermutlich hatte sie sie gar nicht gehört. Kathi stieß sich von der Wand ab und kämpfte sich die wenigen Schritte zum Schuppen hinüber.

»Du kannst nicht aufs Dach klettern, Oma, das ist doch Selbstmord!«, schrie sie ihr ins Ohr. Gesa schüttelte den Kopf.

»Nur auflegen!«, gab sie ebenso zurück und deutete dabei mit der Hand nach oben. Jetzt sah Kathi, dass am Rand des Daches ein Teil des Reets weggerissen worden war. Gesa zeigte auf die Leiter, die sie inzwischen aus der Halterung gelöst hatte, und schrie ihr etwas zu, was der Wind größtenteils verschluckte. Kathi nickte und griff nach dem hinteren Teil der breiten Holzleiter. Zusammen schleppten sie sie zum Haus hinüber und richteten sie dort vorsichtig auf, um sie gleich darauf auf die Stelle am Dach fallen zu lassen, an der der Sturm ein Loch in das Reet gerissen hatte. Gesa bedeutete Kathi, die Leiter gut festzuhalten, lief zum Schuppen hinüber und kam mit einem Tau zurück, das sie um beide Leiterholme schlang und dann an einem Eisenring in der Wand festzurrte, so gut es ging. Die Leiter lag nun auf dem Dach und hielt den Rest des Reets davon ab, vom Wind losgerissen zu werden. Gesa zeigte auf die Eingangstür und wartete, bis Kathi sich auf den Weg gemacht hatte.

»Das war höchste Eisenbahn«, sagte Gesa, als sie wieder im sicheren Flur standen. »Jetzt können wir nur hoffen, dass der Sturm nachlässt und wir mit einem blauen Auge davonkommen.«

»Passiert sowas öfter?«, keuchte Kathi, die sich nach vorne gebeugt hatte und sich mit beiden Händen auf den Knien abstützte. Langsam beruhigte sich ihre Atmung wieder.

»Wir sind hier nicht in Frankfurt. Wenn der Sturm von der Nordsee her kommt, kann das schon mal ganz schön haarig werden. Jetzt mach ich uns erst mal eine Tasse Tee. Mehr können wir sowieso nicht tun.«

Kathi folgte ihr in die kleine Küche und ließ sich auf einen Stuhl fallen. »Am besten, ich nehme mir heute frei. Wir müssen …«

»Gar nichts müssen wir«, unterbrach ihre Oma sie. »Du bist erst seit zwei Wochen da und wirst schön zur Arbeit gehen. Ich kümmere mich schon darum. Heiner Lachner muss herkommen.« Als Kathi sie fragend ansah, fügte sie hinzu: »Das ist der Mann von der Versicherung. Ich will mal hoffen, dass die mir keine Schwierigkeiten machen.«

»Du hast doch hoffentlich die Beiträge pünktlich bezahlt?«, fragte Kathi bestürzt. Vor ihrem geistigen Auge zog plötzlich ein Horrorszenario auf, an dessen Ende die unweigerliche Zwangsversteigerung des Hauses stand.

»Deern, das überlass mal alles schön deiner Oma.« Sie lauschte. »Hört sich fast so an, als ob es mit dem Sturm weniger wird.«

Es stimmte, das Heulen draußen hatte merklich nachgelassen. Erst jetzt fiel Kathi ein, dass sie Walter heute noch gar nicht gesehen hatte. Sie sprang auf und lief suchend durch die Zimmer, bis sie ihn im Wohnzimmer fand. Er hatte sich unter dem großen Sofa verkrochen und schaute sie aus der hintersten Ecke mit seinen weit aufgerissenen Kulleraugen ängstlich an. Nachdem Kathi ihn mit einiger Mühe aus seinem Versteck gelockt hatte, nahm sie ihn auf den Arm und trug ihn in die Küche.

Während sie Tee tranken, ließ der Wind draußen immer weiter nach. Gegen acht Uhr schien der Spuk, wie Gesa den Sturm nannte, vorüber zu sein. Die schwarzen Wolken waren in Richtung Osten weitergezogen und hatten den ersten zaghaften Sonnenstrahlen Platz gemacht.

Gegen neun Uhr fuhr Gesa zum Versicherungsbüro, um auf alle Fälle rechtzeitig vor Kathis Arbeitsbeginn wieder zurück zu sein. Kathi legte sich ins Bett zurück und versuchte vergeblich, wieder einzuschlafen. Schließlich stand sie auf und zog sich an.

Gesa hatte zwar nach einem schnellen Rundgang ums Haus gemeint, dass sie keine weiteren Schäden habe sehen können, aber Kathi ließ die Sache keine Ruhe, bis sie sich selbst gründlich umgeschaut hatte. Sie zog ihre Strickjacke an und machte sich auf den Weg nach draußen. Überall im Garten lagen abgeknickte Äste und Sträucher herum. Zwar schien der Holzzaun den Sturm gut überstanden zu haben, dafür war das Tor zur Hauseinfahrt aus den Angeln gerissen worden. Als Kathi die Fensterläden kontrollierte, hörte sie ein leises Winseln aus der hintersten Ecke des Gartens, den sie noch nicht abgesucht hatte. Langsam ging sie auf die niedrige Kiefernhecke zu, aus der das Wimmern kam. Sie zwängte sich durch die Hortensiensträucher und beugte sich tief hinunter. Ganz hinten zwischen den Kiefernwurzeln hockte ein junger, völlig verängstigter Cockerspaniel, der sie mit großen Augen anschaute. Wieder gab er ein leises Jaulen von sich.

»Na, mein Kleiner? Was machst du denn hier?« Kathi streckte die Hand aus, aber der Hund wich ein Stück zurück. Erst als sie eine ganze Weile beruhigend auf ihn eingeredet hatte, siegte die Neugier über die Angst, der Spaniel kam ein Stück näher und begann, an ihren Fingern zu schnuppern. Beherzt packte Kathi ihn im Nacken und zog ihn aus seinem Versteck. Sie sah sofort, dass irgendetwas mit seinem rechten Hinterbein nicht stimmte. Er zog es hoch, und jede Berührung schien ihm große Schmerzen zu bereiten. Ganz vorsichtig nahm sie ihn auf den Arm und streichelte ihn. Ein Halsband trug der kleine Kerl nicht.

»Wo kommst du nur her?«, flüsterte sie, während sie den Hund unter dem Kinn kraulte. »Dir hat der Sturm aber auch ganz schön zugesetzt, was? Was machen wir denn jetzt mit dir?«

Gesa würde sicher noch mindestens zwei Stunden unterwegs sein, und einen Tierarzt anzurufen und um einen Hausbesuch zu bitten, scheute Kathi aus Angst vor der unweigerlich folgenden hohen Rechnung. Was blieb, war Dr. Pieper, Gesas Nachbar, der ihres Wissens nach immer noch eine Tierarztpraxis betrieb. Vielleicht hätte sie ja sogar Glück, und er würde bei so einem Notfall beide Augen zudrücken und auf sein Honorar verzichten. Sie lief mit dem Hund auf dem Arm quer über den Hof am defekten Eingangstor vorbei in Richtung des Nachbarhauses. Als sie ein Kind war, hatte hier fast das gleiche Haus wie das ihrer Großmutter gestanden, das später von dem Tierarzt aufwendig aus- und umgebaut worden war. Ein Hinweisschild am Eingang sagte ihr, dass sich die Praxis im Flachdachanbau befand. Sie lief weiter und klingelte dort an der Tür Sturm, in der Hoffnung, dass jemand öffnen würde, obwohl die reguläre Sprechstunde erst in einer Stunde anfing. Gerade als sie aufgeben wollte, ging die Tür auf.

Ein junger Mann stand vor ihr und funkelte sie böse an. »Sind Sie verrückt geworden? Was soll denn die Klingelei? Die Praxis ist noch nicht geöff…«

»Habe ich gelesen«, unterbrach Kathi ihn. »Aber es ist dringend! Ein Notfall, sozusagen. Ich muss sofort zu Dr. Pieper.« Sie zeigte mit dem Kopf auf den Cockerspaniel in ihren Armen. »Der Hund ist verletzt.«

»Sie müssen später wiederkommen. Dr. Pieper ist unterwegs, und ich muss auch gleich weg.«

Kathi sah ihn verblüfft an. »Sie sind …« Sie spürte, wie ihr das Blut in die Wangen schoss. Fast hätte sie ihn gefragt, ob er tatsächlich schon Arzt sei. Im ersten Augenblick hatte sie ihn für einen Studenten von vielleicht fünfundzwanzig Jahren gehalten, aber jetzt, wo sie ihn genauer betrachtete, sah sie, dass er vermutlich sogar älter als sie selbst war.

»Tierarzt, ja.« Er schien seinen Ärger nur mühsam zu unterdrücken. »Wie gesagt, Sie müssen später wiederkommen, ich muss zu einer kalbenden Kuh.«

»Aber der Hund ... er hat Schmerzen.«

»Sonst wären Sie ja wohl kaum hier«, sagte er sarkastisch. Er schloss die Tür hinter sich und versuchte, an ihr vorbeizugehen. Kathi stellte sich ihm wütend in den Weg. »Und sowas will Tierarzt sein? Der Hund ist verletzt, und Sie haben keine Zeit, ihm zu helfen. Toll!«

Der Mann blieb stehen, sah sie an und verdrehte die Augen. »Also gut, kommen Sie rein. Ich schaue ihn mir schnell an.« Er schloss die Tür auf und drehte sich noch einmal zum leeren Parkplatz der Praxis um. »Sind Sie zu Fuß hier?«

»War nicht weit«, murmelte Kathi, die beschlossen hatte, erst mal zu verheimlichen, dass sie aus dem Nachbarhaus kam, bis der Hund behandelt worden war.

Kathi folgt dem jungen Mann in ein Behandlungszimmer, den Cockerspaniel noch immer auf dem Arm. Als sie ihn vorsichtig auf den Behandlungstisch legte, jaulte er vor Schmerzen.

»Ich bin übrigens Dr. Schuster«, stellte er sich vor.

Ja und?, dachte Kathi, die ihre Wut über diesen Schnösel kaum bändigen konnte. *Kümmere dich lieber um den armen Hund.*

»Katharina Adrians«, antwortete sie und fügte schnippisch hinzu: »Ohne Doktor.«

Der Mann wandte sich dem Spaniel zu und senkte den Kopf, um sein Grinsen zu verbergen. Kathi beobachtete ihn dabei, wie er den jungen Hund vorsichtig abtastete. Eigentlich sah dieser Dr. Schuster gar nicht aus wie ein arroganter Angeber. Er war nicht viel größer als sie selbst, schlank und drahtig, hatte kurzgeschnittene schwarze Haare, die an den Schläfen schon von vereinzelten silbernen Fäden durchzogen waren, ein wohlproportioniertes, wenn auch eckiges Kinn, volle Lippen und dunkelbraune Augen. Nur die schiefe Nase störte etwas. Es sah aus, als sei sie gebrochen gewesen und nicht richtig wieder zusammengeheilt. Würde er sich noch einen Dreitagbart wachsen lassen und sein arrogantes Arztgehabe bleiben lassen, wäre er durchaus ihr Typ.

»Das Bein ist vermutlich angebrochen. Was haben Sie denn nur mit dem Hund gemacht?«, fragte er vorwurfsvoll.

»Ich?«, blaffte Kathi. »Ich habe ihn da draußen gefunden.« Sie zeigte mit der Hand in Richtung Nachbarhaus.

»Interessant. Direkt vor unserer Praxis?« Er schüttelte den Kopf, und Kathi sah, dass er ihr kein Wort glaubte. »Ich stelle das Bein jetzt provisorisch ruhig und geb ihm ein Sedativum. Wenn ich nachher wiederkomme, muss er geröntgt werden, und dann wird das Bein geschient. Sie müssen auf alle Fälle ihre Personalien dalassen, damit wir das mit dem Unfallhergang und der Kostenübernahme klären können.«

»Wieso Unfallhergang?«

»Weil mir das hier sehr nach einem Autounfall aussieht.«

»Glauben Sie etwa, dass ich …« Kathi schluckte hart und ihre Augen wurden schmal vor Zorn. »Sie glauben, dass ich den Hund angefahren und ihn dann hergebracht habe, weil sich mein schlechtes Gewissen gemeldet hat, wie? Und dass ich mich jetzt aus dem Staub machen will.«

Was bildete sich dieser Schnösel eigentlich ein? Stellte sie hier als Lügnerin und Tierquälerin hin. Da hatte sich Dr. Pieper ja einen feinen Kompagnon angelacht!

»Unglaublich!«, antwortete sie beleidigt und hätte am liebsten ein »Sie Möchtegerntierarzt« hinzugefügt, biss sich aber auf die Zunge und schwieg.

»Was glauben Sie, was wir hier schon alles erlebt haben. Kommen Sie am besten gegen Mittag noch einmal vorbei, dann werden wir das alles in Ruhe besprechen. Und geben Sie vorher noch der Sprechstundenhilfe Ihre Telefonnummer, damit wir uns melden können, falls etwas ist.«

Kathi überlegte kurz, welche bissige Antwort sie ihm geben sollte, verließ aber nach einem kurzen Blick auf den inzwischen schlafenden Cockerspaniel schnell das Zimmer. Ihr verletztes Ego konnte sie ein anderes Mal streicheln. Sie ging den kleinen Flur zurück zum Praxiseingang und schloss die Tür mit einem lauten Knall hinter sich. Der Sprechstundenhilfe hatte sie nur zugenickt. Seine dummen *Personalien* würde er noch früh genug bekommen.

Zurück im Haus suchte sie ihre Arbeitskleidung für den Tag heraus. Sie arbeitete bereits seit zwei Wochen in der *Kate* und hatte sich trotzdem erst ganz allmählich an den neuen Rhythmus gewöhnt. Unter der Woche kam sie vor zwölf Uhr nachts nicht nach Hause, am Wochenende konnte es auch mal zwei Uhr werden. Obwohl sie dann todmüde war, konnte sie nie direkt ins Bett gehen. Der ganze Körper lief noch auf Hochtouren und musste erst langsam herunterfahren, damit sie zur Ruhe kommen konnte. Während sie wach lag und an die Decke starrte, schossen ihr unzählige Gedanken durch den Kopf. Wie würde es weitergehen? Sollte sie wirklich den ganzen Sommer über mit Tellerschleppen zubringen, anstatt sich um eine neue Arbeit in Hamburg zu kümmern? Wollte sie überhaupt zurück in diese Stadt, in der ihr jederzeit Till über den Weg laufen konnte? Was hielt sie davon ab, endlich mit ihrer Mutter zu telefonieren und ihr zu erzählen, wo sie sich im Moment aufhielt? Und vor allem: Wie schlimm war Omas finanzielles Dilemma tatsächlich? Immer wieder hatte sie sie mit sorgenvoller Miene über einem Stapel Papieren sitzen sehen, den sie, sobald Kathi den Raum betrat, zur Seite legte, um dann ihre Enkelin mit einem freundlichen Lächeln zu fragen, wie es ihr ginge.

Zumindest hatte sich die Arbeit in der *Kate* als Glückgriff herausgestellt. Die aus ganz Europa wild zusammengewürfelte Servicemannschaft war ein tolles Team, das ihr über die eine oder andere Anfangsschwierigkeit mit einem Lächeln und vielen guten Tipps hinweggeholfen hatte. In der ersten Woche durfte sie häufiger als alle anderen Pause machen. Vor schwierigen Stammkunden wurde sie gewarnt oder gleich zu einem anderen Tisch geschickt, und wenn der Chef wieder einmal schlechter Laune war und mit

Argusaugen durch die Räume tigerte, gab man Kathi frühzeitig einen Wink, sich schnell einer Arbeit zuzuwenden, die schon von Weitem signalisierte, dass sie ein Vorbild an Emsigkeit war.

Auch nach zwei Wochen waren Gesas *Sylter Wolken* immer noch Gesprächsthema im Serviceteam. Patrick dachte sogar laut darüber nach, wie man der Küche das Rezept für ein richtig tolles Dessert unterjubeln könne. Kathi versicherte lachend, dass ihre Oma das Rezept noch niemandem verraten habe und dass das Geheimnis des Kuchens diese ganz besondere, sehr seltene Apfelsorte sei. Ihre Kollegen glaubten ihr nicht und schlugen den Einsatz eines Privatdetektivs vor.

Gerade Maja bemühte sich sehr, Kathi den Anfang so leicht wie möglich zu machen. Sie munterte sie auf, wenn Kathi mit schmerzendem Rücken an die Wand gelehnt ihre Augen schloss, erzählte dann von Tauchgängen in kristallklarem Meer und traumhaften Sonnenaufgängen oder machte Scherze über – wie sie ihn nannte – *unseren herzallerliebsten Chef*. Mehr und mehr wurde sie zu einer Freundin, auch wenn sich Kathi mit ihrer eigenen Geschichte noch immer zurückhielt und nur hin und wieder eine abfällige Bemerkung über Männer machte, die Maja mit einem Stirnrunzeln quittierte.

Besonders gut gefiel Kathi die Regelung, dass die Trinkgelder der Servicekräfte gesammelt und nach einem von Maja errechneten Schlüssel an die Mitglieder des Teams verteilt wurden. Schon jetzt bekam Kathi ein erkleckliches Sümmchen aus diesem Topf zu ihrem Einkommen hinzu. Wenn es so weiterlief, würde sie hier auf Sylt weit mehr verdienen als in ihrem Beruf als Werbekauffrau, von Ludger Bergers mickrigem Praktikantengehalt einmal völlig abgesehen.

Sie schreckte aus ihren Gedanken hoch. Gesas Telefon schrillte durchs ganze Haus. Warum musste sie es nur immer so laut stellen, fragte sich Kathi, während sie in den Flur lief und den Hörer abnahm.

»Bei Hansen«, sagte sie und wollte gerade ihren Namen hinzufügen, als auf der anderen Seite der Leitung jemand anfing, hastig zu reden.

»Ich bin es, Till. Frau Hansen, Sie wollten mich doch wieder anrufen, wenn Sie mit Kathi gesprochen haben. Was hat sie denn jetzt gesagt?«

Kathis erster Impuls war, den Hörer wieder auf die Gabel zu werfen, aber dann atmete sie einmal tief durch.

»Du hast vielleicht Nerven, hier anzurufen!«, schnauzte sie in den Hörer. »Jetzt hör mir mal gut zu: Halt bloß meine Oma aus der Sache raus. Die hat wirklich andere Probleme am Hals, als unsere verkorkste Beziehung zu kitten. Wenn du hier noch einmal anrufst, dann komme ich nach Hamburg und mach dich fertig. Ist das klar?« Sie horchte aufgebracht in den Hörer, aber Till schien es die Sprache verschlagen zu haben. »Und zweitens: Ich bin ausgezogen! Ich mach nicht nur Urlaub hier auf Sylt, ich bin weg von dir – und zwar ein für alle Mal! Ich baue mir hier gerade ein neues Leben auf, mit Job und allem Drum und Dran. Und du kommst in meinem neuen Leben nicht mehr vor. Es ist aus, hörst du? Endgültig! Hast du das auch verstanden?«

Bei den letzten Worten überschlug sich ihre Stimme. Sie versuchte, ihre Atmung wieder unter Kontrolle zu bringen, aber die Wut kochte weiter in ihrem Magen. Ihre Hand zitterte so, dass sie Mühe hatte, den Telefonhörer festzuhalten. »Ob du das verstanden hast, hab ich gefragt!«

Aus dem kleinen Lautsprecher kam ein leises »Ja«.

»Immerhin etwas!«, fauchte Kathi und knallte den Hörer mit aller Kraft auf die Gabel. Einen Moment starrte sie das Telefon an. »Vollidiot!«, knurrte sie.

Abrupt drehte sie sich um, ging in die Küche und ließ heißes Wasser in das Spülbecken laufen, dass es nur so rauschte. Während sie mit den Tellern und Töpfen vom Vortag klapperte, verrauchte ihre Wut allmählich. Immerhin schien Till doch noch etwas an ihr zu liegen. *Aber egal*, dachte sie. *Er hat mich betrogen, das ist das Einzige, was zählt.*

Walter, der sich während des Sturms verkrochen hatte, kam in die Küche stolziert, schmiss sich vor ihr theatralisch auf den Rücken und warf ihr einen flehenden Blick zu. Kathi musste lachen. »Soso, du spielst die *tote Katze*, damit du ein Leckerli kriegst, was?«

Der Kater gab ein leises, jämmerliches Miauen von sich.

»Du bist doch wirklich ein toller Schauspieler!«, sagte Kathi kopfschüttelnd, griff nach der Dose und legte vor ihm ein paar Leckerchen auf den Boden, die der Kater sogleich genüsslich verspeiste.

Als Kathi das Geräusch des Schlüssels in der Haustür hörte, trocknete sie sich die Hände ab und ging in den Flur. Gesa zog gerade ihre Wachsjacke aus und hängte sie an die Garderobe. »Fürs Erste ist alles geklärt«, sagte sie fröhlich. »Heiner Lachner kommt nachher mit einem Sachverständigen von der Versicherung vorbei, der sich den Schaden ansehen soll. Beim Dachdecker war ich auch schon, aber vor übernächster Woche haben die keine Zeit, das Dach zu reparieren. Was meinst du, was bei dem los war! Das Telefon klingelte in einer Tour. Bei dem Sturm müssen etliche Dächer runtergekommen sein. Ich musste schon meinen ganzen

Charme spielen lassen, damit übermorgen jemand kommt, der das Loch notdürftig mit einer Plane dichtmacht.«

Kathi lehnte sich mit verschränken Armen in den Rahmen der Küchentür. »Till hat vorhin angerufen.«

Gesas Lächeln fror ein. »Oh!«, sagte sie leise.

»Warum hast du mir nicht gesagt, dass du mit ihm telefoniert hast?«

Gesa seufzte. »Weil ...« Hilflos zog sie die Schultern hoch. »Keine Ahnung. Irgendwie hab ich immer auf eine passende Gelegenheit gewartet, es dir zu sagen, aber irgendwie ...«

Kathi presste die Lippen zusammen. »Was wollte er denn? Dir was vorjammern? Sein schlechtes Gewissen beruhigen, oder was?«

Gesa ging auf sie zu und tätschelte ihren Arm. »Er macht sich Sorgen«, sagte sie leise. »Als du so Hals über Kopf verschwunden bist, war er ganz außer sich. Hat überall herumtelefoniert, deine Mutter und alle Freunde angerufen, aber niemand wusste, wo du steckst.« Sie lächelte. »Bei deiner Mutter hat er sich wohl eine mächtige Standpauke abgeholt.«

Kathi stöhnte. »Dann ist Mama jetzt auch voll im Bilde?«

»Sie weiß zumindest, dass du hier bist. Ich hab sie angerufen, gleich, als du angekommen bist. Ich wollte nicht, dass sie sich Sorgen macht.«

»Na, bravo!« Kathi seufzte und schüttelte den Kopf. »Alle machen sich Sorgen um mich. Als ob ich allein nicht zurechtkommen könnte!«

Gesa grinste. »Na klar! Wenn man jemanden gern hat, dann macht man sich Sorgen um ihn. Gehört doch dazu!« Sie zog Kathi kurz an sich. »Till hat letzte Woche hier angerufen, als du bei der

Arbeit warst, und wir haben fast eine Stunde miteinander telefoniert. Es tut ihm furchtbar leid, was passiert ist, er sagte, es sei nur dieses eine Mal gewesen, und er wisse auch nicht, wie es dazu kommen konnte.«

»Wer's glaubt!«, schnaubte Kathi.

»Wenn du ihn gehört hättest, würdest du es auch glauben, denk ich. Vielleicht …« Gesa suchte den Blick ihrer Enkelin. »Vielleicht solltest du noch mal mit ihm reden.«

»Und wozu? Was soll das bringen?«, fragte Kathi aufgebracht.

»Ich meine, ihr zwei wart so lange zusammen, habt euch all die Jahre so gut verstanden. Meinst du, es ist wirklich richtig, das alles wegzuwerfen – wegen eines einzigen Fehltritts?«

»Fehltritt? Das klingt wie … Ich hab ihn mit einer anderen im Bett erwischt. Noch dazu in unserem Bett! Wie soll ich das vergessen? Wie sollte ich ihm je wieder vertrauen können?«

»Das ist schlimm, ich weiß.« Ein Schatten huschte über Gesas Gesicht. »Ich weiß das sehr gut. Und es dauert lange, bis man darüber hinwegkommt. Ich sag ja auch nicht, dass du jetzt deine Sachen packen und zu ihm zurückkehren sollst.«

Kathi wollte eine aufbrausende Antwort geben, aber Gesa drückte beruhigend ihre Arme. »Ich möchte nur nicht, dass du gleich alle Brücken hinter dir abbrichst. Lass dir einfach Zeit, soviel, wie du brauchst, und dann rede noch mal mit ihm.«

»Aber wozu denn? Ich will nicht zu ihm zurück. Er hat mir zu sehr wehgetan.«

»Ich weiß das. Und ich weiß auch, dass du ihn tief da drin immer noch liebst.« Oma tippte mit dem Finger auf Kathis Brust.

»Tu ich nicht. Ich hasse ihn! Und wie ich ihn hasse!«

»Im Moment schon und mit allem Recht! Darum sag ich ja:

Nimm dir Zeit. Und wenn du genug Abstand hast, dann rede nochmal mit Till. Entweder, ihr schafft es, die Angelegenheit zu klären, oder ihr könnt einen sauberen Schlussstrich ziehen. Ihn zu hassen, ist keine Lösung, damit schadest du nur dir selbst. Hass frisst dich auf.« Gesa seufzte und schien kurz ihren eigenen Gedanken nachzuhängen. Dann sah sie Kathi in die Augen und lächelte. »Wie gesagt, lass dir einfach Zeit! Apropos Zeit, wie spät ist es eigentlich? Ich muss doch noch zwei Bleche *Sylter Wolken* backen, die hab ich für die Kaffeetafel im Gemeindehaus morgen zugesagt.« Damit ließ sie Kathi los und ging an ihr vorbei in die Küche, um dort auf die Wanduhr zu sehen. »Schon halb zwölf durch! Dann wird es aber höchste Zeit!«

»Halb zwölf schon?«, rief Kathi erschrocken. »Oh mein Gott, der Hund, den hätte ich ja beinahe vergessen!«

»Was für ein Hund denn?«, fragte Gesa verständnislos.

In knappen Worten erzählte Kathi ihrer Großmutter von dem verletzten jungen Spaniel, den sie zum Tierarzt gebracht hatte, und dass sie gegen Mittag wieder bei Dr. Schuster in der Praxis vorbeikommen sollte.

»Da kannst du ja von Glück sagen, dass du nicht an den alten Pieper geraten bist«, sagte Gesa, als Kathi mit ihrem Bericht zu Ende war. »Der hätte dich wahrscheinlich einfach vor der Tür stehen lassen. Sein Schwiegersohn soll ganz in Ordnung sein, wie man so hört.«

»Schwiegersohn?«, fragte Kathi.

»Ja, stell dir vor. Annemarie Pieper hat tatsächlich jemanden gefunden, der sie geheiratet hat.« Gesa lachte. »Hätte ich auch nicht für möglich gehalten, dass mal einer gut genug für Piepers Prinzesschen wäre!«

»Annemarie Pieper?«, fragte Kathi mit gerunzelter Stirn. »Ja, ich erinnere mich. Mit der habe ich früher hin und wieder gespielt.«

»Naja, gespielt …«, meinte Gesa. »So würde ich das nicht gerade nennen. Die hat dich ganz schön herumkommandiert, die Annemarie. *Kathi, tu dies, Kathi, tu das*, hieß es immer, wenn ihr im Wohnzimmer mit Puppen gespielt habt. Sie war ja auch schon ziemlich groß und du ein kleiner Stoppelhopser.«

»Stimmt, sie wollte immer bestimmen, was wir spielen, und immer wollte sie ihre Barbies allein anziehen. Ich durfte nur eine ganz alte haben, der sie mal die Haare abgeschnitten hatte. Ich würde die anderen kaputtmachen, hat sie gesagt.«

»Ja, das klingt ganz nach Annemarie. Inzwischen ist sie ja schon ein gutes Stück über dreißig, aber takelt sich immer noch auf wie eine Barbiepuppe und hält die Nase in die Luft, wenn wir uns mal auf der Straße begegnen, damit sie nur nicht *Moin* sagen muss. Ihr Mann ist da anders. Ich hab gehört, er kommt aus einfachen Verhältnissen und hat wohl zu Hause bei der lieben Annemarie nicht viel zu sagen, wenn man den Gerüchten glauben kann.« Gesa zuckte die Schultern. »Nicht, dass ich viel auf Gerüchte gebe, aber das glaub ich gern! Weißt du was, ich begleite dich, wenn du zu Pieper in die Praxis gehst. Nicht, dass der alte Stinkstiefel versucht, dich nachher noch mit der Rechnung über den Tisch zu ziehen.«

***

Als die beiden Frauen zehn Minuten später an der Tür zur Tierarztpraxis klingelten, öffnete ihnen Dr. Schuster die Tür. Er schien erstaunt, sie zu sehen.

»Schön, dass Sie doch wiedergekommen sind«, sagte er zu Kathi. »Als meine Sprechstundenhilfe erzählte, dass sie weder Namen noch Telefonnummer dagelassen hätten, dachte ich schon ...«

»... dass ich mich aus dem Staub gemacht hätte?«, gab Kathi ein wenig schnippisch zurück.

»Nein, keine Sorge. Man kann meiner Enkeltochter und mir viel vorwerfen, aber nicht, dass wir unsere Rechnungen nicht bezahlen«, ergänzte Gesa.

»So hatte ich das nicht gemeint, Frau ...«

»Hansen, Gesa Hansen« Gesa gab Dr. Schuster die Hand. »Ich glaube, wir kennen uns noch nicht persönlich. Ich wohne dort drüben.« Sie zeigte zu ihrem Haus hinüber. »Aber könnte gut sein, dass Sie schon von mir gehört haben.«

Erstaunt zog der junge Tierarzt die Augenbrauen hoch, antwortete aber nicht.

Gesa lächelte säuerlich. »Wie ich sehe, scheint das so zu sein«, sagte sie. »Aber das ist ja auch einerlei. Wie geht es denn dem Patienten?«

Dr. Schuster grinste und sah in Kathis Augen dabei geradezu unverschämt gut aus.

»Schon viel besser, danke der Nachfrage«, sagte er. »Am besten, Sie kommen mit rein und überzeugen sich selbst davon.«

Er ließ die beiden Frauen in die Praxis und führte sie in einen Raum, in dem an der einen Wand vier geräumige Zwinger angebracht waren. In einem schlief ein Schäferhund, der einen großen Verband um den Bauch trug, zwei waren leer und im hintersten saß der Cockerspaniel und schaute sie aus todtraurigen Augen an. Das rechte Hinterbein steckte in einem blauen Gipsverband, und um den Hals trug er einen riesigen Trichter, der verhindern sollte, dass er an den Verband herankam. Als er die drei hereinkommen sah, winselte der Hund leise und wedelte mit dem Stummelschwänzchen.

»Wirklich ein freundlicher kleiner Kerl«, sagte Dr. Schuster, öffnete die Tür des Zwingers und kraulte den Hund an den Ohren. »Die meisten Hunde nehmen dem Tierarzt die Behandlung übel.« Er drehte sich zu Gesa und Kathi um. »Hat einer von Ihnen den Hund hier in List schon vorher mal gesehen? Ich habe meinen Schwiegervater gefragt, aber zu dessen Patienten gehört er auch nicht. Ein Halsband trägt er nicht, und einen Chip konnten wir auch nicht finden. Eigentlich sollte so ein reinrassiges Tier doch auffallen, denke ich. Cocker sind ja etwas aus der Mode gekommen, und man sieht sie nicht mehr so häufig.«

»Dabei sind das so nette Hunde«, sagte Gesa, trat neben Dr. Schuster und ließ den Hund an ihrer Hand schnuppern, ehe auch sie ihn zu streicheln begann. »Was bist du für ein Hübscher, du kleiner Unglücksrabe.« Der Hund schleckte Gesa über die Hand. »Wenn wir nicht schon Walter zu Hause hätten, könnten wir ihn ja behalten«, sagte sie über die Schulter gewandt zu Kathi.

»Walter?«, fragte Dr. Schuster.

»Mein Kater«, erklärte Kathi. »Ob der sich mit einem Hund vertragen würde, da hätte ich so meine Zweifel. Walter ist eigen.«

»Das käme vielleicht auf einen Versuch an, wenn wir den Halter nicht ermitteln können.« Der Tierarzt zwinkerte ihr zu, und Kathi spürte, wie sie unter dem Blick seiner haselnussbraunen Augen rot wurde. »Meistens gewöhnen sich so junge Hunde schnell ein. Der kleine Kerl ist gerade mal ein halbes Jahr alt. Und er hat wirklich Riesenglück gehabt. Die Röntgenaufnahme zeigt, dass der Oberschenkelknochen nur angebrochen ist. Mit dem

Verband sollte das problemlos wieder zusammenheilen. Außer ein paar Prellungen hat er nichts abbekommen. Ich denke wirklich, dass er von einem Auto angefahren wurde.«

»Aber ich war es nicht!«, beeilte sich Kathi zu versichern.

»Das hab ich doch auch gar nicht behauptet.«

»Heute Morgen schon!«

»Ja, heute Morgen …« Dr. Schuster seufzte. »Da war ich etwas im Stress und vermutlich auch noch mit dem falschen Fuß aufgestanden. Ich bitte um Entschuldigung, Frau« ... Er warf ihr einen fragenden Blick zu.

»Adrians«, stammelte Kathi verlegen. »Kathi Adrians … Immer noch ohne Doktor.«

Jetzt lachte Dr. Schuster so warm und tief, dass es Kathi durch Mark und Bein ging. »Stimmt ja, wir hatten uns schon vorgestellt. Ich hab es nicht so mit Namen: Schall und Rauch, sozusagen.« Immer noch leise lachend wandte er sich wieder dem Spaniel zu, der begeistert den Kopf vorstreckte, um sich von ihm unter dem Kinn streicheln zu lassen. »Und was machen wir jetzt mit dir? Wenn wir nur wüssten, wo du hingehörst.«

»Möglicherweise gehört er ja einem Feriengast«, meinte Gesa. »Eigentlich kann ich mir nicht vorstellen, dass jemand so einen süßen Hund aussetzt.«

»Alles schon vorgekommen! Ich werde mal beim Tierheim anrufen, ob die Platz für ihn haben. Dann übernehmen die auch die Kosten für die Behandlung. Heute kann er hierbleiben, wäre sowieso besser, wenn er noch unter Beobachtung bleibt. Aber morgen haben wir OP-Tag, da brauchen wir jeden Zwinger.«

»Vielleicht, wenn wir einen Aushang machen«, schlug Kathi vor. »Mit einem Foto von ihm und der Telefonnummer, unter der man sich melden kann, wenn man den Hund kennt. Ich könnte das ganz schnell am Laptop …« Sie hielt inne. »Mist! Ich hab ja keinen Drucker!«

»Daran soll es nicht scheitern.« Dr. Schuster lächelte sie an. »Sie können gern den Drucker hier in der Praxis benutzen. Ich meine, wenn Ihnen das nicht zu viel Aufwand ist, noch mal herzukommen.«

»Was? Nein, gar nicht!«

»Schaffst du das denn noch? Du musst doch in einer Stunde zur Arbeit!«, sagte Gesa mit gerunzelter Stirn.

»Ach, Oma, mit sowas hab ich doch früher mein Geld verdient!« Kathi lachte. »Das dauert gerade mal zehn Minuten! Ich bin gleich wieder da!« Damit drehte sie sich um und lief nach Hause, um ihren Laptop zu holen.

Als sie zurückkam, unterhielten Gesa und Dr. Schuster sich angeregt über Schafzucht im Allgemeinen und den Schäfer in List im Besonderen. Während Kathi am Schreibtisch der Sprechstundenhilfe, die gerade Mittagspause machte, ihren Laptop aufstellte und begann, ein kleines ansprechendes Plakat zu entwerfen, hörte sie mit halbem Ohr dem Gespräch zu. Sie erfuhr nicht nur, dass Gesas Eltern auch Schafe gehalten hatten, sondern dass der jetzige Schäfer ihr Cousin zweiten Grades war. Dr. Schuster schoss mit dem Handy ein paar Fotos von dem Spaniel und übertrug sie auf den Laptop. Kathi bearbeitete sie schnell nach und fügte sie in das Plakat ein.

»So, fertig!«, sagte sie schließlich.

Dr. Schuster nickte anerkennend, als er ihr über die Schulter schaute. »Doch, das sollte auffallen!«, meinte er. »Erst recht, wenn wir das in Farbe ausdrucken.« Er deutete mit dem Finger auf den großen schwarzen Kasten, der unter dem Schreibtisch stand. »Ich hab sowieso keine Ahnung, warum wir nun unbedingt für die Praxis einen Farblaserdrucker anschaffen mussten. Damit werden nur Rechnungen geschrieben.«

»Wie viele Kopien soll ich machen?«, fragte Kathi.

»Machen Sie ruhig fünfzig Stück. Ich kann die mitnehmen, wenn ich nachher in Richtung Westerland fahre«, sagte er und warf Gesa einen fragenden Blick zu. »Und wenn Sie vielleicht noch welche in List verteilen könnten?«

Gesa nickte. »Aber sicher, das mach ich gern. Ich frag beim Supermarkt, beim Bäcker und in den Läden an der Bootshalle, ob ich da welche aufhängen kann.«

»Sehr gut!« Dr. Schuster rieb sich zufrieden die Hände. »Dann sollte sich der Halter doch ermitteln lassen. Jedenfalls, wenn er noch auf der Insel ist.« Er warf einen kurzen Blick auf seine Armbanduhr. »Wann müssen Sie noch mal zur Arbeit, Frau Adrians?«

»Kathi, bitte!«, hörte Kathi sich selbst antworten. »Bei Frau Adrians denke ich immer, jemand redet mit meiner Mutter.«

Dr. Schuster gab wieder sein wohltönendes Lachen von sich und zwinkerte ihr zu. »Also gut. Kathi! Aber nur, wenn Sie mich Björn nennen.«

Kathi nickte und wandte schnell den Kopf dem Bildschirm zu. Er musste ja nicht unbedingt mitbekommen, dass sie rot geworden war.

»Ich muss um zwei Uhr in Kampen sein.«

»Dann sollten Sie sich jetzt besser beeilen, Kathi. Lassen Sie einfach den Laptop hier, ich bringe ihn nachher zu Ihnen rüber, sobald alles ausgedruckt ist.«

»Aber das ist doch nicht nötig, ich kann doch auch …«

Der Blick aus seinen braunen Augen nahm sie gefangen.

»Keine Widerrede. Das mach ich wirklich gern!« Er streckte

die Hand aus. »Auf Wiedersehen, Kathi«, sagte er warm. »Und nichts für ungut wegen heute Morgen.«

»Da gibt es keinen Grund, sich zu entschuldigen«, sagte Kathi. »Wenn ich mich erinnere, war ich auch nicht gerade besonders nett zu Ihnen.«

»Dann sind wir quitt?«

Kathi legte ihre Hand in seine und wunderte sich, mit welcher Kraft er ihre umschloss. »Ja, wir sind quitt!«

Björns Lächeln wurde noch wärmer. »Sehr gut. Dann bis später!«

Er begleitete Gesa und Kathi zum Ausgang und hob zum Abschied noch einmal grüßend die Hand, ehe er die Tür schloss.

Gesa warf ihrer Enkeltochter einen fragenden Blick zu. »Sag mal, was war das denn eben?«

»Was meinst du?«

»Hast du etwa mit Annemarie Piepers Mann geflirtet?«

»Ich? Ach, Blödsinn!«, sagte Kathi so bestimmt, wie sie nur konnte, und marschierte auf die Straße zu.

»Wenn nicht du mit ihm, dann aber ganz sicher er mit dir!«, lachte ihre Großmutter und bemühte sich, mit ihr Schritt zu halten.

***

Auf der Fahrt zur *Kate* musste Kathi daran denken, was Gesa über Till und sie gesagt hatte. Liebte sie ihn wirklich noch? Die vielen Jahre mit ihm waren sicher nicht mit einem Handstreich wegzuwischen. Sie brauchte Zeit. Zeit, um Abstand zu gewinnen, ein neues Leben zu beginnen und über das alte nachzudenken. Im Moment glaubte sie nicht, dass sie Till je verzeihen könnte. Sie solle es für sich selbst tun, hatte Gesa gesagt, und es klang, als spräche sie aus

Erfahrung. Ob es ihr irgendwann ebenso ergangen war? Kathi wusste, dass ihre Oma über, wie sie es gerne nannte, *Herzensangelegenheiten*, so gut wie nie sprach. Darüber, ob die Ehe ihrer Großeltern immer so glücklich gewesen war, hatte sie sich nie Gedanken gemacht. Als sie als Kind auf Sylt die Ferien verbracht hatte, war sie noch zu jung gewesen, als dass ihr etwas aufgefallen wäre. Später war Opa krank geworden, und Gesa hatte sich aufopferungsvoll um ihn gekümmert. Vielleicht würde sie ihre Oma irgendwann danach fragen. Und Till? Wieder hatte sie das Bild von ihm und Nina in ihrem Bett vor Augen, und sofort kochte ihre Wut wieder hoch. Nein, undenkbar, ihm das zu verzeihen.

Kathi lenkte den alten Golf auf den Mitarbeiterparkplatz der *Kate* und stieg aus. Der Blick auf die Uhr verriet ihr, dass sie schon drei Minuten zu spät war. Hastig schloss sie ab und hoffte, nicht gerade dem Chef in die Arme zu laufen.

»Hallo Kathi«, begrüßte Maja sie. »Hast du zufällig unterwegs den Wagen der Konditorei Meisen gesehen? Die Lieferung ist noch nicht da.«

»Nein, da war kein Wagen. Soll ich da gleich mal anrufen?«

»Ja, mach das. Ich bin gerade auf dem Weg ins Lager. Uns fehlen Weingläser.«

Kathi zog sich um und betrat das kleine Büro. Maja hatte sie in den letzten zwei Wochen immer mehr in die eine oder andere Aufgabe der Serviceleitung miteinbezogen. Kathi fühlte sich zwar geschmeichelt, hatte aber auch die Befürchtung, dass ihre Kollegen vielleicht nicht ganz so erfreut wegen ihrer neuen, bevorzugten Stellung sein könnten. Sie hob den Hörer ab und wählte. Die Leitung war besetzt, und als sie es ein paar Minuten später erneut versuchte, ging zunächst keiner an den Apparat. Erst nach dem sechsten Klingeln meldete sich eine weibliche Stimme und sagte: »Einen Augenblick, bitte.« Kathi hörte im Hintergrund jemanden fluchen und ein lautes metallisches Scheppern. Im nächsten Moment fragte die Stimme: »Hallo, sind Sie noch da?«

Kathi grüßte mit einem »Moin« und erklärte ihr Anliegen.

»Sie hören ja, hier ist der Teufel los. Der Sturm gestern Nacht hat ein Teil des Daches mitgenommen, und jetzt steht unsere Backstube unter Wasser. Sie warten sicher auf die Lieferung, nicht wahr? Hat man Sie denn nicht angerufen? Es tut mir schrecklich leid, aber ich muss für heute absagen. Und ob das morgen was wird, kann ich noch nicht versprechen.«

»Aber …«, stammelte Kathi und wollte gerade erklären, wie sehr sie auf den Kuchen angewiesen seien, als die Frau sie unterbrach: »Es tut mir leid, aber ich muss jetzt wirklich auflegen. Ich verspreche Ihnen, dass wir uns im Laufe des Tages bei Ihnen melden. Ist das in Ordnung?«

»Ja«, konnte Kathi gerade noch erwidern, bevor die Frau auf der anderen Seite auflegte.

Aus dem Flur hörte sie Schritte und im nächsten Moment schaute Maya durch die Tür. »Kommen die gleich?«

»Nein. Sturmschaden. Kompletter Ausfall. Sie melden sich später.«

Maja kam zu ihr an den Schreibtisch. »Na wunderbar!«, stöhnte sie. »Das hat uns gerade noch gefehlt! Warum haben die uns nicht schon längst angerufen? Wo soll ich denn jetzt noch Ersatz herbekommen?« Sie ließ sich auf den Stuhl neben dem Schreibtisch fallen.

»Du meinst …«

»Klar, bei den anderen Konditoreien, die infrage kommen, brauche ich jetzt nicht mehr anzurufen, da war die Konkurrenz sicher schneller. Wo sollen wir denn jetzt den Dessertkuchen herbekommen? Der Tag fängt ja gut an.«

»Sag mal …«, fing Kathi an, »vielleicht …«

»Vielleicht was?«, fragte Maja, deren Laune schlagartig unter null gesunken war.

»Erinnerst du dich an den Kuchen meiner Oma?«

»Na klar. Wie könnte ich den vergessen! Aber was hat das …«

»Vielleicht könnte ich da etwas machen. Sie müsste gerade jetzt zwei Bleche fertig haben. Irgendwas für die Kirchengemeinde.«

»Und du meinst …«

»Klar. Oma kann noch neuen Kuchen backen.«

Majas Miene hellte sich schlagartig auf. »Das wäre fantastisch. Am besten, du setzt dich gleich ins Auto. Über den Preis können wir später sprechen.«

Kathi sprang auf. »Kein Problem. Oma macht das auch …«

»Kommt gar nicht infrage! Ware gegen Bezahlung. Bei uns kriegt man auch nichts umsonst. Und jetzt ab mit dir.«

***

Als Kathi zwanzig Minuten später die Tür zu Oma Gesas Haus aufschloss, begrüßte Walter sie mit lautem Miauen und einem vorwurfsvollen Blick. Gesa, die den Kopf aus der Wohnzimmertür steckte, fragte erschrocken: »Nanu, was machst du denn schon wieder hier? Ist was passiert?«

»Nein. Oder vielmehr, ja. Die Konditorei, die die *Kate* beliefert, hatte einen Wasserschaden, und wir brauchen dringend Ersatz. Und weil doch deine *Sylter Wolken* so gut angekommen sind, wollte ich fragen …«

»… ob du die beiden Bleche Kuchen haben kannst«, ergänzte Gesa und nickte. »Sicher! Sie stehen in der Speisekammer, und du kannst sie gern mitnehmen. Das trifft sich eigentlich sogar ganz gut. Der Pastor hat vorhin angerufen und das Treffen abgesagt. Im Gemeindehaus ist ein Ast durch das Fenster geflogen.«

Walter, der Kathi die ganze Zeit schnurrend um die Beine gestrichen war, stellte sich plötzlich auf die Hinterbeine und krallte sich in ihre Hose, um mit dem Kopf an ihre Hand gelangen zu können.

»Aua! Mensch, Walter, was soll denn das? Reiß mir bloß kein Loch in meine Hose!« Kathi bückte sich und nahm den Kater auf den Arm. »Was ist denn los mit dir, mein Dicker, du machst doch sonst nicht so ein Spektakel!« Sie kraulte ihn hinter den Ohren, worauf er genießerisch die Augen verdrehte.

Gesa zog die Wohnzimmertür hinter sich zu, trat an Kathi heran und streichelte Walter ebenfalls. »Der arme Walter ist ein bisschen eingeschnappt, seit unser Logiergast da ist.«

»Logiergast?«

»Der Cockerspaniel! Dr. Schuster rief an und fragte, ob wir ihn vielleicht für ein paar Tage aufnehmen könnten. Das Tierheim ist völlig überfüllt, und sie suchen jetzt nach einer Pflegestelle für ihn, falls sich seine Besitzer nicht melden. Als er ihn vorhin vorbeigebracht hat, hat Walter furchtbar gefaucht und sich in der Küche verkrochen.« Gesa strich unter Walters Kinn entlang, worauf der Kater den Kopf weit vorstreckte und die Augen schloss. »Offenbar mag Walter keine Hunde. Aber für ein paar Tage wird das wohl gehen. Und wer weiß, vielleicht gewöhnen sich die beiden ja noch aneinander.«

Kathi trug den Kater in die Küche und setzte ihn dort auf den

Boden. Sofort lief Walter zu seinem leeren Napf hinüber und sah mit todtraurigem Blick zu ihr hoch. Kathi und Gesa lachten beide.

»Na komm, du Schauspieler, dann wollen wir mal nicht so sein«, sagte Gesa. Sie holte die Dose mit dem Katzenfutter aus dem Kühlschrank und füllte seinen Napf. »Auch wenn du eigentlich noch gar nicht wieder an der Reihe bist.«

Während der Kater sich über seine zusätzliche Mahlzeit hermachte, trugen die beiden Frauen die beiden Backbleche zum Auto hinaus, und Kathi machte sich wieder auf den Weg.

***

So hektisch der Tag begonnen hatte, so ruhig verlief er bis in die Nacht hinein. Kathis Kollegen hatten den Sturm gut überstanden und waren pünktlich zur Arbeit erschienen. Einige Reservierungen für den Abend waren storniert worden, sodass weniger Trubel herrschte als üblich, und Kathi Zeit blieb, mit den Stammgästen ein paar Worte zu wechseln. Einer von ihnen, ein Dr. Reichenbach, den Kathi schon ein einige Male bedient hatte, erzählte, dass es in der Pension, in der er einen Freund untergebracht hatte, in einem der Zimmer durchgeregnet hatte.

Kathi nickte. »Ja, im Haus meiner Großmutter auch«, sagte sie. »Ein Teil des Reetdaches ist uns davongeflogen. Wir hoffen jetzt, dass es nicht regnet, bis der Dachdecker es provisorisch wieder dicht machen kann.«

»Oh, ein Reetdachhaus. Wie schön!«, sagte Dr. Reichenbach interessiert. »Hier in Kampen?«

»Nein«, erwiderte Kathi. »Oben in List, am Ortsrand in Richtung Ellenbogen. Eines von den alten Häusern, die nie umgebaut worden sind.«

»Und es gehört Ihrer Großmutter?«, fragte er neugierig.

Kathi nickte freundlich lächelnd, obwohl ihr die Frage etwas merkwürdig vorkam.

Dr. Reichenbach griff nach der Dessertkarte, studierte sie kurz und blickte dann zu Kathi hoch, die noch immer neben ihm stand. »Ich bin heute etwas unentschlossen. Hätten Sie vielleicht eine Empfehlung für mich?«

Kathis Herzschlag beschleunigte sich kurz, als sie vorschlug, es doch einmal mit einem Stück *Sylter Wolken* zu versuchen, einer örtlichen Spezialität, die sie nur gelegentlich auf der Karte hätten.

»Dann also *Sylter Wolken*. Ich bin sehr gespannt, was sich hinter dem poetischen Namen verbirgt.«

Als sie ihm den Kuchen gebracht hatte, beobachtete sie Dr. Reichenbach von der Theke aus. Genüsslich verspeiste er das Stück, und als sie zum Abkassieren wieder an seinen Tisch trat, lobte er den Kuchen in den höchsten Tönen. Er könne sich nicht erinnern, je so einen wunderbaren Apfelkuchen gegessen zu haben. Ausdrücklich bedankte er sich noch einmal für die Empfehlung und gab Kathi ein fürstliches Trinkgeld.

Auch die anderen Kollegen schienen die *Sylter Wolken* empfohlen zu haben. Die beiden Kuchenbleche, die in der Küche standen, leerten sich zusehends. Kathi fiel ein Stein vom Herzen, dass Gesas *Wolken* so gut ankamen.

Als sie am Ende des Abends abrechneten, gab Maja ihr zusammen mit den zwei leeren Blechen einen Zettel und meinte, über diesen Betrag brauche sie eine Rechnung. Kathi blieb fast die Luft weg. Hundertzwanzig Euro für zwei Bleche Kuchen und dazu ein dickes

Lob vom Küchenchef, der verwundert fragte, wo sie in der Kürze der Zeit dieses exzellente Dessert hergezaubert hätte. Als Maja schließlich noch fragte, ob Gesa nicht zwei- bis dreimal in der Woche *Sylter Wolken* liefern könne, umarmte Kathi sie vor lauter Freude.

Ganz leise, um niemanden zu wecken, schlich sich Kathi gegen Mitternacht ins Haus ihrer Oma. Aus der Küche hörte sie Geräusche und sah, wie Gesa am Küchentisch Zahlen in einen kleinen Taschenrechner eintippte und mit sorgenvoller Miene etwas auf ein Blatt Papier notierte.

Als Kathi in die Küche trat, drehte Gesa die Papiere um und kam ihr entgegen.

»Hallo, meine Kleine«, sagte sie und sah erstaunt auf die leeren Bleche, die Kathi in Händen hielt. »Jetzt sag nicht, dass die reichen Schnösel meine *Sylter Wolken* komplett verputzt haben.«

Nachdem Kathi die Bleche in die Speisekammer gebrachte hatte, reichte sie Oma den Zettel von Maja. »Der absolute Renner heute Abend. Wir hätten glatt noch ein Blech mehr verkaufen können. Ob du es glaubst oder nicht, wir haben heute hundertzwanzig Euro eingenommen. Und das Beste ist, Maja will jede Woche mindestens drei, wenn nicht gar sechs Bleche davon haben.«

»Deern, willst du deine alte Oma veralbern.«

»Das fiele mir im Traum nicht ein. Maja meinte, du sollst ein Gewerbe anmelden, damit du auch offiziell Rechnungen schreiben kannst.«

»Was denn für ein Gewerbe?«, fragte Gesa verdutzt.

»Ach, Oma, da musst du nur zum Amt und dort angeben, dass du was verkaufst. Rechne dir das doch mal durch: Das sind im besten Fall fast tausend Euro im Monat, die wir zusätzlich haben. Und die paar Kuchen backen wir doch mit links, oder?«

»Wenn du meinst?«, sagte Gesa, die Kathi offenbar nur mit halbem Ohr zugehört hatte.

»Ist alles in Ordnung, Oma?«, fragte Kathi, der auffiel, wie blass Gesa war.

»Aber ja doch. Alles ist gut«, erwiderte Gesa und lächelte bemüht.

Kathi sah ihr forschend ins Gesicht. »War der Versicherungsmann schon da? Wie hieß er noch?«

»Lachner. Heiner Lachner.«

»Ja stimmt. War er da? Was hat er gesagt?«

»Alles soweit in Ordnung, Kathi. Morgen kommt der Gutachter, und dann können wir den Auftrag erteilen, das Dach zu flicken.«

Warum glaube ich ihr nicht?, dachte Kathi und nahm sich vor, das Thema am nächsten Tag noch einmal anzusprechen.

»Wie geht es unserem Logiergast?«, fragte sie stattdessen.

»Oh, der ist inzwischen wieder ganz munter.« Jetzt leuchteten Gesas Augen wieder. »Ich war mit ihm sogar ein paar Schritte spazieren, obwohl er mit dem Verband lief wie ein Storch im Salat. Als wir zurückkamen, hat er erst mal Walters Napf leergefressen und ist dafür angefaucht worden. Das hat ihn aber nicht wirklich beeindruckt. Im Gegenteil, er hat sogar versucht, mit Walter zu spielen, ist immer um ihn rumgelaufen und wollte ihn beschnuppern. Bis Walter das schließlich zu dumm wurde und er ihm eins mit den Krallen über die Nase gegeben hat. Jetzt schlafen beide. Der Hund im Wohnzimmer, und Walter hat sich nach oben verkrümelt. Schmollt vermutlich in deinem Bett.«

Kathi lachte mit ihrer Oma über den verzweifelten Kater. Irgendwann weit nach Mitternacht gingen beide ins Bett.

***

»Meinst du, dass dein Vetter dir noch mehr Äpfel liefern könnte?« Kathi saß mit einer Tasse Tee in der Hand am Küchentisch und überlegte, was alles zu organisieren war.

»Wir haben doch genug im Keller. Wo soll ich die ganzen Äpfel denn lassen?«, antwortete Gesa erstaunt.

»Oma, rechne doch mal durch: Die nächste Apfelernte ist erst im Herbst. Das sind mindestens noch fünf Monate. Für jedes Blech brauchen wir ein bis zwei Kilo Äpfel, das sind in der Woche um die acht und im Monat schnell vierzig Kilo. Was meinst du, wie schnell da deine Vorräte aufgebraucht sind.«

»Wenn du meinst«, sagte Gesa und schenkte sich Tee nach, ohne darauf zu achten, dass ihre Tasse schon fast voll war. Als die braune Flüssigkeit über den Rand der Tasse schwappte, erschrak sie.

Kathi sprang auf, um ein Küchentuch zu holen. »Lass mal. Ich wisch das schon weg.«

Gesa sah ihr zu. »Ich bin heute wohl mit dem falschen Fuß aufgestanden. Danke, Kathi!«

Kathi schüttelte den Kopf und meine grinsend: »Das ist das Alter, Oma. Aber jetzt bin ich ja da und kümmere mich um alles.« Sie hob ihren angewinkelten rechten Arm und spannte die Muskeln an. »Superkathi ist nicht zu stoppen.« Kathi lachte Gesa an, aber die nickte nur abwesend und fragte: »Musst du heute zur Arbeit?«

»Nein, Oma, heute ist mein freier Tag. Nachher fahre ich zum Gewerbeamt nach Westerland und melde unser Apfelkuchengewerbe an. Mal gucken, was die alles von uns haben wollen. Danach frag ich mal beim Tierarzt nach, ob schon jemand angerufen hat. Kann doch eigentlich nicht sein, dass dieser süße Kerl von niemanden vermisst wird.« Sie sah zu dem Spaniel hinüber, der auf einer Decke in der Küchenecke lag.

»Nein, das kann nicht sein.« Gesa lächelte matt.

Gerade, als Kathi sie fragen wollte, warum sie am frühen Morgen schon so erschöpft wirkte, klingelte es an der Haustür. Kathi stand auf und war mit einem: »Ich geh schon!« im Flur verschwunden.

Als sie die Tür öffnete, lächelte Björn Schuster sie an, der ihren Laptop in der Hand hielt. »Einen wunderschönen guten Morgen.«

»Guten Morgen, Dr. Schuster«, antwortete Kathi.

»Waren wir nicht schon bei Björn?«

Kathi lachte. »Ja, Sie haben recht. Guten Morgen, Björn. Wollen Sie nach Ihrem Patienten schauen?«

»Eigentlich bin ich nur hier, um Ihren Computer zurückzubringen. Den hatte ich gestern in der Hektik ganz vergessen. Aber ich kann natürlich auch noch schnell einen Blick auf den Hund werfen.«

Er beugte sich etwas vor, als ob er ins Haus eintreten wollte.

»Oh, Entschuldigung. Kommen Sie doch rein. Eine Tasse Tee?«

Sie nahm ihm den Laptop ab und trat zur Seite, um Platz zu machen. »Hat bei Ihnen schon jemand angerufen?«

»Ich denke, so viel Zeit habe ich noch. Und, nein, leider bislang nicht. Ich hätte drauf wetten mögen, dass sich die Besitzer melden.«

Er folgte ihr in die Küche, begrüßte Gesa freundlich und beugte sich dann über den Cockerspaniel, der sich trotz des dicken Verbandes hochkämpfte und mit dem ganzen Hinterteil zu wedeln begann.

»Na, dir geht's besser, was?«, murmelte Björn, während er den Hund kurz abtastete. Dann tätschelte er ihm den Kopf und erhob sich. »Schmerzen hat er ganz offensichtlich nicht mehr! Dem geht es schon wieder ganz gut.«

Gesa lächelte. »Stimmt!«, sagte sie. »Gestern hat er versucht, mit Walter Freundschaft zu schließen, aber der war nicht so angetan davon.«

»Stimmt ja, Ihr Kater. Walter? Wie kommt man denn darauf, einen Kater Walter zu taufen?«

Kathi deutete auf einen der Stühle, Björn setzte sich, während Kathi ihm eine Tasse aus dem Schrank holte.

»Weiß nicht«, sagte sie achselzuckend. »Der Mann der Frau, die ihn aufgepäppelt hat, hieß so, und ich fand den Namen irgendwie passend für den kleinen Kerl.«

Björn lächelte und Kathi bemerkte, dass sich in seinen Augenwinkeln dabei lauter winzige Falten bildeten. Schnell wandte sie den Blick von ihm ab und goss ihm eine Tasse Tee ein, ehe sie sich mit an den Tisch setzte.

Gesa warf beiden einen kurzen Blick zu, während ein winziges Lächeln ihre Lippen umspielte und sie langsam ihren Tee umrührte. »Kathi war schon immer so ein Tiernarr. Wenn sie gedurft hätte, hätte sie vermutlich als Kind schon einen ganzen Zoo gehabt. Aber das ging ja nicht. Walter hat sie aus dem Tierheim geholt …«

»Er war auf einer Pflegestelle«, korrigierte Kathi. »Aber die Frau arbeitete für das Tierheim. Nur war Walter, als er ausgesetzt wurde, noch so winzig, dass er rund um die Uhr mit der Flasche gefüttert werden musste, und das konnten die im Tierheim unmöglich leisten.« Sie sah zu dem Cockerspaniel hinüber, der sich inzwischen umständlich wieder auf seiner Decke niedergelassen hatte. »Ich hoffe ja mal, dass sich seine Leute melden und er nicht noch ins Tierheim muss. So wichtig und richtig sie sind, für die Tiere bedeutet das doch immer Quälerei.«

Björn Schuster nickte. »Das sehe ich genauso. Ich finde es übrigens klasse, dass sie den Hund so einfach aufgenommen haben. Das würde nicht jeder tun. Vielen Dank noch mal!«

Er lächelte Gesa und Kathi zu. Einen Augenblick lang hielten sich ihre Blicke aneinander fest, dann sprang Kathi auf, um ihre Verlegenheit zu verbergen und vor allem, um seinen großen braunen Augen zu entkommen.

»Noch eine Tasse Tee?«

»Gerne«, antwortete Björn Schuster. »Ihr Dach hat aber bei dem Sturm ziemlich was abbekommen«, sagte er, an Gesa gerichtet. »Ich hoffe, die Versicherung regelt das.«

Gesa verzog das Gesicht. »Ja, das hoffe ich auch. Der Gutachter kommt heute im Laufe des Tages vorbei, dann werden wir schlauer sein.«

Kathi schenkte Björn und ihrer Großmutter Tee nach. »Aber der Sturm hat den Schaden doch verursacht, dann sollte die Versicherung doch die Reparatur zahlen, oder?«, fragte sie.

»Das schon«, antwortete Gesa. »Die Frage ist nur, ob das Dach noch zu reparieren ist oder ob es komplett erneuert werden muss. Es ist eben ein altes Haus, und am Dach ist seit Ewigkeiten nichts gemacht worden. Und wenn das Reetdach erneuert werden muss, dann …« Sie vollendete den Satz nicht, sondern starrte in die Teetasse, die sie in den Händen hielt. Schließlich seufzte sie, hob den Blick und mühte sich ein Lächeln ab. »Warten wir ab, was der Gutachter von der Versicherung sagt. Wird schon alles gut, min Deern.«

Einen Moment lang war es sehr still in der Küche. Björn sah auf seine Armbanduhr und stand auf. »Tja, ich muss dann mal wieder. Vielen Dank für den Tee. Und auf gute Nachbarschaft, weiterhin.« Er gab Gesa die Hand.

»Ich bring Sie noch zur Tür!«, rief Kathi und verließ mit ihm zusammen die Küche.

»Ich drück die Daumen, dass der Schaden am Dach nicht so schlimm ist, wie Ihre Großmutter befürchtet«, sagte Björn leise, als sie die Küchentür geschlossen hatte. »Ich weiß, wie das ist, wenn man nicht mit dem Silberlöffel im Mund geboren wurde – und jeden Pfennig umdrehen muss.«

Kathi sah ihn erstaunt an. Seine Worte hatten bitter geklungen. Jetzt lächelte er und wieder versank sie in seinen tiefbraunen Augen. »Im Daumendrücken bin ich richtig gut«, fügte er hinzu. »Machen Sie sich keine Sorgen, bitte.« Er griff nach ihrer Hand und hielt sie fest. »Mach dir keine Sorgen«, flüsterte er.

Kathis spürte die Wärme seiner Hand, die ihre umfasst hielt, ihr Herz schlug bis zum Hals, und ihre Knie wurden weich. Dann war der Moment vorbei.

Björn räusperte sich, ließ ihre Hand los und wich einen Schritt zurück. Das Lächeln verschwand nicht von seinem Gesicht, aber bekam jetzt etwas Förmliches. »Ich sag Bescheid, sobald jemand wegen des Spaniels anruft«, sagte er.

Kathi nickte nur. Sie hatte das sichere Gefühl, ihre Stimme würde ihr nicht gehorchen, wenn sie jetzt wagte, ihm zu antworten.

»Wiedersehen, Kathi«, sagte Björn leise. »Und wenn mir wieder mal nach einer guten Tasse Tee ist, komm ich vorbei. Natürlich nur, wenn's recht ist«, fügte er hinzu.

»Doch. Natürlich. Gern!«, stammelte Kathi. »Wir freuen uns! Oma und ich freuen uns immer über Besuch!«

Björns Lächeln wurde wieder breiter. »Also dann, auf bald!«, sagte er, nickte ihr noch einmal zu, öffnete die Tür und ging hinaus.

Kathi sah ihm hinterher, während er über den Kiesweg zur Straße ging. Warum sind eigentlich alle netten Männer vergeben oder verheiratet, dachte sie und überlegte, ob sie warten müsste, bis in zehn oder mehr Jahren die erste Scheidungswelle kommen würde. Schließlich schüttelte sie den Kopf, um ihre konfusen Gedanken zu vertreiben und ging hinein, um die Unterlagen für das Gewerbeamt zusammenzusuchen.

***

Nachmittags um halb vier kam Kathi aus Westerland zurück. Ein Gewerbe anzumelden, war an sich nicht weiter schwierig, aber die lange Schlange im Bürgeramt hatte sich einfach nicht auflösen wollen. Aber jetzt, mit der Anmeldung in der Tasche, konnte sie die Erste von, wie sie hoffte, vielen Rechnungen für Maja schreiben.

Auf der Einfahrt, wo sonst Gesas Golf parkte, stand bereits ein dunkelgrauer Kombi, sodass Kathi gezwungen war, den Wagen an der Straße abzustellen. Gerade, als sie die Tür abgeschlossen hatte, öffnete sich die Haustür, und ihre Oma trat zusammen mit einem jungen Mann in Jeans und Wachsjacke heraus.

»Wie gesagt, Frau Hansen«, sagte der Mann. »Sie sollten sich das gut überlegen, ob Sie jetzt nicht wirklich Nägel mit Köpfen machen. Sicher, man kann das provisorisch flicken, aber dann haben Sie beim nächsten Sturm wieder genau das gleiche Spektakel! Wenn Sie jetzt ein bisschen Geld in die Hand nehmen und wenigstens die Wetterseite komplett neu machen lassen, dann haben Sie mindestens dreißig Jahre lang Ruhe!« Er streckte Gesa die Hand entgegen und verabschiedete sich. Als er an Kathi vorbeiging, nickte er ihr kurz zu, bestieg den Kombi und fuhr davon.

»War das der Gutachter?«, fragte Kathi ihre Großmutter. Gesa nickte nur.

»Und? Was hat er gesagt?«

Ihre Oma zuckte die Achseln. »Was ich befürchtet habe.« Damit drehte sie sich um und ging ins Haus zurück. Kathi folgte ihr in die Küche, wo der Tee noch auf dem Tisch stand.

»Nun lass dir doch nicht jedes Wort aus der Nase ziehen«, sagte sie. »Wie schlimm ist es denn?«

Gesa seufzte. »Eigentlich muss das komplette Dach dringend erneuert werden, mindestens aber die Wetterseite. Nur, was die Versicherung zahlt, wird höchstens reichen, um das Loch provisorisch dicht zu machen.«

»Aber, wieso das denn?«

Gesa setzte sich schwer auf einen der Küchenstühle. »Weil ich nie darüber nachgedacht habe, die Versicherungssumme zu erhöhen. Um sowas hat sich früher immer Opa gekümmert, und ich hab die Sache wohl etwas schleifen lassen.«

»Aber die können doch nicht einfach …«

»Doch, die können!«, unterbrach sie Gesa. »Und die werden auch. Morgen kommt jemand von der Dachdeckerfirma vorbei und macht das Dach erst mal regendicht. Dann werde ich mir mal einen Kostenvoranschlag machen lassen, damit ich sehe, wie groß die Katastrophe wirklich ist. Aber der Gutachter hat schon gesagt, dass ich mit mindestens dreißigtausend Euro rechnen muss.«

Kathi ließ sich auf einen Küchenstuhl fallen. »Dreißigtausend …«, stieß sie hervor.

Gesa nickte und verbarg ihr Gesicht hinter den Händen. Kathi lief zu ihr hinüber und umarmte sie. »Nicht weinen, Oma!«, sagte sie. »Wir schaffen das! Hörst du?« Behutsam zog sie Gesa die Hände vom Gesicht herunter. Zu ihrer Überraschung weinte ihre Großmutter nicht. »Wir schaffen das!«, wiederholte Kathi. »Zusammen schaffen wir das.«

Gesa tätschelte ihre Wange. »Das ist lieb von dir, dass du das sagst, min Deern. Aber ich kann dir doch nicht meine Geldsorgen aufhalsen.«

»Blödsinn«, sagte Kathi entschieden. »Wozu sind wir eine Familie?«

Gesa seufzte. »Ich hab das immer kommen sehen, aber wollte es nicht wahrhaben – dass ich das Haus nicht halten kann und von der Insel weg muss«, sagte sie traurig. »Das wird mir furchtbar schwerfallen.«

»Denk nicht mal darüber nach!«, rief Kathi. »Soweit lass ich es nicht kommen. Uns wird was einfallen, wie wir an Geld kommen können. Wir könnten doch …«

Das Geräusch des Türklopfers von der Haustür her unterbrach sie.

»Nanu?«, fragte Kathi. »Erwartest du Besuch?«

Gesa schüttelte den Kopf. Kathi ließ ihre Großmutter los und ging in den Flur, um die Haustür zu öffnen.

Vor ihr stand ein junges Pärchen, Mitte zwanzig, der Mann trug ein kleines blondes Mädchen von vielleicht zwei Jahren auf dem Arm, das die Arme ausstreckte und »Benni? Benni?« rief.

»Entschuldigen Sie die Störung«, sagte der junge Mann. »Aber Dr. Schuster sagte uns, dass sie unseren Hund gefunden haben.« Erst jetzt sah Kathi, dass Björn hinter den dreien stand. Er sah sie mit einem warmen Lächeln an.

Kathi nickte, bat die vier hinein und führte sie in die Küche. Als der Vater seine Tochter auf dem Boden absetzte, lief sie sofort zu dem Cockerspaniel hinüber, der eben noch auf seiner Decke in der Ecke des Raumes gelegen hatte, und umarmte ihn stürmisch.

»Tüte ab!«, forderte die Kleine energisch und zeigte auf die Halskrause, die der junge Rüde immer noch trug.

Alle lachten.

»Etwas später«, sagte Björn. »Im Moment sollte Benni die Halskrause noch behalten, damit er seinen Verband nicht kaputt macht.«

Das kleine Mädchen sah fragend zu ihm hoch. »Benni aua?«, fragte sie und deutete auf den Verband an Bennis Bein.

»Ja, Benni hat sich wehgetan«, sagte der Vater zu ihr. »Jetzt muss er noch eine Weile einen Verband haben, damit das wieder besser wird. So wie Lotta aus dem Hort, als sie sich den Arm gebrochen hatte. Weißt du noch?«

Das Mädchen nickte, beugte sich zu Bennis Bein hinüber und pustete lautstark. »Besser, Benni?«, fragte sie und streichelte dem Hund vorsichtig über die Flanke. Benni winselte und klopfte mit dem Schwanz auf den Boden.

»Wenn du ihn gut pflegst, wird es ihm sicher bald besser gehen«, sagte Björn lächelnd.

»Entschuldigen Sie bitte, ich hab mich noch gar nicht vorgestellt«, sagte der junge Vater. »Mein Name ist Phillip Baumann, und das sind meine Frau Inga und unsere Tochter Janna. Wir haben in der Siedlung an der Westerheide ein Ferienhaus gemietet. Janna muss vorgestern Abend wohl irgendwie die Haustür aufbekommen haben, und da ist Benni ausgebüxt. Zuerst hat das keiner von uns mitbekommen, und nach dem Sturm haben wir angefangen, ihn zu suchen, aber wir konnten ihn nirgends finden. Janna hat sich fast die Augen aus dem Kopf geweint. Und dann …«

»Dann hab ich heute Vormittag beim Einkaufen den Aushang im Supermarkt gesehen und gleich angerufen«, ergänzte seine Frau. »Wir hatten wirklich schon das Schlimmste befürchtet. Aber dass er während des Sturms über fünf Kilometer gelaufen ist, hättc ich nicht für möglich gehalten.«

»Da wundert man sich manchmal, was Tiere so alles fertigbringen«, sagte Gesa, die sich zum ersten Mal zu Wort meldete. »Dann können wir ja froh sein, dass das alles so glimpflich abgegangen ist.«

»Was sind wir Ihnen denn für Kost und Logis schuldig?«, fragte Phillip Baumann und griff in seine Hosentasche.

Aber Gesa winkte ab. »Gar nichts. Die Freude in den Augen der kleinen Janna zu sehen, das ist doch Lohn genug«, meinte sie. »Außerdem hat Benni hauptsächlich das Katzenfutter von Walter verputzt.« Sie lächelte, aber irgendwie erreichte das Lächeln heute ihre Augen nicht. »Darf ich Ihnen vielleicht noch einen Tee anbieten?«, fragte Gesa in die Runde.

Björn Schuster hob entschuldigend die Hände. »Für mich nicht, danke! Ich hab meinen Schwiegervater mit einem vollen Wartezimmer allein gelassen und muss wieder rüber. Aber ein anderes Mal gern«, sagte er.

Kathi folgte ihm auf den Flur hinaus.

»Alles in Ordnung bei euch?«, fragte er draußen. »Deine Großmutter war so blass.«

Kathi schüttelte den Kopf. »Der Gutachter war da. Sieht wohl nicht so gut aus.«

»Mist«, sagte er leise. »Wenn ich dir helfen kann oder du einfach reden möchtest, melde dich bei mir.« Er zog eine Visitenkarte und einen Kuli aus der Jackentasche und kritzelte etwas auf die Rückseite. »Hier«, sagte er. «Ich muss jetzt leider wieder rüber. Grüß deine Großmutter, sie soll sich nicht verrückt machen. Bis später.«

Er öffnete die Haustür und lief mit großen Schritten den Gartenweg entlang. Kathi machte die Tür hinter ihm zu, lehnte sich mit dem Rücken dagegen und starrte einen Moment auf die Visitenkarte in ihrer Hand. *Dr. med. vet. Björn Schuster* stand dort in Dunkelblau auf schlichtem weißem Büttenpapier, darunter die Adresse, die Telefonnummer und die Öffnungszeiten der Praxis. Ein bisschen widerwillig drehte sie die Karte schließlich um. In schwungvoller Handschrift stand dort eine Handynummer und nur ein einziger Satz: *Ruf mich jederzeit an!*

***

Die Baumanns blieben noch zum Tee. Die kleine Janna zeigte sich auch von Walter schwer begeistert, der sich irgendwann in die Küche bequemte, um nachzuschauen, ob inzwischen schon Essenszeit war. Sehr vorsichtig nahm er Leckerchen von ihr entgegen und schmiegte sich schließlich sogar schnurrend an sie, um sich von ihr streicheln zu lassen. Und das, obwohl auf Jannas anderer Seite der Erzfeind in Gestalt von Benni saß, der den Katzenleckerlis auch durchaus zugetan war.

Herr Baumann machte ein paar Fotos und versprach, sie Kathi zuzumailen, ehe er und seine Frau sich noch einmal herzlich bedankten. Sie verabschiedeten sich, als Janna sich ein paarmal müde über die Augen rieb.

»Und jetzt? Was machen wir jetzt mit deinem freien Abend?«, fragte Gesa. »Was soll ich dir Schönes zu Essen kochen?«

»Gar nichts, Oma. Heute wird nicht gekocht, wir beide gehen aus! Ich lade dich auf eine Runde Fischbrötchen in die Bootshalle ein. Oder auf was du sonst Lust hast.«

»Meinst du? Mir ist irgendwie gar nicht danach.«

»Dann erst recht!«, sagte Kathi so fröhlich, wie sie nur konnte. »Hier zu sitzen und Trübsal zu blasen, hilft uns auch nicht weiter. Wir müssen Pläne schmieden, und das geht am besten bei einem guten Glas Wein.«

Als sie in der Bootshalle ihre Spaghetti mit Garnelen aßen, lenkte Gesa das Gespräch geschickt in eine andere Richtung, sobald Kathi vom kaputten Dach anfing. Sie sprach stattdessen von Benni und dass sie den kleinen Kerl in ihr Herz geschlossen hatte, von der süßen Janna, die sie sehr an Kathi als kleines Mädchen erinnert hatte, und von Björn Schuster, der doch wirklich ein sehr netter Bursche sei und eigentlich viel zu schade für so eine hochnäsige Schnepfe wie Annemarie Pieper.

»Wie lange sind die beiden eigentlich schon verheiratet?«, fragte Kathi.

»Lass mich mal überlegen«, antwortete Gesa. »Das müssen jetzt so etwa sechs oder sieben Jahre sein. Er ist als Vertretung für Pieper hergekommen, als es Annemaries Mutter so schlecht ging und ihr Vater sich nicht um die Praxis kümmern konnte, sondern fast die ganze Zeit bei ihr in der Klinik war. Dr. Schuster war damals wohl gerade mit der Uni fertig. Naja, und weil er so gut mit allem klargekommen ist, hat ihm der alte Pieper angeboten, bei ihm zu arbeiten. Irgendwann wird er sich ja wegen seines Alters aus der Praxis zurückziehen, und dann braucht er auf jeden Fall einen Nachfolger.« Gesa trank einen Schluck aus ihrem Weinglas. »Da muss es dann wohl zwischen ihm und Annemarie gefunkt haben, wie man so sagt. Ihre Mutter war erst ein paar Monate unter der Erde, als die beiden geheiratet haben. Mir ist schleierhaft, was die aneinander gefunden haben. Sie ist in meinen Augen eine richtige Luxusgöre, aber er scheint ja ein ganz bodenständiger Kerl zu sein, der am liebsten mit den Bauern hinter den Galloway-Rindern herstapft. Passen doch eigentlich gar nicht zueinander. Kinder haben sie jedenfalls keine.«

»Gut«, murmelte Kathi.

»Gut?«, fragte Gesa und sah sie stirnrunzelnd an. »Wieso gut?«

»Nur so«, sagte Kathi hastig und zog die Hand aus ihrer Jackentasche, wo sie während der ganzen Unterhaltung mit Gesa Björns Visitenkarte in den Fingern gehalten hatte. Einen Moment lang war sie versucht, ihrer Großmutter von der Visitenkarte und dem Text darauf zu erzählen, entschied sich aber doch dagegen. Am besten wäre es, die Karte einfach in den Müll zu werfen. Sie hatte im Moment weiß Gott andere Sorgen und Probleme, als sich in einen Tierarzt zu verlieben, der noch dazu verheiratet war. Auch wenn er zugegebenermaßen Augen zum Dahinschmelzen hatte und ein Lachen, bei dem es einem heiß und kalt den Rücken hinunterlief. Nein, sich in eine Ehe zu drängen, kam für Kathi schon aus Prinzip nicht infrage. Sie nahm ihr Wasserglas und leerte es in einem Zug. »Was meinst du, Oma, wollen wir noch was trinken?«

***

Als sie um kurz vor zehn wieder zu Hause ankamen, begrüßte Walter, der offenbar im Flur auf sie gewartet hatte, die zwei mit einem vorwurfsvollen Miauen und ging schon mal in die Küche vor, um sich sein Nachtmahl reichen zu lassen.

»Sei mir nicht böse, Kleines«, sagte Gesa. »Aber ich muss jetzt wirklich ins Bett. Ich merke an solchen Tagen doch, dass ich nicht mehr zwanzig bin.« Sie drückte ihrer Enkelin einen flüchtigen Kuss auf die Wange. »Vielen Dank für den schönen Abend. Du hattest recht: Trübsal zu blasen, ist wirklich keine Lösung.« Sie wünschte Kathi eine gute Nacht und stieg die Treppe zu ihrem Schlafzimmer hinauf.

Kathi sah ihr einen Moment hinterher, ehe sie in die Küche ging, um Walters Napf noch einmal zu füllen. Vernünftigerweise sollte sie auch ins Bett gehen, schließlich stand ihr am nächsten Tag ein anstrengender Arbeitstag bevor, aber sie war noch viel zu aufgekratzt, um jetzt schon Ruhe finden zu können. Im Kühlschrank stand eine angebrochene Flasche Weißwein, aus der Kathi sich ein halbes Glas einschenkte und sich damit ins Wohnzimmer setzte. Aus einem plötzlichen Impuls heraus zog sie die Visitenkarte aus der Jackentasche und betrachtete sie eine Weile.

Du solltest sie wegwerfen, sagte die Stimme in ihrem Kopf. *Na los, mach schon, da drüben steht der Papierkorb.*

»Ach, halt einfach den Mund«, murmelte Kathi, holte ihr Handy aus der Tasche und wählte die Nummer.

Ein verheirateter Mann? Was soll denn das werden? Ein Blick aus seinen braunen Augen, und du wirfst all deine Prinzipien über den Haufen?, dachte sie noch, da meldete sich eine dunkle Stimme aus dem Hörer: »Schuster?«

Kathi schluckte und war versucht, wieder aufzulegen. Sie biss sich auf die Lippen holte Luft und sagte leise: »Ich bin's, Kathi.«

»Oh, eine Sekunde«, antwortete er.

Im Hintergrund war eine Frauenstimme zu hören, aber was sie sagte, konnte Kathi nicht verstehen.

»Ist wichtig«, antwortete Björn der Frau. »Ich bin gleich wieder da.«

Einen Moment lang war es still. Dann hörte sie seine dunkle Stimme erneut. »Entschuldige, ich bin kurz vor die Tür gegangen. Bist du noch da?«

»Ja.«

»Schön, dass du anrufst.«

Kathi drehte die Karte in ihren Fingern, las noch einmal, was er darauf geschrieben hatte. »Weißt du, eigentlich wollte ich die Visitenkarte schon wegwerfen.«

»Oh!«, sagte er leise. »Aber du hast es nicht getan.«

»Nein. Keine Ahnung. Ich … ich …« Kathi suchte nach Worten und schwieg schließlich.

»Vielleicht brauchst du jemanden zum Reden.«

»Ja, vielleicht.«

»Ich bin gut im Zuhören.«

Kathi sah sein Gesicht vor sich, wie er sie ansah und lächelte, während in seinen Augenwinkeln diese winzigen Fältchen entstanden. »Das kann ich mir gut vorstellen.«

»Vielleicht können wir uns mal treffen. Zu einem Spaziergang. Wir setzen uns irgendwo in die Dünen, und ich höre dir zu.«

»Ich weiß nicht, ob das so eine gute Idee wäre, Björn«, sagte sie zögernd. »Weißt du, ich hab gerade eine ziemlich miese Trennung hinter mir und außerdem …« Sie brach ab.

»Außerdem?«

»Du bist verheiratet.«

»Ja. Ich bin verheiratet.«

Da war sie wieder, diese Bitterkeit in seiner Stimme. Jetzt schwieg er. Aber er hatte nicht aufgelegt, sie konnte ihn deutlich atmen hören.

»Bist du noch da?«, fragte Kathi schließlich.

»Ja«, sagte er leise. »Ich hab nur gerade daran gedacht, dass ich vielleicht auch mal jemanden zum Reden brauchen könnte.«

»Nur zum Reden?«

»Ja, nur zum Reden. Ich hab nicht viele Freunde, und bei dir hatte ich gleich das Gefühl …«

»Ja, das ging mir auch so.« Kathi holte tief Luft. »Also gut!«, sagte sie. »Nur zum Reden. Wenn ich das nächste Mal freihabe.«

»Und wenn du nicht so lange warten kannst, dann rufst du mich einfach wieder an, und wir reden dann. Versprochen?«

»Ja, versprochen!«

»Ich muss jetzt wieder reingehen. Gute Nacht, Kathi. Ich freu mich, dass du die Karte nicht weggeworfen hast.«

Kathi lächelte. »Ja, ich mich auch. Schlaf gut, Björn. Bis bald.«

Sie hörte ein leises Knacken in der Leitung. Er hatte aufgelegt.

Kathi schaltete das Handy aus und legte es auf den Tisch. Sie nahm ihr Glas und stürzte den Weißwein hinunter.

»Nur zum Reden«, kam sie ihrer inneren Stimme zuvor, die gerade etwas sagen wollte. »Und jetzt halt einfach mal deine Klappe.«

Kapitel 6

Das Loch im Dach war inzwischen provisorisch mit einer Folie abgedeckt worden und würde laut Dachdeckermeister Bohlen für ein paar Wochen halten, solange es nicht noch einen Sturm geben würde.

Kathi lief den Kiesweg zur Straße entlang, schloss die Autotür auf und wollte gerade einsteigen, als sie Björn aus dem Nachbarhaus kommen sah. Er ging zu dem Geländewagen hinüber, den er und sein Schwiegervater für Einsätze nutzten. Sie hob die Hand und winkte. Er blieb stehen und schien einen Augenblick versucht, zu ihr zu kommen. Dann aber bedeutete er ihr lächelnd durch eine Geste, dass er anrufen werde, winkte zurück und stieg in den Wagen.

Nach ihrem ersten Telefongespräch vor einer Woche hatten sie beinahe jeden Tag miteinander telefoniert. Björn hatte sie angerufen, wenn er auf dem Weg zu einem seiner Bauernhof-Patienten war, und Kathi hatte sich bei ihm gemeldet, wenn sie alleine in der Pause auf der Bank neben dem Kücheneingang saß und wieder einmal an ihn denken musste. Für morgen hatten sie sich zu einem Spaziergang verabredet. Es war Kathis freier Tag, und Björn meinte, er habe sich eine kleine Auszeit verdient.

Kathi musste an den Spruch denken, Männer und Frauen könnten nicht einfach nur gute Freunde sein, über kurz oder lang würden sie miteinander im Bett landen. Sie glaubte nicht daran, sondern war überzeugt, dass es jenseits einer Liebesbeziehung etwas zwischen Mann und Frau geben konnte, das weit über eine lose Bekanntschaft hinausging. In der elften Klasse war ihr bester Freund und Vertrauter ein Junge gewesen, mit dem sie über alles hatte sprechen können. Als seine Eltern dann umzogen, hatten sie sich leider aus den Augen verloren.

Zu Björn hatte sie sich auf Anhieb hingezogen gefühlt. Er hätte ihr großer Bruder sein können, zwar ein paar Jahre älter, aber immer verständnisvoll und fürsorglich, selbst wenn die kleine Schwester einmal über die Stränge schlug. Sie wollte nicht auf ihn verzichten, nur weil er verheiratet war und sich eventuell irgend welche Spießbürger nicht vorstellen konnten, dass sie nur miteinander befreundet waren – und es böse Gerüchte geben könnte. Björn sah das genauso, das hatte er erst gestern zu ihr gesagt. Sie würden sich morgen treffen, am Strand spazieren gehen und reden. Einfach einen schönen Nachmittag miteinander verbringen, nicht mehr und nicht weniger.

Als sie die Straße hinunter fuhr, kam ihr der Postbote entgegen. Seit Tagen war Gesa immer die Erste an der Tür, wenn sie die Pforte quietschen hörte, und nahm die Post direkt entgegen. Kathi wusste, dass sie auf den Kostenvoranschlag des Dachdeckers wartete und immer noch hoffte, dass sie mit einem blauen Auge davonkommen würde. Hoffentlich war er heute endlich in der Post, damit die Ungewissheit ein Ende hatte und sie endlich planen konnten, was mit dem Dach geschehen sollte.

Die beiden Bleche mit den *Sylter Wolken,* die Kathi auf der Rückbank verstaut hatte, klapperten bei jedem Schlagloch gegeneinander. Es war die achte Lieferung, inzwischen hatte auch der Juniorchef den Kuchen probiert und ihr ein – für seine Verhältnisse – überschwängliches Lob ausgesprochen. Trotzdem hatte Kathi schnell gemerkt, dass ihre Berechnung des zu erwartenden Gewinns zu hoch gegriffen war. Wenn sie die Zutaten, den Strom und die sonstigen Nebenkosten mitberechnete, blieben im Monat vielleicht fünf- bis sechshundert Euro übrig, von denen sie aber auch noch die Steuern abführen mussten. Außerdem rechnete Kathi fest damit, dass die Euphorie der Gäste bald nachlassen würde und nur noch zwei oder drei Bleche pro Woche benötigt würden. Auf der anderen Seite hatte sich inzwischen herumgesprochen, dass es in der *Kate* ein Dessert gab, das kein anderes Restaurant anbieten konnte. Der Juniorchef hatte sogar einen Reporter der Inselzeitung gebeten, einen Artikel über die *Sylter Wolken* zu schreiben, der irgendwann in der kommenden Woche erscheinen würde.

»Moin«, begrüßte sie einer der Köche, der sich draußen auf der Bank lümmelte, als sie mit dem ersten Blech auf die Küchentür zuging. »Na, du Konditormeisterin, wie geht's dir?«

»Kann nicht klagen! Geht euch in der Küche die Arbeit aus, oder was drückst du dich hier herum?«, fragte Kathi ihn lachend.

»Zigarettenpause. Aber sag's nicht weiter.« Er stand auf und hielt ihr grinsend die Tür auf.

Kathi mochte die Frühschicht, die sich um die Mittagsgäste kümmerte und alles für den großen Abendansturm vorbereitete. Ihre Arbeit begann an diesen Tagen gegen neun Uhr morgens und endete um achtzehn Uhr. Wenn die Flut günstig kam, fuhr sie manchmal von der *Kate* zum Strand und ging noch ein Stück am Wasser spazieren. Oder sie setzte sich oben in den Dünen in den Strandhafer und sah auf die Nordsee hinaus, legte sich für eine Weile in den warmen weißen Sand, schloss die Augen und hörte dem Wind, den Wellen und den Möwen zu, die kreischend über sie hinwegflogen.

Jetzt, Ende April, war das Wasser noch eiskalt, aber sie freute sich schon sehr darauf, endlich schwimmen gehen zu können. Lange würde das hoffentlich nicht mehr dauern, denn es war richtig warm geworden in den letzten Tagen. Die Sonne schien von einem azurblauen Himmel, über den träge ein paar Schönwetterwolken zogen.

Maja tippte ihr von hinten mit dem Finger auf die Schulter. »Auch schon da?«

»Ja, Chefin. Melde mich zum Dienst. Muss ich heute wieder an den Abwasch?«, fragte Kathi todernst.

»Da es aus der Küche Beschwerden gab, dass du mehr Teller zerbrochen als sauber gemacht hast, werde ich dir wohl eine andere Aufgabe zuteilen müssen.«

Kathi drehte sich langsam um. »Oh nein«, jammerte sie. »Nicht schon wieder mit der Zahnbürste den Küchenboden schrubben!«

Maja umarmte sie lachend. »Gut geschlafen und von einem Prinzen geträumt?«

»Er hat sich heute Nacht nicht blicken gelassen. Sicher hat er eine andere.«

»Jetzt aber mal im Ernst! Wie lange willst du deinem Till noch nachtrauern? Wir müssen uns bald mal nach einem Neuen für dich umsehen. Wie wäre es heute mit einem kleinen Sonnenbad nach der Arbeit?«

Kathi stöhnte leise. Warum hatte sie Maja nur von Till und dieser blonden Tussi erzählt? Seitdem lag sie ihr in den Ohren mit braungebrannten Millionärssöhnen, die Kathi ein Leben in Saus und Braus bieten könnten. Dass Kathi weder auf Porschefahrer mit teuren Uhren noch auf Abiturienten mit Papas goldener Kreditkarte stand, wollte Maja nicht als Argument gelten lassen. Das sei doch egal, solange der Spaßfaktor stimme, meinte sie und lachte.

Von Björn hatte sie Maja nichts erzählt, auch wenn es ihr zwei- oder dreimal auf der Zunge gelegen hatte. Sie wusste, dass Maja nichts dabei fand, mit verheirateten Männern – wie sie es nannte – *Spaß zu haben*. Kathi vermutete, dass es ihr im Gegenteil sogar ganz recht war, dass der Mann in so einem Fall keine Ansprüche an sie stellen konnte. Als sie vor einer Woche zu zweit die Abrechnung gemacht hatten, hatte Maja von ihrer Beziehung zum Juniorchef erzählt. Eigentlich sei er ein ganz lieber Kerl, auch wenn er nach außen nicht so wirke, hatte sie erklärt – er würde ihr jeden Wunsch von den Lippen ablesen. Das Einzige, was ihr Sorgen mache, sei sein Gerede von Scheidung und Neuanfang. Sie wolle ihn nicht enttäuschen, und genau das würde unweigerlich passieren, wenn sie nach dieser Saison zurück in ihr Tauchparadies fliegen würde. Sie brauche nun mal ihre Freiheit, aber das könne er einfach nicht begreifen.

»Sonnenbaden ist eine gute Idee, aber nur, wenn du damit aufhörst, mich ständig verkuppeln zu wollen.«

Wieder lachte Maja herzlich. »Versprochen. Und wenn doch, stelle ich es so geschickt an, dass du es nicht merkst.«

Kathi verdrehte die Augen. »Schluss jetzt mit dem Thema. Mir geht es sehr gut ohne Mann. Und jetzt an die Arbeit. Hast du die Kollegen schon eingeteilt oder soll ich das übernehmen?«

***

Als sie auf den Strandparkplatz beim Restaurant *Sturmhaube* zufuhren, stöhnte Kathi: »Wetten, dass wir keinen Parkplatz bekommen?«

»Sei nicht immer so negativ«, meinte Maja. »Da hinten fährt einer raus.« Sie zeigte auf einen roten Porsche, der gleich darauf mit Schwung aus der Parklücke schoss.

»Wer hat sich denn da Papas Auto ausgeliehen?«, murmelte Kathi und beschleunigte den Golf.

Als Kathi endlich nach mehrmaligem Hin- und Herrangieren zwischen zwei Luxuslimousinen eingeparkt hatte, sprang Maja aus dem Auto und reckte sich ausgiebig. »Endlich! Ganz ehrlich, ich weiß nicht, ob ich die Saison noch durchhalte.«

Kathi sah sie erstaunt an. »Du willst mich doch nicht allein hier zurücklassen? Der Junior wirft mich hochkant raus, wenn ich auch nur den kleinsten Fehler mache.«

Maja lachte. »Jetzt stell dein Licht nicht immer unter den Scheffel, wie deine Oma sagen würde. Hauke würde dir sofort meine Stellung anbieten, wenn ich nicht mehr da bin.«

Kathi griff nach ihrer Badetasche, die auf dem Rücksitz lag. »Welche genau meinst du?«

Maja grinste. »Hey, spielst du darauf an, dass ich hin und wieder mit dem Chef ins Bett gehe?«

Sie schlenderten nebeneinander den schnurgraden Weg zum Strand entlang. Kathi schwieg eine Weile, bis sie sagte: »Immerhin ist er verheiratet.«

»Gott, du redest wie meine Großmutter. Ring am Finger oder nicht, das interessiert doch heutzutage niemanden mehr. Wir haben beide unseren Spaß und fertig. Wo ist das Problem?«

»Keine Ahnung. Dass er unser Chef ist? Dass er etliche Jahre älter ist als wir? Dass er …«

»… ein Ekel ist?«, ergänzte Maja.

Kathi verdrehte die Augen.

»Das habe ich gesehen«, rief Maja und knuffte sie liebevoll in die Seite. »Dir liegt doch noch was anderes im Magen.« Sie blieb abrupt stehen. »Nein! Du hast doch nicht etwa jemanden kennengelernt, der ganz zufällig verheiratet ist? Und mir das auch noch verschwiegen? Na los, raus mit der Sprache!«

»Blödsinn«, entgegnete Kathi schnell und wandte sich ab, weil sie Angst hatte, dass Maja sehen konnte, wie rot sie geworden war.

Maja machte einen Schritt auf sie zu und sah ihr in die Augen. »Und warum lügst du dann gerade?«

Kathi streckte ihre Zunge raus und ging weiter in Richtung Strand. »Wenn wir noch was von der Sonne haben wollen, sollten wir uns beeilen.«

Als sie auf der Decke im Sand lagen, räkelte sich Maja wie eine zufriedene Katze. »Wenn ich das hier nicht hätte, wär ich längst über alle Berge. Und wenn Hauke nicht bald aufhört, mich mit seinen idiotischen Ideen zu nerven, mach ich Schluss mit ihm. Angeblich wird ihm plötzlich alles zu viel. Die *Kate*, seine Frau, die Insel und sein alter Herr.«

»Vielleicht liebt er dich einfach?«

Maja lachte laut. »Und dann? Verliebt, verlobt, verheiratet? Vergiss es, nicht mit mir! Seine letzte Idee war, mit mir zusammen eine Tauchschule aufzumachen.«

Kathi richtete sich auf. »Und? Was hast du gesagt?«

»Nichts habe ich gesagt. Ausgelacht habe ich ihn, und da war er stinksauer. Wenn ich vierzig bin, geht er langsam auf die sechzig zu. Was stellt er sich denn bitteschön vor? Dass ich ihn irgendwann im Rollstuhl durch die Gegend schiebe? Nichts da!«

»Jetzt übertreib mal nicht. Das sind dreizehn und nicht dreißig Jahre. Und überhaupt – hat Liebe etwas mit Alter zu tun?«, fragte Kathi nachdenklich.

»Ich liebe ihn nicht!«, antwortete Maja.

»Dafür beschäftigt dich das alles aber ganz schön!«

»Unsinn! Über was soll ich mir hier denn sonst den Kopf zerbrechen? Aber jetzt will ich endlich wissen, wen du kennengelernt hast. Wart ihr schon in der Kiste? Jetzt erzähl schon!«

Kathi drehte sich auf den Bauch und legte ihren Kopf auf die verschränkten Arme.

»Verstehe!«, sagte Maja. »Staatsgeheimnis. Dann werde ich einfach mal raten. Also verheiratet, das steht schon mal fest. Kinder? Nein, um so einen würdest du einen großen Bogen machen. Älter? Eigentlich sind die älteren Männer nicht so dein Ding. Aber ein paar Jahre vielleicht. Gutaussehend? Na ja, eigentlich hast du es ja mehr mit den inneren Werten, aber warum nicht auch mal ein schnuckeliger Brad-Pitt-Verschnitt? Nein, doch nicht. So einem knackigen, braungebrannten Kerl würdest du nicht über den Weg trauen. Also doch eher gutbürgerlich. So eine Art Traumschwiegersohn. Er ist intelligent, belesen, kann dir zuhören: also der Typ allerbester Freund. Liege ich ungefähr richtig?«

Kathi drehte sich auf die Seite und schaute ihre Freundin an. »Kannst jetzt mal aufhören?«

Maja grinste breit. »Volltreffer! Habe ich recht? Ich hätte Psychologie studieren sollen.«

»Wir sind nur befreundet. Ja, er kann zuhören. Und, nein, mehr wird nicht passieren. Ist es jetzt mal gut?«

»Aber ja, aber nein«, äffte Maja Kathi nach. »Wann trefft ihr euch das nächste Mal? Nur zum Reden natürlich!«

»Morgen«, murmelte Kathi nach einer Weile und drehte sich wieder auf den Bauch.

***

»Oma, wo bist du?«, rief Kathi ins Haus hinein, als sie am späten Nachmittag die Haustür aufschloss und den Flur betrat. Als niemand antwortete, ging sie in die Küche. Auf dem Tisch lag ein aufgeklappter Brief. Sie nahm ihn in die Hand und sah, dass es der Kostenvoranschlag vom Dachdeckermeister war. Als sie die Summe unten auf der Seite las, atmete Kathi auf: zweitausendfünfhundert Euro. Dann bemerkte sie, dass auf der zweiten Seite ein Alternativangebot abgedruckt war. Für die vollständige Erneuerung der Wetterseite belief sich der Betrag auf weit über fünfunddreißigtausend Euro. Im Anschreiben wies der Dachdeckermeister noch einmal deutlich darauf hin, dass er dringend von der kleinen Reparatur abriet, da sie das grundlegende Problem nicht lösen würde und er keine Garantie beim nächsten Sturm geben könne. Kathi legte das Schreiben zurück auf den Tisch und suchte Gesa im Wohnzimmer. Als sie sie auch hier nicht fand, ging Kathi nach draußen in den Garten, wo Gesa dabei war, eines der Beete vom Unkraut zu befreien.

»Hallo«, sagte sie, als Kathi auf sie zukam. »Alles in Ordnung bei dir?«

»Klar, Oma. Ich war noch mit Maja am Strand.« Sie setzte sich auf einen der Stühle am Gartentisch. »Ich habe gerade den Kostenvoranschlag gefunden.«

»Ja«, sagte Gesa seufzend. »So sieht es aus. Mit der Versicherungssumme können wir gerade das Loch für eine Weile stopfen lassen.« Sie reichte Kathi eine Visitenkarte. »Ich war vorhin schon bei der Bank. Sie hätten ganz klare Anweisungen, hat der Berater gesagt. Meine Rente sei zu klein für einen so großen Kredit, außerdem sei ich zu alt. Er hat es zwar nicht direkt so gesagt, aber gemeint, sie könnten mir keinen Kredit mit einer langen Laufzeit gewähren. Ganz genau hat er mir vorgerechnet, was ich im Monat bezahlen müsste, wenn es dazu käme. Fast zweitausend Euro, hat er gesagt. Ist aber auch egal. Ich kriege sowieso keinen Kredit.«

»Oh je. Oma, warum hast du denn nicht auf mich gewartet? Wir hätten doch zusammen zur Bank gehen können.«

Gesa streichelte ihr über die Hand. »Lass gut sein, Deern. Du brauchst das bisschen Freizeit für dich.«

»Und was machen wir jetzt«, fragte Kathi aufgelöst.

»Du machst gar nichts. Ich finde schon eine Lösung.«

Kathi stand auf und nahm Gesa in den Arm. »Nicht du – *wir* finden eine Lösung.«

***

Den Vormittag des nächsten Tages verbrachte Kathi damit, über die Insel zu fahren und zehn Restaurants einen Besuch abzustatten. Beim Konditor um die Ecke hatte sie sich kleine Kuchenschachteln besorgt, in die sie jeweils ein Stück *Sylter Wolken* und eine Visitenkarte gelegt hatte. Die Karten hatte sie noch am Abend zuvor gestaltet, im Kopierladen ausgedruckt und mit Gesas Teppichmesser zugeschnitten.

Zwei der Restaurants bestellten auf Anhieb ein Probeblech, die anderen Küchenchefs versprachen, sich in den nächsten Tagen bei ihr zu melden. Als Kathi erschöpft, aber zufrieden auf einen kleinen Strandparkplatz an der Nordspitze der Insel zufuhr, freute sie sich auf den Spaziergang mit Björn. Gegen vierzehn Uhr wolle er da sein, hatte er gesagt. Nur falls kurz vor Ende der Sprechstunde ein Notfall hereinkäme, könne es sein, dass er sich etwas verspäten würde.

Sie parkte den Golf und setzte sich auf eine der Bänke am Straßenrand. Den ganzen Vormittag hatte sie nicht an Björn und ihren Ausflug mit ihm denken müssen, aber jetzt drängte sich wieder der Zweifel in die Vorfreude. Warum war für sie beide von vorherein klar gewesen, dass sie getrennt zum Parkplatz fahren würden? *Weil wir nicht wollen, dass die Leute zu reden anfangen*, dachte Kathi. *Oder ist das der Anfang von Heimlichkeiten, deren Ende … Nein!*

Sie schob diesen Gedanken weit von sich und holte tief Luft. Kathi warf einen Blick auf ihre Armbanduhr. Kurz nach zwei. Einen Moment lang legte sie den Kopf in den Nacken und sah in den Himmel. Dünne Schleierwolken verhüllten die Sonne, der Wind hatte gedreht und trug den Geruch von Salz und Seetang mit sich. Außerdem war es merklich kühler geworden, kaum fünfzehn Grad hatte das Thermometer auf Gesas Terrasse angezeigt, als sie losgefahren war. Genau das richtige Wetter für einen Spaziergang, sagte sie sich und sah auch schon Björns Geländewagen um die Ecke biegen. Er parkte und kam ihr mit langen Schritten entgegen.

»Hallo, Kathi«, rief er. »Wartest du schon lange?«

»Nein, ich bin auch gerade erst gekommen«, antwortete sie, als er vor ihr stand, und gab ihm die Hand. »Habe eine Rundtour durch die Restaurants gemacht.«

Er sah sie erstaunt an. »Nanu? Suchst du einen neuen Job?«

»Lange Geschichte.« Sie zeigte auf den Weg zum Strand. »Wollen wir gleich los?«

Während sie schweigend nebeneinanderherliefen, wagte Kathi einen kurzen Blick zu Björn hinüber. Ihre Augen trafen sich, er lächelte. »Lange Geschichte, hast du gesagt?«

Kathi nickte und fing an zu erzählen: von dem ersten Blech *Sylter Wolken* für die Kollegen, von dem Sturmtag, als die Konditorei nicht an die *Kate* liefern konnte, und von ihrer Idee, Gesas Kuchen zu verwenden.

»Am Ende des Abends waren die zwei Bleche leer und Oma um über hundert Euro reicher.« Sie stutzte über ihre eigenen Worte und fügte hinzu: »Naja, reicher ist relativ.« Sie berichtete vom Kostenvoranschlag des Dachdeckers und dass die Bank Gesa keinen Kredit gewähren wollte. Eine Weile gingen die beiden schweigend über den festen, nassen Sand, den die Flut zurückgelassen hatte, und hörten dem trägen Rhythmus zu, in dem die Wellen auf den Strand schlugen.

»Und jetzt hast du vor, euren Kuchen auch an andere Restaurants zu verkaufen?«, fragte Björn interessiert.

»Genau das ist mein Plan. So schnell werden wir zwar auch damit nicht die Summe für das Dach zusammenkriegen, aber ein Anfang wäre es allemal. Zwei Restaurants haben schon ein Probeblech geordert.«

»Klasse!«, sagte Björn. »Das hört sich doch schon mal sehr positiv an. Wenn die jetzt alle bestellen …«

»Besser erst mal auf dem Teppich bleiben. Das ist ganz normaler Apfelkuchen.«

»Glaube ich nicht. Wenn er so gut angekommen ist, muss er was ganz Besonderes sein. Ist ja schließlich von deiner Oma.«

»Ja, für Kuchen hat sie ein Händchen. Das Geheimnis sind die Äpfel. Eine ganz alte Sorte, die schon fast ausgestorben war und die ihr Vetter im Alten Land anbaut. Er hat uns gerade letzte Woche eine Riesenlieferung geschickt. Damit sollten wir über die Saison kommen.«

»Nochmals klasse. Alles schon bis in Detail durchgeplant! Du bist ja ein richtiges Organisationsgenie.«

»Ich weiß nicht. Als Organisationsgenie sollte ich mein eigenes Leben eigentlich besser im Griff haben. Aber im Moment …«

Björn warf ihr einen fragenden Blick zu. »Im Moment …?«

Kathi seufzte. »Im Moment ist alles ein einziges Chaos. In mir und um mich herum.« Sie schwieg eine Weile. »Dass ich nach Sylt gekommen bin, war eigentlich eine Flucht.« Sie sah zu Boden und beobachte, wie die mit kleinen Schaumkronen bedeckten Wellen sich immer wieder ihren Füßen näherten, die sich mechanisch Schritt für Schritt vorwärts bewegten.

»Wovor bist du weggelaufen? Und warum?« Björns dunkle Stimme wurde ganz warm. »Erzähl es mir!«

Sie sah auf. »Ich wüsste nicht mal, wo ich anfangen soll.«

In Björns Augenwinkeln entstanden wieder die winzigen Falten, als er lächelte. »Fang einfach ganz vorn an«, sagte er. »Ich höre dir zu.«

Also begann Kathi ganz am Anfang. Sie erzählte von ihrer Kindheit in dem kleinen Dorf in Schleswig-Holstein, in dem sie mit ihren Eltern gelebt hatte. Von der Kiesgrube, in der sie gespielt und in der sie sich versteckt hatte, wenn die Streitereien zu Hause wieder einmal unerträglich wurden. Von dem Tag, als ihr Vater aus der Wohnung auszog.

»Da war ich neun Jahre alt, und meine Welt ist komplett zusammengebrochen. Ich hatte immer ein gutes Verhältnis zu ihm, war immer *sein Mädchen*, und dann war er auf einmal weg. In den ersten Monaten habe ich ihn gar nicht gesehen. Meine Mutter hat es verhindert, hat immer gesagt, was für ein mieser Kerl er sei, dass er alles kaputt gemacht habe und dass er nichts von uns wissen wolle. Erst als er das Jugendamt eingeschaltet hatte, durfte ich ein paar Stunden am Wochenende zu ihm, und sobald ich zurückkam, hat sie ihn schlecht gemacht. Ich fühlte mich wie zerrissen.«

»Das kann ich mir gut vorstellen«, sagte Björn leise. »Und später? Konntest du da den Kontakt zu ihm halten?«

»Papa lebte in Hamburg und hatte nur eine winzige Wohnung, aber für mich gab es ein kleines Zimmer. Aber als ich zehn wurde, hat ihn seine Firma nach München versetzt. Er hat lange versucht, etwas dagegen zu unternehmen, aber am Schluss haben sie ihn vor die Wahl gestellt: Umzug oder Kündigung.«

»Da war es dann vorbei mit den Wochenenden bei deinem Vater, oder?«, fragte Björn. »Fliegen war damals noch sauteuer – und mit der Bahn? Keine Ahnung, wie lange man da bis München braucht.«

»Das kann ich dir sagen. Über acht Stunden bin ich damals gefahren. Natürlich nur in den Ferien und mit einer Begleitperson von der Bahnhofsmission. Trotzdem, ich habe mich bei meinem Papa immer sehr wohl gefühlt, auch wenn ich ihn nicht öfter als zwei- oder dreimal im Jahr gesehen habe.«

»Aber immerhin hast du noch Kontakt zu ihm gehabt. Und sei es nur per Telefon.«

»Das war auch schwierig genug. Mama hat immer wieder dazwischengefunkt und versucht, es zu verhindern. Dauernd hat sie mir Gruselgeschichten über ihn erzählt. Dass er was mit einer anderen Frau gehabt hätte und deshalb nichts mehr von uns habe wissen wollen. Dabei war sie es, die ihn immer wieder betrogen und ihn damit aus dem Haus getrieben hat. Aber das habe ich erst sehr viel später erfahren.«

Da war es wieder, dieses Gefühl. Die Wut auf ihre Mutter, die Trauer um eine Kindheit, die eigentlich ganz anders hätte sein sollen. Kathi spürte auf einmal einen dicken Knoten in ihrem Hals und blinzelte, um wieder einen klaren Blick auf den verschleierten Horizont zu bekommen.

»Und? Siehst du ihn jetzt häufiger?«, hörte sie Björn fragen. Sie schüttelte den Kopf und schluckte schwer. »Er ist vor drei Jahren ganz plötzlich an einem Herzinfarkt gestorben.« Mit einer schnellen Handbewegung wischte sie sich eine Träne von der Wange, die sie nicht hatte zurückhalten können.

»Oh«, sagte Björn. Er kramte in seiner Jackentasche, zog ein Päckchen Taschentücher heraus und reichte es ihr. »Das tut mir leid. Es ist schlimm, jemanden zu verlieren, an dem man so hängt. Ich weiß, wie das ist.«

»Das Schlimmste ist, dass er ganz allein in seiner Wohnung gestorben ist. Wenn man ihn rechtzeitig genug gefunden hätte, hätte man ihm noch helfen können. Es war an einem Samstag, und eigentlich hatte ich ihn besuchen wollen. Aber dann hatte mein Freund Till zwei Tage vorher einen Autounfall. Nichts Schlimmes eigentlich, aber ich habe die Reise nach München doch lieber verschoben. Wäre ich bei Papa gewesen, hätte ich den Notarzt rufen können und vielleicht …« Hilflos hob sie die Arme. »Mir vorzustellen, wie er da ganz allein gestorben ist, nur weil ich …«

»Ach Kathi, nicht …«, sagte er, kam auf sie zu und zog sie ganz fest in seine Arme. »Nicht, bitte!«

Kathi lehnte ihren Kopf an seine Schulter, schloss die Augen und atmete tief und zitternd ein. Der raue Wollstoff seiner Jacke kratzte an ihrer Haut, sie fühlte seine Wange an ihrer Stirn und den tröstenden Druck seiner Arme, die sie festhielten.

»Du darfst dir keine Vorwürfe machen«, flüsterte er, und die Bewegungen seines Mundes fühlten sich an wie kleine Küsse auf ihren Haaren. »Es ist nicht deine Schuld. Sowas kann man nicht vorhersehen.«

Alles um Kathi wurde still. Da war kein Meeresrauschen mehr, keine kreischenden Möwen, kein Pfeifen des Windes in ihren Ohren. Einen endlosen Augenblick lang stand die Welt um sie herum still, während sie sich an ihn lehnte, sich halten ließ und das Gefühl genoss, vollkommen geborgen zu sein.

»Danke«, flüsterte sie, ohne sich zu bewegen.

»Wofür?«, fragte er ebenso leise, den Mund noch immer an ihrem Haar.

Kathi sah auf und suchte seinen Blick. »Fürs Ausheulen dürfen, fürs Festhalten und fürs Zuhören.«

Die kleinen Fältchen in seinen Augenwinkeln wurden tiefer, als er lächelte. »Dafür sind Freunde doch da.«

Ihre Augen hielten sich an seinen fest, die so warm und voller Mitgefühl waren, dass es ihr die Brust zusammenzog. Björn hob die Hand, legte sie an ihr Gesicht und wischte ihr vorsichtig die Tränen ab. »Lass uns weitergehen, ja?«

Kathi nickte. Eine Weile liefen sie schweigend nebeneinander her, bis Björn anfing, von sich zu erzählen. Er war auf einem kleinen Bauernhof in der Nähe von Münster zusammen mit drei älteren Schwestern und einem jüngeren Bruder aufgewachsen. Sein Vater hielt ein paar Kühe und Schafe im Nebenerwerb. Der Hof war zu klein, um die große Familie zu ernähren. Björn hatte sich schon von klein auf mit um die Tiere gekümmert und sich nichts Schöneres vorstellen können, als Bauer zu werden. Eigentlich hätte er den Hof übernehmen sollen, aber als der Lehrer der Dorfgrundschule seinen Eltern nahelegte, den Jungen unbedingt aufs Gymnasium zu schicken, willigten sie ein. Es kostete sie große Anstrengungen, ihm das Tierarztstudium zu ermöglichen, aber einen anderen Beruf hatte er sich nicht vorstellen können. Da sein Bruder kein Interesse für die Landwirtschaft aufbringen konnte, waren die Ländereien inzwischen verpachtet, und die Eltern lebten von einer winzigen Rente, seien aber zu stolz, als dass Björn ihnen finanziell unter die Arme greifen dürfe.

»Und wie bist du nach Sylt gekommen?«, fragte Kathi.

»Das war eigentlich eher ein Zufall. Ich hab in Kiel studiert, war gerade mit meiner Doktorarbeit fertig geworden und suchte händeringend nach einer Stelle, um meinen Eltern nicht weiter auf der Tasche liegen zu müssen. Einer meiner Professoren ist ein guter Bekannter meines Schwiegervaters und empfahl mich als Vertretung für die Praxis. Dessen Frau Gertrud lag zu der Zeit in Kiel in der Onkologie. Sie hatte Brustkrebs im Endstadium, und er wollte bis zum Schluss bei ihr bleiben. Wir haben uns im Foyer der Klinik kennengelernt und uns lange unterhalten. Es gehört schon eine Menge dazu, einem Berufsanfänger eine laufende Praxis anzuvertrauen. Aber Martin und ich haben uns auf Anhieb gut verstanden. Und so saß ich zwei Tage später mit Sack und Pack im Zug nach Westerland. Und Annemarie hat mich dann vom Bahnhof abgeholt.«

Kathi warf ihm einen schnellen Blick zu. Da war ein merkwürdiger Unterton in seiner Stimme gewesen, als er ihren Namen ausgesprochen hatte. Björns Lippen wurden schmal. »Ich werde den Anblick nie vergessen, wie sie dort vor dem Bahnhof aus dem Cabrio stieg. Groß und blond, ein strahlendes Lächeln auf den Lippen. Sie trug ein geblümtes Kleid, hochhackige Schuhe, beides irgendeine Edelmarke, und sah aus, als sei sie einem Modemagazin entstiegen.« Er lachte bitter. »Wenn ich es damals nur schon geahnt hätte.«

»Wenn du was geahnt hättest?«, fragte Kathi.

»Man soll über Abwesende nicht schlecht sprechen, nicht wahr? Jedenfalls würde deine Großmutter das sagen.«

Kathi lächelte. »Du scheinst meine Großmutter gut zu kennen«, sagte sie. »Hast du nicht vorhin gesagt, dass Freunde fürs Zuhören da sind? Es hilft, wenn man es ausspricht, damit man es loswerden kann.« Sie streckte ihre Hand aus und berührte seinen Arm. »Außerdem hab ich auch nicht gerade sehr freundlich über meine Mutter geredet.«

Björn sah ihr einen Moment lang in die Augen, dann blickte er den Strand hinunter und seufzte. »Annemarie ist – wie soll ich es ausdrücken – eine hübsche Hülle, aber darunter ist sie eigentlich kalt wie Eis. Und manchmal kommt das hoch. Dann ist da nichts. Kein Gefühl, keine Skrupel. Alles, was in solchen Augenblicken für Annemarie zählt, ist sie selbst. Zum Beispiel hat sie mich an einem meiner ersten Abende auf Sylt auf eine Party mitgeschleppt. Irgend so eine Schickimicki-Fete in Kampen: Austern und Champagner in Magnumflaschen, lauter Promis und solche, die sich dafür halten. Und ich mittendrin, mit meinen billigen Turnschuhen und den Jeans vom Discounter. Mein Gott, kam ich mir deplatziert vor! Ich hatte das Gefühl, alle starren mich mitleidig an. Aber Annemarie war in ihrem Element. Sie war der Mittelpunkt der Party, alles drehte sich um sie. Ich stand am Rand und beobachtete sie, wie sie mit jedem redete und lachte, zu viel Champagner trank und mit den Männern zu flirten begann. Nachdem sie wohl vergeblich versucht hatte, irgendeinen Schauspieler abzuschleppen, kam sie zu mir.« Er schüttelte den Kopf. »Ich meine, ihre Mutter lag in Kiel im Sterben, und sie ging aufgedonnert wie ein Model auf eine Party, um jemanden ins Bett zu bekommen. Ganz egal, wen.« Wieder sah er Kathi an. »Wie kann man so kalt sein?«

Kathi schwieg. Sie wusste keine Antwort.

»Zu meiner Entschuldigung kann ich nur sagen, dass ich verliebt war wie ein Schuljunge.« Das letzte Wort spie er förmlich aus. »Gleich von dem Moment an, als ich sie zum ersten Mal gesehen habe, war ich wie weggetreten und hätte alles für sie getan. Jedenfalls sind wir nach dieser Party nach Hause gefahren, und sie hat mich in ihr Bett gezogen. Ich muss wohl eine herbe Enttäuschung gewesen sein. Nicht zu vergleichen mit ihren sonstigen Lovern.« Er lachte bitter. »Jedenfalls hat sie mir das später oft genug gesagt. Viel später. Als ich endlich gemerkt habe, wie sie auch sein kann.« Björn steckte die Hände in die Jackentaschen und schwieg.

»Aber, warum bleibst du dann bei ihr?«, fragte Kathi nach einer Weile.

»Naja, wir sind verheiratet, und es gab auch gute Zeiten. Damals war ich bis über beide Ohren verschossen. Alles schien so einfach! Eine wunderschöne Frau, die mich, wie sie sagte, über alles liebt. Dazu die Arbeit in der Praxis meines Schwiegervaters. Martin ist mehr Freund als Chef. Wir verstehen uns wunderbar, und das ist unglaublich wichtig für mich. Aber natürlich sieht Martin seine Tochter mit ganz anderen Augen. Für ihn ist sie immer noch sein *Prinzesschen*. Aber das klingt jetzt alles … Ich meine, vielleicht tu ich ihr auch unrecht. Annemarie kann auch liebenswert sein, freundlich und zuvorkommend. Auch wenn es mir so vorkommt, dass diese andere Seite an ihr immer schwächer wird.« Björn zog die Schultern hoch. »Ich sage mal, ich habe gelernt, ihre Kälte und ihre spitzen Bemerkungen zu ignorieren und ihr in solchen Momenten aus dem Weg zu gehen. Meistens klappt das ganz gut.«

»Meistens?«

»Ja. Meistens. Ich frage nicht nach, wohin sie wirklich fährt, wenn sie wieder mal ihre Freundin in Hamburg besucht. Ich will es gar nicht wissen. Keine Ahnung, warum. Vielleicht will ich mich nicht mit den Konsequenzen auseinandersetzten. Und auch nicht Martin mit der Nase darauf stoßen, dass seine Prinzessin nicht wirklich die wunderbare Ehefrau ist, für die er sie hält. Wenn ich Annemarie verlasse, verliere ich auch seine Freundschaft und die Arbeit hier auf der Insel. Und die ist mir wichtiger. Also versuche ich, mich zu arrangieren.«

»Meinst du, das kann auf Dauer funktionieren?«

»Ich weiß es nicht. Bisher habe ich das jedenfalls gedacht.«

Kathi blieb stehen und sah ihn fragend an. »Bisher?«

Björn ging zu ihr und griff nach ihren Händen. »Ich weiß nicht«, sagte er leise. »Jetzt, wo ich es zum ersten Mal laut ausgesprochen habe, es *dir* erzählt habe, kommt mir mein Leben so unwirklich vor. Vielleicht habe ich mich verrannt und belüge mich immerzu selbst.« Er sah nach unten auf ihre Hände, die in seinen lagen. »Du hast ja eiskalte Finger«, sagte er. »Wenn die Sonne weg ist, wird es kalt am Wasser. Vielleicht sollten wir zurückgehen, was meinst du?«

Noch immer hielt er ihre Hände fest, seine Daumen strichen langsam über ihre Finger. Er hob den Blick und lächelte. Da lag so viel Wärme in seinen Augen, so viel Zuneigung und doch so viel Schmerz, dass Kathis Kehle wie zugeschnürt war. Sie nickte nur.

Björn beugte sich vor und küsste sie flüchtig auf die Wange. »Ich danke dir.«

»Wofür?«

»Fürs Zuhören«, sagte er leise.

Kathi lächelte. »Dafür sind Freunde doch da.«

***

Als Kathi den Golf auf den Hof fuhr, bemerkte sie eine große schwarze Mercedes-Limousine, die ein Stückchen weiter am Straßenrand parkte. Als sie noch überlegte, wem der Wagen gehören könnte, sah sie Dr. Reichenbach, einen den Stammgäste der *Kate*, aus einem Nachbarhaus kommen. Eilig schritt er auf die Limousine zu, stieg ein und brauste davon.

»Nanu, was will der denn hier?«, murmelte Kathi, während sie ihm nachsah. Sie stieg aus und ging ins Haus. Im Flur kam ihr ihre Großmutter entgegen. »Ach, wie schade, jetzt hast du deinen Besuch verpasst«, sagte sie.

»Besuch?«, fragte Kathi, während sie ihre Jacke an die Garderobe hängte.

»Ja, ein Dr. Reichenbach war hier. Er sagte, er sei gerade in List unterwegs und wollte mal Hallo sagen, weil du ihn immer so nett in der *Kate* bedienst.«

Kathi runzelte die Stirn. »Merkwürdig. Ich hab mit ihm doch nur mal ein paar Worte gewechselt.«

»Jedenfalls ein sehr höflicher Mann. Weil er gern auf dich warten wollte, hab ich ihm einen Tee und ein Stück *Sylter Wolken* angeboten. Wir haben uns sehr nett unterhalten.«

»Aha? Und worüber?«

»Ach, über alles Mögliche. Über den Kuchen, den er wohl aus der *Kate* schon kannte, über die Insel, über das Wetter und den Sturm neulich. Er hat die Plane auf dem Dach gesehen.«

»Und was er von mir wollte, hat er nicht gesagt?«

»Nein, so direkt nicht. Er meinte aber, dass er in den nächsten Tagen noch einmal wiederkommen würde.«

Kathi zuckte die Schultern. »Naja, wenn er meint?« Sie sah sich suchend um. »Wo steckt denn Walter? Normalerweise ist der doch gleich an der Tür, wenn ich wiederkomme.«

Oma ging in die Küche vor. »Walter ist draußen«, rief sie über die Schulter.

»Was? Du hast ihn rausgelassen?«

»Ja. Ich wollte es dir schon gestern sagen. Vor ein paar Tagen ist er mir in den Garten nachgelaufen, als ich die Tür nicht richtig zugemacht hatte. Und er hat so einen Spaß dabei gehabt, Schmetterlinge zu jagen, da hab ich immer wieder mal kurz rausgelassen.«

»Aber Oma, er war doch bislang nur in der Wohnung und kennt das gar nicht mit Autos und so. Wenn ihm nun was passiert und er überfahren wird?«

»Was soll denn hier in der Siedlung schon groß passieren? Die Autos fahren doch wegen der schlechten Straße ganz langsam. Und Walter geht auch nie weit weg. Man kann ihn immer zwischen den Büschen herumlaufen sehen.«

»Ich weiß nicht, begeistert bin ich nicht gerade von der Idee«, sagte Kathi stirnrunzelnd.

Gesa grinste. »Walter schon. Außerdem kommt er sofort, wenn man ihn ruft und mit der Leckerchendose klappert. Schau?« Sie nahm die Dose vom Küchenschrank, ging zur Haustür und öffnete sie. »Walter! Komm mal schnell!«, rief sie und schüttelte die Dose. Von draußen hörte man ein leises Miauen, und Sekunden später schoss Walter herein wie ein schwarz-weißer Blitz, warf sich vor

Gesa auf den Rücken, streckte alle viere in die Luft und schaute sie erwartungsvoll an.

Kathi musste lachen, obwohl ihr eigentlich gar nicht danach zumute war. »Und wie soll ich ihn jetzt wieder an die Wohnungshaltung gewöhnen, wenn ich hier nicht mehr wohne?«, fragte sie.

Gesa bückte sich, legte ein paar Leckerchen vor Walters Schnauze auf den Boden und streichelte den Kater. »Als ob du hier je wieder weggehst, Deern!«, sagte sie augenzwinkernd.

***

In den folgenden Tagen stand Gesas Telefon selten still. Viele Restaurants fragten nach Probeblechen, und auch die ersten Bestellungen für *Sylter Wolken* trudelten ein. Kathi vermutete, dass der Andrang auch mit dem Artikel im Lokalteil der *Sylter Rundschau* zu tun hatte, den Hauke Frerichs in Auftrag gegeben hatte.

Jeden Morgen standen Gesa und Kathi in aller Herrgottsfrühe auf und begannen zu backen, um die Nachfrage zu decken. Was Kathi ärgerte, war die Tatsache, dass so viele der Restaurantbesitzer mit ihr um den Preis für den Kuchen feilschen wollten. Sollte sich der ganze Aufwand lohnen, musste sie nach ihren Berechnungen mindestens vierzig Euro pro Blech bekommen. Außerdem käme sie sich wie eine Verräterin vor, weil sie doch Maja immer noch für jedes Blech sechzig Euro in Rechnung stellte.

Kathi hatte ein Konto eingerichtet, auf das sie das Geld vom Kuchenverkauf und ihr gesamtes Trinkgeld einzahlte. Ganz allmählich wuchs die Summe, aber sie hatte weiter das ungute

Gefühl, dass niemals genug Geld zusammenkommen würde, um das Dach erneuern lassen zu können. Drei weitere Wochen gingen ins Land, inzwischen war es Mai geworden, und die Insel füllte sich merklich mit Gästen, die die Pfingstfeiertage hier verbringen wollten. Mit den Eisheiligen war das Wetter wieder schlechter geworden. Ein kalter Wind pfiff um die Hausecken und brachte die Plane auf dem Dach zum Flattern. Immer wieder stand Gesa im Garten und starrte mit sorgenvollem Gesicht nach oben.

Dr. Reichenbach war, wie Gesa erzählte, noch zweimal dagewesen, hatte aber jedes Mal das Pech gehabt, dass Kathi zu dem Zeitpunkt nicht zu Hause gewesen war. Beide Male hatte er sich bei Gesa zum Tee eingeladen und mit ihr ein *nettes Schwätzchen* gehalten, wie sie es nannte. Wirklich ein ganz reizender Mensch, hatte Gesa betont. Irgendwann hatte er Gesa noch einmal auf das Dach und den Zustand des Hauses angesprochen. Er arbeite für eine große Bank in Süddeutschland – in leitender Position – und wolle sich gern dafür einsetzen, dass die dortige Kreditabteilung etwas ausarbeitete, das genau auf Gesas Bedürfnisse und Möglichkeiten zugeschnitten wäre. Sobald er die Unterlagen habe, würde er sich noch mal melden.

Kathi kam das Ganze merkwürdig vor, zumal Dr. Reichenbach schon seit geraumer Zeit nicht mehr in der *Kate* gewesen war. So, als ob er ihr aus dem Weg ginge, sich aber bei ihrer Großmutter einschmeicheln wollte. Kathi entschloss sich, die Sache weiter zu beobachten und nahm ihrer Großmutter das feste Versprechen ab, finanzielle Entscheidungen erst mit ihr abzusprechen, da sie doch jetzt Geschäftspartner seien.

Mögliche Neukunden ansprechen, Preise verhandeln, Bestellungen ausliefern, backen, Rechnungen schreiben: Das alles nahm so viel Zeit in Anspruch, dass Kathi bereits mit dem Gedanken spielte, den Servicejob in der *Kate* aufzugeben. Als sie mit Björn darüber sprach, riet er ihr ab. »Wenn du das irgendwie schaffen kannst, dann bleib dabei, Kathi. Das ist immerhin sicheres Geld, das du da verdienst. Und vergiss nicht, dass selbst auf Sylt nicht immer Saison ist. Im Winter werdet ihr jeden Euro brauchen, den ihr im Sommer verdient habt.«

»Das stimmt natürlich«, seufzte Kathi und lehnte sich mit dem Rücken an die Bank, die neben der Küchentür der *Kate* stand. »Wenn ich nur nicht immer so grottenmüde wäre«, sagte sie in ihr Handy. »Und von den zwanzig Dingen, die ich am Tag erledigen müsste, schaffe ich maximal fünfzehn. Und schon fang ich wieder an zu rotieren, was jetzt am dringendsten fertiggemacht werden muss.«

»Mach dir Listen und streich die Punkte ab«, antwortete Björn. »Das mach ich auch so. Und wenn auf deinem Zettel nur noch drei Sachen stehen, überträgst du sie auf einen neuen Zettel und zerreißt den alten. Ist enorm befreiend! Wenn du magst, kannst du daraus auch Konfetti machen, mit dem du um dich schmeißt.«

Kathi lachte. »Ich glaube, dagegen hätte Oma was. Sie würde mich sofort zum Staubsaugen verdonnern. Zur Strafe gleich das ganze Haus.«

Björns Lachen war warm und weich wie Samt. »Das glaub ich gern. Und wie geht es dir sonst?«, fragte er. »Ich meine, außer müde zu sein und im Stress?«

»Wenn ich mit dir telefonieren kann, gut!«, sagte Kathi. »Sehr gut sogar!«, fügte sie leiser hinzu.

»Das ist schön! Mir geht es ebenso. Ich freu mich immer, wenn ich deine Stimme hören kann. Das ist sozusagen das Highlight des Tages.«

»So schlimm heute?«

»Wie man es nimmt. Einem Kalb auf die Welt geholfen, beim gleichen Bauern eine Kuh mit Milchfieber behandelt, dann Sprechstunde mit Kaninchen, Katzen und Hunden. Einen alten Terrier musste ich heute einschläfern.«

»Oh.«

»Die Halterin hat furchtbar geweint. Aber der arme kleine Kerl war so voller Krebsgeschwüre, dass man sie überall tasten konnte. Jeder Tag länger wäre Quälerei gewesen. Aber egal, wie oft du das schon gemacht hast, du gewöhnst dich nie daran.«

»Das glaub ich. Aber vielleicht muss es auch so sein! Wenn es Routine ist und dich nicht mehr berührt, dann hast du den falschen Beruf.«

Einen Moment lang war es still.

»Dann hab ich vermutlich genau den richtigen Beruf. Ich weiß nicht wieso, aber heute hat mich das ziemlich mitgenommen, den armen kleinen Kerl einzuschläfern. Weißt du, wenn das Letzte, was so ein Tier tut ist, dir die Hände zu lecken … Ich hab normalerweise nicht so dicht am Wasser gebaut, aber da musste ich doch schlucken.«

»Oh, du Armer. Fühl dich umarmt.«

»Das tu ich. Du dich auch!«

Die Erinnerung an seine Umarmung stand Kathi wieder vor Augen. Sie schloss die Augen und gab sich wieder diesem Gefühl von Geborgenheit hin. Schließlich seufzte sie. »Tut mir leid, Björn, aber ich glaub, ich muss wieder ins Hamsterrad zurück. Meine Pause ist um, und die anderen wollen auch mal an die frische Luft.

Wir können ja vielleicht später noch mal telefonieren, wenn ich wieder zu Hause bin.«

»Ja, das machen wir. Ich freu mich schon darauf. Bis später dann!«

»Bis später!«

Kathi nahm das Handy vom Ohr, schaltete es aus und verstaute es in ihrer Hosentasche. Noch einmal holte sie tief Luft und sah über das glitzernde, ruhige Wasser der Wattseite, in dem sich die Wolken spiegelten.

»Hallo Kathi!«, sagte eine sehr vertraute Stimme neben ihr. Kathi schrak zusammen und blickte hoch. Vor ihr stand Till.

»Du? Was machst du denn hier?«, stammelte Kathi.

Till zog die Schultern hoch. »Was bleibt mir denn übrig, wenn ich mit dir reden will? Ans Handy gehst du ja nicht.«

»Warum wohl nicht? Ist das so schwer zu begreifen, dass ich meine Ruhe haben will?« Kathi sprang auf und funkelte ihn wütend an.

»Ich verstehe dich ja, aber …«

»Nichts aber! Ich habe dir am Telefon schon gesagt, dass endgültig Schluss ist. Dass ich nichts mehr von dir wissen will! Und dann hast du die Nerven, hier aufzutauchen?«

Till trat vor und berührte mit der Hand Kathis Arm. »Hör mir doch erst mal zu. Ich weiß, ich hab Riesenmist gebaut, und das tut mir leid, wirklich! Können wir nicht …«

Kathi starrte auf Tills Finger, die noch immer auf ihrem Arm lagen. Mit einem Ruck riss sie sich los, hob die Hand und schlug mit aller Kraft zu. Die Ohrfeige stoppte seinen Redefluss und hinterließ einen roten Fleck.

Till hielt sich die Wange und starrte sie mit offenem Mund an. »Das … aber … warum …«, stammelte er.

Kathi machte auf dem Absatz kehrt und rannte zum Mitarbeitereingang der *Kate* zurück. Erst als sie die Tür erreichte, sah sie Renke Frerichs, der durch das Fenster in der Tür offenbar alles gesehen hatte. »Ich hoffe mal, der junge Mann hatte es auch verdient«, sagte er.

Kathi blieb stehen. »Mehr als verdient«, keuchte sie.

»Na, dann … Du bist ja ganz außer dir. Beruhig dich doch erst mal!« Kathi versuchte, ihre Atmung wieder unter Kontrolle zu bringen, und lehnte sich an die Hauswand.

»Tut mir leid, dass Sie das mit ansehen mussten. Aber er stand plötzlich vor mir.«

»Dein Freund?«, fragte Renke Frerichs.

»Exfreund. So *ex*, wie es nur irgendwie geht!«, knurrte Kathi wütend. »Taucht hier einfach auf, obwohl ich ihm klipp und klar gesagt habe, dass ich ihn nie wiedersehen will.«

Renke Frerichs rieb sich mit einer Hand den Nacken. »Ja, dann hat er wohl einen Narren an dir gefressen und wollte es noch einmal versuchen. Verständlich, würde ich sagen.« Bei seinen letzten Worten lächelte er. »Das Temperament hast du wohl von deiner Oma geerbt, oder?«

Kathi musste grinsen. »Möglich. Ich hab schon oft gehört, dass ich sehr nach ihr komme. Obwohl ich nie miterlebt habe, dass Oma Ohrfeigen verteilt hat.«

»In jüngeren Jahren konnte sie sehr energisch sein, würde ich mal sagen.« Er lachte. »Geht es Gesa gut? Ich hatte gehofft, dass sie sich nochmal bei mir meldet. Aber leider …« Er ließ den Satz unvollendet.

»Rufen Sie sie doch an«, meinte Kathi. »Sie freut sich bestimmt.«

»Naja, sie nach so langer Zeit wiederzusehen, war wirklich

schön, aber, um ganz ehrlich zu sein, ich habe mich nicht getraut, sie anzurufen.«

Kathi sah ihn erstaunt an. »Wollen Sie mich jetzt veräppeln? Sie und sich nicht trauen?«

»Klingt komisch, ich weiß. Aber deine Oma und ich … wie soll ich das jetzt sagen, also wir waren einmal sehr eng befreundet. Und wie das so ist, man streitet sich, und ein Wort gibt das andere. Das ist alles sehr lange her, aber ich wollte jetzt keine alten Wunden aufreißen und hatte gehofft, dass Gesa den ersten Schritt macht.«

Kathi schüttelte ungläubig den Kopf. »Das klingt ja alles sehr geheimnisvoll.«

Er lachte verlegen. »Nein, so war das nicht gemeint. Vergiss einfach, was ich gesagt habe, und richte Gesa einen lieben Gruß von mir aus. Vielleicht kann ich sie ja wieder einmal zum Essen einladen.«

Kathi grinste. »Da müssen Sie sie schon selbst fragen. Dafür bin ich nicht zuständig. Ich bin hier nur Aushilfe im Service.«

»Ja, du hast sicher recht!« Er zwinkerte Kathi lächelnd zu. »Apropos Aushilfe. Da ist mir aber was ganz anderes zu Ohren gekommen. Ich hab gehört, du hast dich sehr gut eingearbeitet. Alle Achtung! Als ich dich zum ersten Mal gesehen habe, war mir gleich klar, dass da eine echte Hansen vor mir steht. Du hast mich sehr an deine Großmutter erinnert, als sie ein junges Mädchen war.«

Kathi sah verlegen auf ihre Armbanduhr. »Oh, jetzt muss ich aber wirklich rein, sonst habe ich bald keinen Job mehr. Ich werde meiner Oma die Grüße ausrichten. Und wie gesagt: Wir haben Telefon.«

Sie öffnete die Tür und lief den Flur entlang zum Servicebereich. *Komischer Tag*, dachte sie. *Erst taucht Till auf und dann Omas alter … Ja, was ist er denn jetzt? Ein Schulfreund oder doch mehr als das? Und wieso wusste Till, wo und wann ich arbeite? Das kann er nur von Oma erfahren haben.*

Kathi beschloss, mit ihr heute Abend ein Hühnchen zu rupfen.

»Da bist du ja, Kathi«, sagte Maja, die sie offenbar schon gesucht hatte. »Kai hat sich gerade krank gemeldet. Kannst du deine Schicht verlängern?«

Kathi stöhnte. »Wenn es unbedingt sein muss. Eigentlich …«

»Ich weiß, Kathi, es tut mir auch leid, aber das ist ein echter Notfall. Ich versuche, schnell jemanden zu finden, der dich ablöst, damit du einigermaßen zeitig nach Hause kannst. Was hast du eigentlich so lange draußen gemacht? Ein kleines Tête-à-Tête mit deinem unsichtbaren Freund?«

»Nein, das war eher ein schrecklich sichtbarer Exfreund.«

»Oh! Bei uns vor der Tür? Wie kommt er denn da hin?«

»Keine Ahnung. Auf jeden Fall kommt er so schnell nicht wieder. Das ist sicher.«

»Das klingt nach …«

»Einer saftigen Ohrfeige«, vollendete Kathi Majas Satz. »Und jetzt an die Arbeit. Und ich will bitte kein Wort mehr über meinen Ex hören.«

***

Gegen achtzehn Uhr kamen die ersten Gäste. Als das Restaurant sich füllte, verdrängte die Arbeit die Gedanken an Till und Gesa. Nach dem ersten Ansturm zog Kathi sich für eine kurze Pause ins Servicebüro zurück. Maja, die hier Rechnungen sortierte, blickte auf: »Eine halbe Stunde noch, dann sollte die Vertretung hier sein. Hältst du noch durch?«

»Wenn ich danach einen freien Tag bekomme?«, entgegnete Kathi erschöpft.

»Das sollte kein Problem sein«, antwortete Maja lachend. »Vielleicht kann ich sogar zwei freie Tage für dich rausschinden.«

»Toller Vorschlag!« Kathi ließ sich auf den Stuhl, der vor dem Fenster stand, fallen. »Ganz schön lang, so eine Saison.«

»Aber danach ist Erholung angesagt.« Maja reckte die Arme nach oben und drückte das Kreuz durch. Plötzlich wurde sie ernst. »Ich wollte dir noch was sagen. Also… gestern habe ich mit einem alten Kumpel telefoniert. Er hat mir eine Stelle angeboten – und wenn es gut läuft, eine Partnerschaft.«

»Malediven?«

»Sicher, was dachtest du denn? Der Haken daran ist allerdings, dass ich mich bald entscheiden und spätestens Ende Juli dort auftauchen muss.« Sie lachte. »Im wahrsten Sinne des Wortes.«

»Das ist jetzt ein Scherz, oder?«, fragte Kathi entsetzt.

Maja zuckte mit den Schultern. »Nein, nicht wirklich.«

»Das ist heute einfach nicht mein Tag«, stöhnte Kathi. »Ich glaube, ich wandere auch aus.«

»Gute Idee. Nach Neuseeland vielleicht? Zum Schafezüchten.«

Kathi griff nach einem Küchenhandtuch, das über einer der Stuhllehnen hing, und warf es in Majas Richtung. Sie fing es lachend auf. »Kathi, das ist meine Chance. Wenn ich jetzt nicht zugreife, werde ich mir ewig Vorwürfe machen.«

»Ja, ja. Hau doch einfach ab, und lass mich hier mit dem ganzen Kram allein sitzen.«

Maja stand auf und nahm Kathi in den Arm. »Hey, bis jetzt ist noch gar nichts spruchreif. Chris ist manchmal sehr sprunghaft. Wer weiß, was morgen ist.«

Kathi lehnte sich einen Augenblick an Maja an. »Ich muss wieder. Sag Bescheid, wenn ich Feierabend machen kann.«

Zurück im Restaurant sah sie, wie Nele an den besetzten Tischen im hinteren Bereich alleine abräumte und eilte ihr zur Hilfe. An einem der großen Tische saß eine Gruppe von vielleicht fünfzehn Personen, die offenbar den Geburtstag eines der Anwesenden feierte. Während Nele und Kathi die Vorspeisenteller abräumten, erhob sich einer der Männer, klopfte mit dem Dessertlöffel gegen sein Weinglas und begann, eine kurze Ansprache zu halten. Er bedankte sich für das Kommen seiner Gäste, wünschte allen einen schönen Abend und guten Appetit. Während seine Gäste applaudierten, beugte er sich zu seiner Tischnachbarin hinunter und küsste sie auf die Wange. Die Frau, eine gutaussehende Blondine um die fünfunddreißig, himmelte das Geburtstagskind strahlend an. Irgendwie kam Kathi das Gesicht der Frau bekannt vor, ohne zu wissen, woher.

Sie trug das Geschirr in die Küche, stapelte es neben dem Geschirrspüler auf und griff sich drei Teller mit dem Hauptgang für den Tisch, die unter der Wärmelampe bereitstanden. Kurz bevor sie den Tisch mit der Geburtstagsfeier wieder erreichte, rief jemand: „Annemarie?“ Die Frau neben dem Geburtstagskind wandte sich zu dem Fragesteller um.

Annemarie … Annemarie Pieper. Das Prinzesschen. Ja, das musste sie sein. Ebenmäßige Gesichtszüge, dezent, aber effektvoll geschminkte Augen, perfekt nachgezogene Lippen, die sich zu einem Lächeln öffneten, als sie eine Frage, die ihr gestellt worden war, beantwortete. Ihre blonden Haare waren zu einer komplizierten, hochmodernen Frisur hochgesteckt, die die schweren Smaragdohrringe erst richtig zur Geltung brachte. Annemarie Pieper, die sie immer *dumme kleine Göre* genannt hatte, wenn sie als Kinder miteinander Barbie gespielt hatten. Der Teller klapperte bedenklich, als Kathi ihn vor Annemarie auf den Tisch setzte.

»So passen Sie doch auf!«, schnappte Annemarie, ohne hochzusehen. Kathi murmelte eine Entschuldigung, rückte den Teller gerade und ging zu ihrem Tischnachbarn weiter.

»Mit dem Servicepersonal wird das wirklich immer schlimmer«, hörte sie Annemarie hinter sich sagen. »Die bekommen offenbar überhaupt keine gescheiten Leute mehr. Nicht einmal hier in diesem sogenannten Gourmetrestaurant.«

Kathi schluckte die spitze Bemerkung, die sie schon auf der Zunge hatte, mit Mühe hinunter. Sie stellte den letzten Teller vor dem Gast neben Annemarie auf den Tisch und wünschte guten Appetit. Gerade, als sie im Begriff war, zu gehen, rief Annemarie sie zurück.

»Nun sehen Sie sich das mal an!«, rief sie entrüstet. »Das Besteck ist gar nicht sauber! An der Gabel klebt irgendetwas. Bringen Sie mir bitte eine neue!«

Wortlos nahm Kathi die Gabel entgegen. Während sie zum Besteckkasten hinüberging, untersuchte sie die Gabel genau, fand aber nicht einmal einen Schatten von Schmutz oder Kalkflecken. Sie nahm eine neue Gabel, polierte sie eilig noch einmal nach, ehe sie damit zum Tisch zurückging und sie neben Annemaries Teller legte. Björns Frau würdigte sie keines Blickes. Sie schien viel zu sehr damit beschäftigt, mit ihrem Tischnachbarn, der seine Hand auf ihren Oberschenkel gelegt hatte, zu flirten.

Mit hochrotem Kopf verließ Kathi den Tisch und lief zum Servicebereich hinüber, wo Maja ihr zuwinkte.

»Du kannst jetzt los. Danke nochmal, dass du länger geblieben bist«, sagte Maja und wollte sich gerade abwenden, als Kathi sie zurückhielt. »Maja, falls von den Gästen vom Tisch zehn eine Beschwerde kommt, weil das Besteck nicht sauber war, laste es bitte nicht Nele an. Das Besteck war tadellos geputzt. Die Zicke da an dem Tisch kenne ich noch aus der Sandkiste, die spielt sich einfach nur auf!«

»Okay«, sagte Maja irritiert. »Du kennst die Leute?«

»Erzähl ich dir ein anderes Mal!«, sagte Kathi. »Aber jetzt muss ich wirklich flitzen. Meine Oma wird sich schon wundern, wo ich bleibe!«

***

Gesa saß im Wohnzimmer und strickte an einem Paar Wollsocken. Kathi setzte sich mit einer Tasse Tee zu ihr und wartete darauf, dass ihre Oma sie ansprach. Auf der Rückfahrt von Kampen hatte sie sich fest vorgenommen, das Gespräch mit ihr ruhig und sachlich anzugehen. Gesa hatte schon genug Sorgen, auf keinen Fall wollte Kathi sich mit ihr streiten.

»Wann rückst du raus mit der Sprache?«, fragte Gesa schließlich.

»Was meinst du?«

»Ich sehe doch, dass du etwas auf dem Herzen hast. Nun sag schon, was los ist!«

Kathi seufzte. Wann würde sie es endlich lernen, dass man Gesa nichts vormachen konnte?

»Till war da«, platzte sie unvermittelt heraus.

»Das habe ich schon vermutet. Und jetzt bist du böse auf mich, weil ich ihm verraten habe, wo du arbeitest?«

»Oma, warum machst du sowas? Du weißt doch, dass ich mit der ganzen Sache abgeschlossen habe und schon gar keine Lust darauf habe, dass er da so plötzlich aus dem Nichts vor mir auftaucht.«

»Nein, Kathi. Glaub mir, du hast damit noch nicht abgeschlossen. So schnell und einfach geht das nicht. Und manchmal muss man dem Schicksal etwas nachhelfen. Till hat mich angerufen und gebettelt, dass ich ihm helfe. Ich habe ihm gesagt, dass du ihn ganz sicher nicht hier im Haus sehen möchtest. Was blieb da übrig?«

»Auf tolle Ideen kommst du!«, fuhr Kathi sie an und merkte zu spät, wie laut sie geworden war.

Gesa sah überrascht auf und schob die Brille in die Haare. »Ich habe es gut gemeint, Kind.«

Kathi lehnte sich auf ihrem Sessel zurück und versuchte, ihren Ärger zu verbergen. »Aber das geht so nicht, Oma. Ich bin schon eine ganze Weile erwachsen, und auch wenn ich jetzt hier bei dir wohne, ich treffe meine Entscheidungen allein.«

»Du bist wütend und enttäuscht, das hört man. Ich verstehe das durchaus, aber glaub mir, ich spreche aus Erfahrung. Es ist doch jetzt einige Zeit ins Land gegangen. Meinst du nicht, dass du Till …«

»Nein, Oma!«, unterbrach sie Gesa. »Das meine ich eben nicht!«

»Darf ich dir eine Geschichte erzählen?«, fragte Gesa nach einer Weile.

Kathi zuckte mit den Schultern. Eigentlich wollte sie keine Geschichte hören – nicht jetzt. »Wenn es sein muss, Oma.«

Gesa holte tief Luft, ehe sie zu sprechen begann. »Ich war jung und verliebt. Das war damals, Anfang der sechziger Jahre, natürlich nicht so wie heute. Bevor man da einem Jungen wirklich nähergekommen ist, vergingen etliche Monate. Und ich spreche von einem Kuss im dunklen Kino und nicht von einer gemeinsamen Nacht. Wir waren zwei Jahre und vier Monate zusammen, und eigentlich dachten alle, dass wir irgendwann heiraten würden. Gesucht und gefunden, hieß das damals. Heute nennt man sowas wohl eher Seelenverwandtschaft.«

»Und dann?«, fragte Kathi, die inzwischen interessiert zuhörte.

»Es war beim Biikebrennen. Weißt du noch, wir haben dich mal dorthin mitgenommen, als du noch klein warst. Ende Februar werden überall auf der Insel große Feuer angezündet. Es heißt, so wurden früher die Walfänger verabschiedet. Jedenfalls hatte ich mich mit meinem Liebsten beim Feuer in List verabredet. Dachte ich zumindest. Einer von uns hatte aber was falsch verstanden, und das Ende vom Lied war, dass wir an zwei verschiedenen Feuern waren. Ich habe mich dann aufs Rad gesetzt und ihn gesucht. Und hab ihn auch gefunden.«

»Er war mit einer anderen zusammen?«

»Ja. Saß mit ihr auf einer Bank am Feuer und hat sie abgeküsst. Er war ziemlich betrunken, und das Mädchen hatte wohl schon lange ein Auge auf ihn geworfen. Ich war völlig entsetzt und wie vom Donner gerührt, als ich sie zusammen gesehen habe. Bevor er richtig mitbekommen hat, was passiert ist, bin ich abgehauen.«

»Oh, Oma …«

»Es ist lange her. Ich war damals wie vernagelt. Alle meine Freundinnen haben mich für verrückt erklärt, weil ich mich geweigert habe, auch nur mit ihm zu sprechen. Das ging damals über Wochen so, eigentlich bis in den Sommer hinein. Immer wieder hat er versucht, mich irgendwo abzupassen, um mit mir zu reden, aber ich habe das nicht zugelassen. Und im Sommer war es dann zu spät. Als ich von seiner Verlobung hörte, bin ich fast zusammengebrochen. Wochenlang habe ich mit niemandem mehr gesprochen. Habe mich zu Hause verkrochen und geheult.«

Als Kathi sah, dass Gesas Augen feucht schimmerten, umarmte sie ihre Oma fest und flüsterte ihr ins Ohr. »Das ist ja schrecklich. So sehr hast du ihn da noch geliebt? Die ganze Zeit?«

Gesa nickte. »Ja, lange noch. Ein paar Jahre später, als wir beide längst verheiratet waren, sind wir uns wieder begegnet, und da bin ich nicht mehr davongelaufen. Fast die ganze Nacht haben wir miteinander geredet. Und dann haben wir beschlossen, dass es besser ist, wenn wir uns nicht mehr sehen.«

»Du sprichst von Renke Frerichs, nicht wahr?«

»Ja, Renke und ich. Das Traumpaar für zwei Jahre und vier Monate. Ich möchte nicht, dass es dir genauso geht, wie mir. Verstehst du mich jetzt ein bisschen?«

»Verstehe schon, Oma, aber zwischen mir und Till ist nichts mehr. Ich bin mir da sehr sicher.«

Gesa sah sie verständnisvoll an. »Das war ich auch, glaub mir. Was vergibst du dir, wenn du noch einmal mit Till sprichst. Selbst wenn es dann das letzte Mal war, kannst du gelassener auf die Vergangenheit blicken, als wenn ihr nach dieser langen Zeit so auseinandergegangen wärt.«

»Gut, ich überlege es mir, Oma. Und jetzt schenken wir uns einen großen Eierlikör ein.«

»Oder auch zwei«, meinte Gesa lachend.

***

Als Kathi am nächsten Morgen die Augen aufschlug, war ihr flau im Magen und ihr Schädel brummte. Nachdem sie am Abend zuvor den Eierlikör geleert hatten, hatte Gesa noch eine halbe Flasche Schlehenfeuer auf den Tisch gestellt, von der am Ende des Abends nicht mehr viel übrig geblieben war.

Mühsam quälte Kathi sich aus dem Bett und schlich im Pyjama die Treppe hinunter in die Küche. Gesa begrüßte sie mit einem fröhlichen: »Guten Morgen! Na, wie geht es dir?«

»Frag mich das bitte erst nach einer Kopfschmerztablette.«

Gesa lachte kopfschüttelnd. »Diese jungen Leute heutzutage können einfach nichts mehr vertragen.«

Kathi ließ sich vorsichtig auf einem Stuhl nieder. »Nie wieder Likör!«, stöhnte sie. »Schlehenfeuer … Was für ein harmloser Name für dieses Teufelszeug.«

Gesa erhob sich, holte für Kathi eine Tasse und schenkte ihr Kaffee ein. »Trink erst mal, dann geht es dir gleich besser.«

Kathi blies über die heiße Flüssigkeit, um sie etwas abzukühlen. »Was liegt denn heute an?«, fragte sie.

»Vier Bleche *Wolken*«, antwortete Gesa. »Eins für die *Kate*, das kannst du nachher mitnehmen, und drei müssen nach Westerland.«

»Okay, dann fahr ich die gleich aus, wenn ich geduscht habe.«

»Nichts da, das kann ich mit dem Auto meiner Freundin machen«, sagte Gesa. »Weißt du nicht mehr, was du mir gestern Abend versprochen hast?«

»Da war ich betrunken. Das gilt nicht.«

Gesa lachte. »Nichts da, so betrunken warst du nicht. Und du hast es mir fest in die Hand versprochen! Till ist nur noch bis zum Wochenende auf der Insel. Also wäre es am besten, wenn du ihn heute anrufst und dich gleich nachmittags mit ihm triffst.«

Kathi seufzte. »Ich weiß zwar nicht, was das bringen soll, aber gut. Ich ruf ihn nachher an, und sag ihm, dass er herkommen soll.«

»Ist für solch ein Treffen neutraler Boden nicht besser? Geht doch in die *Alte Backstube*, die haben herrliche Windbeutel, und danach könntet ihr vielleicht noch ein bisschen durch List spazieren. Oder auf dem Dünenweg am Friedhof entlang. Da ist es immer schön ruhig.«

»Mal sehen, ob er nach der Ohrfeige von gestern überhaupt noch mit mir reden will.«

»Ganz im Ernst, Kathi. Till liegt doch noch eine Menge an dir, sonst wäre er nicht hergekommen. Der wird bestimmt mit dir reden wollen, Ohrfeige hin oder her. Versuch es doch bitte wenigstens. Mir zuliebe!«

Kathi trank ihren Kaffee aus und stand auf. »Also gut. Wenn du mir versprichst, dass das Thema Till damit ein für alle Mal erledigt ist.«

Gesa lachte. »Versprochen. Ich hab doch meinen Kopf durchgesetzt und meinen Willen bekommen! Und jetzt, marsch unter die Dusche mit dir!«

***

Mit sehr gemischten Gefühlen betrat Kathi zwei Stunden später die *Alte Backstube* und sah sich suchend nach Till um. Er saß an einem Tisch ganz hinten in der Ecke auf einem der alten Plüschsofas, die überall im Café standen, und winkte ihr zu.

Als sie ihn vorhin angerufen und das Treffen vorgeschlagen hatte, schien er sehr überrascht zu sein, hatte aber, wie Gesa prophezeit hatte, sofort zugestimmt.

Kathi holte tief Luft, als sie zu seinem Tisch ging und sich ihm gegenüber auf einen Stuhl setzte. »Hallo, Till«, sagte sie steif. »Tut mir leid, dass ich etwas zu spät komme, aber Walter hatte aus dem Garten eine tote Maus mitgebracht, die mussten wir ihm erst mal abnehmen.«

»Kein Problem, ich bin auch gerade erst gekommen«, sagte Till. »Walter fängt Mäuse?« Er lachte. »Das hätte ich ihm irgendwie gar nicht zugetraut.«

»Walter ist ein ganz normaler Kater, warum soll er keine Mäuse fangen?«, fragte Kathi mit einem Anflug von Ärger.

»Naja, ich meine nur. Früher hat er den ganzen Tag auf dem Sofa gepennt, wenn du bei der Arbeit warst, und ist erst aufgestanden, wenn er gehört hat, dass die Haustür aufgeht.«

»Früher …«, murmelte Kathi. »Und schon wären wir beim Thema …« Sie zog die Karte zu sich herüber und blätterte darin, ohne zu erfassen, was dort stand.

Till schien etwas erwidern zu wollen, wurde aber von der Bedienung unterbrochen, die an den Tisch getreten war und fragte: »Haben Sie schon gewählt? Was darf es denn Schönes sein?«

»Möchtest du Kuchen?«, fragte Till.

Kathi schüttelte den Kopf. »Für mich bitte nur einen Milchkaffee.«

»Dann bitte zwei Milchkaffee.«

Bis die Serviererin mit den beiden großen Tassen zurückkam, schwiegen beide. Till griff nach dem Zucker, schaufelte vier gehäufte Löffel davon in seinen Kaffee und rührte um.

Wie ein kleiner Junge, schoss es Kathi durch den Kopf, während sie ihn beobachtete. Vielleicht war das von Anfang an das Hauptproblem zwischen ihnen beiden gewesen. Till war nie auch nur ansatzweise erwachsen geworden. Zuerst war er zu Hause das verwöhnte Einzelkind gewesen, dem von seiner Mutter jeder Wunsch von den Augen abgelesen wurde, dem sie alles hinterhertrug und für den sie alles erledigte. Und dann in Hamburg, war sie, Kathi, in diese Rolle hineingerutscht. Sie hatte den Haushalt erledigt, weil er sich so unglaublich ungeschickt anstellte; hatte gekocht, was er gern aß, selbst wenn sie es selbst nicht mochte, und hatte das Chaos, das er hinterließ, aufgeräumt. Kathi hatte daran gedacht, Rechnungen pünktlich zu überweisen, weil Till für so etwas keine Ader hatte, hatte seine Uni-Termine in ihrem Kalender notiert, um ihn rechtzeitig daran erinnern zu können. Das Einzige, was er nie vergaß, war, wann die nächste Bandprobe stattfand. An diesen Tagen kam er morgens sogar ohne Wecker aus dem Bett.

Kathi sah zu, wie er den Milchschaum von seinem Kaffee löffelte und hinterher genüsslich den Löffel ableckte. »Ich soll von meiner Mutter grüßen«, sagte er schließlich.

»Danke.«

»Die war völlig entsetzt, als ich ihr gesagt habe, dass du ausgezogen bist. Ich glaube, sie hatte in Gedanken schon angefangen, unsere Hochzeit zu planen. Mit sowas hätte sie nie gerechnet, hat sie gesagt.«

»Hast du ihr auch erzählt, warum ich ausgezogen bin?«, fragte Kathi bissig. »Oder hast du irgendeine Geschichte erfunden, in der du wieder einmal gut wegkommst?«

Till machte ein zerknirschtes Gesicht.

»Kathi, bitte …«, sagte er leise und schwieg einen Moment. »Nein, ich hab ihr gesagt, dass ich eine Dummheit gemacht habe. Dass ich was mit einer anderen Frau hatte und du dahintergekommen bist«, fuhr er schließlich fort.

Kathi stieß ein bitteres Lachen aus. »Ich hoffe mal, die unschönen Details hast du ihr erspart! Dass ich euch beim Vögeln in unserem Bett überrascht habe, dürfte ihr Bild vom perfekten Sohn doch ziemlich ankratzen.«

»Mama hat mir tüchtig den Kopf gewaschen. Wie ich denn so dumm sein konnte, meine Beziehung zu dir aufs Spiel zu setzen, nur wegen eines One-Night-Stands, meinte sie. Und Papa hat zu mir gesagt, ich soll die Sache mit dir wieder hinbiegen, sonst …« Er brach ab und trank einen Schluck aus seiner Tasse.

»Sonst was?«, hakte Kathi nach.

»Dass es mit dem Lotterleben in Hamburg sonst vorbei sei, hat er gesagt. Er will mir wohl das Geld zusammenstreichen.«

»Ach, daher weht der Wind!«, rief Kathi aufgebracht. Ein paar Gäste drehten die Köpfe in ihre Richtung. »Du bist nur deshalb hier, damit dein Vater dir nicht den Geldhahn zudreht«, fügte sie deutlich leiser hinzu.

»Nein, Kathi. Dass ich hergekommen bin, hat nichts mit meinen Eltern zu tun! Natürlich würden sie es gern sehen, wenn wir beide wieder zusammenkämen. Du weißt ja, wie gern die beiden dich haben.«

Es stimmte, Tills Eltern hatten Kathi immer mit offenen Armen empfangen, und seine Mutter hatte oft zu ihr gesagt, wie froh sie sei, dass sie und Till zusammen waren. Kathi sei sozusagen der ruhende Pol für ihren Sohn, ohne den er sein Leben nie in den Griff bekommen würde. Beide sahen die Musikerambitionen ihres Sohnes mit großer Skepsis, hatten aber bislang nichts dagegen unternommen, dass sich Till weit mehr mit seiner Gitarre als mit seinen Lehrbüchern beschäftigte. Als Till und Kathi seine Eltern letztes Weihnachten besucht hatten, hatte Tills Mutter Kathi zur Seite genommen und sie gebeten, doch mal mit Till ein ernstes Wort zu sprechen, um ihn zu überreden, sein Studium endlich abzuschließen. Sein Vater würde inzwischen schon sehr ungeduldig werden.

»Nach Sylt zu kommen, um mit dir zu reden, war ganz allein meine Idee«, fuhr Till fort. »Ich wollte dir erklären, wie es dazu gekommen ist, dass Nina und ich … Du weißt schon. Und ich wollte dich fragen, ob du mir verzeihen kannst, und dich bitten, zu mir nach Hamburg zurückzukommen. Weißt du, ich hab sehr viel nachgedacht, seit du weg bist, vermutlich mehr, als jemals zuvor. Irgendwie hab ich früher immer alles für selbstverständlich gehalten: dass meine Eltern mich lieben und mich unterstützen, dass du bei mir bist, dass ich mal von meiner Musik leben kann. Aber jetzt? Jetzt ist gar nichts mehr selbstverständlich.« Till nahm den Löffel von der Untertasse und drehte ihn nachdenklich in den Fingern. »Ich Idiot hab alles falsch gemacht, das ist mir inzwischen klar geworden. Und ich will was ändern. Wenn du mit mir zurück nach Hamburg kommst, werde ich alles richtig machen. Ich hab schon mit den Leuten aus der Band gesprochen, dass ich aufhören werde. Außerdem hab ich mich für drei Prüfungen angemeldet. Wenn ich die schaffe, kann ich im nächsten Jahr den Abschluss machen. Glaub mir, ich bin jeden Tag in der Uni, sitze von morgens bis abends in der Bibliothek und lerne. Wirklich, Kathi, du musst mir glauben, ich hab mich total geändert.«

Kathi sah ihn einen Moment direkt an, sah den flehenden Blick seiner grünen Augen. Doch, er schien es tatsächlich zu glauben. Aber warum sie selbst nicht? War das nicht wieder eine große Seifenblase, die sofort platzen würde, wenn sie zurück nach Hamburg käme?

»So, du hast dich total geändert, wie? In den paar Wochen?«

»Ja, ehrlich. Und ich vermisse dich furchtbar!« Till beugte sich ein Stück zu ihr herüber und griff nach ihrer Hand. »Ich hab jetzt erst gemerkt, wie sehr ich dich liebe, Kathi. Bitte, gib uns noch eine Chance. Bitte!«

Kathi sah seine braun gebrannte schmalgliedrige Hand, die auf ihrer lag. Sie wartete darauf, dass die Wut wieder in ihr hochkochen würde, aber da war nichts. Im Moment fühlte sie rein gar nichts, außer einer dumpfen Leere.

»Und glaub mir, sowas wie mit Nina, das wird nie wieder vorkommen. Das schwör ich dir!«, sagte Till sehr leise.

Kathi schwieg noch immer.

»Bitte, Kathi, sag doch was!«

Sie sah auf und zog ihre Hand unter seiner weg. »Was gibt's da groß zu sagen, Till?«, sagte sie müde. »Du hast mir sehr, sehr wehgetan, und das kann ich nicht so einfach vergessen und verzeihen. Es gab mal eine Zeit, da hätte ich dir alles geglaubt, weil ich unendliches Vertrauen zu dir hatte. Aber das hast du gründlich kaputtgemacht. Im Moment weiß ich nicht, ob ich dir je wieder irgendetwas glauben kann.« Sie seufzte. »Keine gute Basis für einen Neuanfang, oder?«

»Aber …«

»Lass mir einfach mehr Zeit«, unterbrach sie ihn. »Die Wunden müssen erst heilen, und ich weiß nicht, ob meine Gefühle für dich noch da sind. Ich weiß es wirklich nicht.« Sie schloss für einen Moment die Augen. »Und wenn ich ganz ehrlich bin, hab ich meine Zweifel daran, dass du dich tatsächlich änderst«, fügte sie hinzu, als sie seinen fragenden Blick sah. »Dass du selbst Verantwortung für dein Leben übernimmst und endlich anfängst, erwachsen zu werden.«

Kathi sah die Enttäuschung in seinem Gesicht.

»Hör zu«, sagte sie schließlich. »Lass es uns langsam angehen und uns Zeit bis nach dem Sommer lassen. Solange habe ich meinen Job hier in der *Kate* sicher. Dann sehen wir weiter. Du für dich, ich für mich oder wir zusammen. In Ordnung?«

Sie sah dass Till in sich zusammensackte. »So lange?«, stieß er hervor. »Aber …«

»Was hast du denn geglaubt, Till? Dass du hierher kommst, deinen Dackelblick aufsetzt, dich entschuldigst, und alles ist wieder genau wie vorher?«

»Natürlich nicht. Aber, bis nach dem Sommer? Warum …?«

»Bitte, Till, gib mir einfach Zeit, um darüber hinwegzukommen und mir über meine Gefühle klar zu werden.«

»Kann ich dich in der Zeit wenigstens anrufen, oder drückst du mich dann wieder weg?«

Kathi musste lächeln, so sehr sah er jetzt nach einem kleinen Jungen aus, dem man gesagt hatte, dass er das neue Fahrrad nicht gleich, sondern erst zu Weihnachten bekommen würde. »Wir können telefonieren, aber bitte nicht öfter als einmal die Woche. So wie es unter Freunden üblich ist.«

»Freunde?«

»Ja, sagen wir erstmal Freunde.« Kathi winkte die Serviererin heran und bat um die Rechnung. »Zusammen oder getrennt?«, fragte die junge Frau und zog ein gewaltiges Portemonnaie unter ihrer Schürze hervor.

»Getrennt!«, sagte Kathi mit Nachdruck und fühlte eine enorme Erleichterung in sich aufsteigen.

Till begleitete sie noch bis zur Kreuzung, wo Kathi in die Siedlung zu Gesas Haus abbiegen musste. Sie waren schweigend nebeneinander hergegangen, bis Till stehenblieb und ihr die Hand entgegenstreckte.

»Also dann, Kathi, mach's gut«, sagte er. »Wir telefonieren.«

»Ja, wir telefonieren«, sagte Kathi und nahm seine Hand. »Und im Sommer sehen wir uns wieder und schauen, wie es weitergeht.«

Till nickte. »Meinst du, es wäre in Ordnung, wenn ich dich zum Abschied umarme? So unter Freunden?«

Kathi lächelte. »Doch, ich glaube, dagegen spricht nichts … so unter Freunden.« Sie zog Till an sich. Es fühlte sich vertraut und doch auch irgendwie fremd an, Tills Arme um sich zu fühlen, sein Rasierwasser zu riechen, seine Lippen ganz kurz auf ihrer Wange zu spüren. Sie musste daran denken, dass er sie früher immer so verabschiedet hatte, wenn sie zur Arbeit gegangen war. Doch, sie hatten auch gute Zeiten gehabt. Sehr gute sogar.

»Tschüss, Kathi«, sagte Till. »Ich ruf dich am Wochenende an.«

Ein großer schwarzer Geländewagen, der Kathi irgendwie bekannt vorkam, schoss an ihnen vorbei, beschleunigte hinter der Kreuzung mit quietschenden Reifen und verschwand hinter der nächsten Kurve. Till ließ Kathi los, sah dem Wagen hinterher und schüttelte den Kopf. »Was für ein Idiot.«

»Die fahren hier auf der Insel alle ziemlich verrückt«, meinte Kathi achselzuckend. »Ja, ruf mich an, Till «, fügte sie hinzu.

Sie hob die Hand, winkte ihm noch einmal zu, drehte sich dann um und lief die Straße zu Gesas Haus hinunter.

»Was ist denn heute mit dir los? Du bist irgendwie gar nicht bei der Sache«, sagte Maja, als Kathi in ihrer Pause bei ihr im Büro saß. Die beiden waren allein im Raum und tranken zusammen eine Tasse Kaffee. »Erst wirfst du einen Teller runter, und dann vergisst du an Tisch zwölf, wer was bestellt hat. So kenn ich dich gar nicht.«

»Entschuldige«, sagte Kathi kleinlaut und zog die Schultern hoch. »Ich weiß auch nicht. Ich kann mich irgendwie auf nichts konzentrieren.«

»Nanu? Liebeskummer? Hat dich der große Unbekannte versetzt?«

»Großer Unbekannter! So ein Blödsinn!«, sagte Kathi und versuchte, ihre Verlegenheit durch ein Lachen zu verbergen. »Der, den du meinst, ist nichts weiter als ein guter Freund.«

Maja grinste. »Guter Freund, soso!«, sagte sie und trank einen großen Schluck Kaffee. »Und der bringt dich so aus der Fassung?«

»Nein«, sagte Kathi. »Das ist es nicht. Ich hab heute mit Till gesprochen.«

»Ach, dein Ex? Hat die Ohrfeige ihm noch nicht gereicht? Gab es wieder Stress?«

»Nein, wir haben nicht gestritten. Wir haben wirklich miteinander geredet.«

»Und jetzt ist große Versöhnung angesagt, oder wie?«

»Das nun nicht gerade.« Kathi drehte ihren Kaffeebecher in den Händen. »Aber er hat mich um Entschuldigung gebeten und gefragt, ob ich wieder zu ihm zurückkomme. Er sagte, er hat sich geändert.«

»Du hast doch wohl nicht etwa Ja gesagt, oder?«

»Nein, natürlich nicht. Aber ich hab ihm gesagt, dass er mir Zeit geben soll, darüber nachzudenken.«

»Jetzt hör mal zu, und vertrau einer erfahrenen Frau. Wenn die Kerle so was einmal machen, dann tun sie es immer wieder. Die sind nun mal Opfer ihrer eigenen Keimdrüsen.«

Kathi schüttelte den Kopf. »Nein, ich glaube ihm, dass er es wirklich ernst meint.«

Maja legte den Kopf ein wenig schief und zog die Augenbrauen zusammen. »Du liebst ihn immer noch, oder? Trotz allem, was er dir angetan hat.«

Kathi seufzte. »Ich weiß es nicht. Ganz ehrlich nicht. Zuerst war ich furchtbar enttäuscht und sauer auf ihn. Wollte ihn nie mehr wiedersehen. Aber jetzt?« Hilflos zog sie die Schultern hoch. »Ich meine, Till und ich kennen uns schon ewig. Wir waren als Kinder schon befreundet und sind immerhin seit kurz vor dem Abitur zusammen. Das sind fast zehn Jahre! Die lassen sich nicht mal so einfach abschütteln!«

Sie fing an, zu erzählen. Davon, wie sie und Till zusammengekommen waren, wie sie mit ihm in Hamburg in seiner Studentenbude zusammengelebt hatte, wie er ihr wieder auf die Füße geholfen hatte, als sie ihren Job verloren hatte. Dass sie sogar schon von Ehe und gemeinsamen Kindern gesprochen hatten.

»Wow! So ernst war das schon?«, fragte Maya. »Ich geb ja zu, meine Sache wäre das nicht, so lange mit immer dem gleichen Typen zusammen zu sein. Ich brauch meine Freiheit!« Sie reckte die Arme nach oben und drückte das Kreuz durch. »Mir wird das ja schon zu eng, wenn Hauke mir sagt, dass er sich eine Wohnung mit mir nehmen will.«

»Hat er das gesagt?«

»Er redet immer wieder davon. Sagt, dass er seine Frau nicht mehr liebt und das Leben mit ihr nicht mehr erträgt.«

»Und was denkst du?«

»Dass ich meine Freiheit brauche.« Maja lachte. »Nein, im Ernst. Ich mag ihn wirklich gern. Er ist witzig und großzügig, und im Bett schläft er auch nicht gleich ein. Aber mir vorzustellen, auch nur für ein paar Jahre mit demselben Mann zusammen zu sein, das ist, als ob mich jemand in Ketten legen und an die Wand hängen würde.« Sie zwinkerte Kathi zu. »Außerdem locken die Malediven.«

»Hast du dich schon entschieden?«, fragte Kathi und verzog das Gesicht. »Ach Mann, ich werde dich so vermissen!«

Maja legte den Finger an die Lippen. »Pst! Das braucht im Moment noch niemand mitzubekommen. Vor allem Hauke nicht. Ich weiß sowieso noch nicht, wie ich ihm das beibringen soll.«

»Aber du musst es ihm sagen! Er muss sich doch nach einem Ersatz für dich umsehen können. Wenn du Knall auf Fall mitten in der Saison abhaust, wäre das für ihn doch eine Katastrophe.«

»Wieso?« Maja grinste breit. »Er hat doch noch dich. Das habe ich dir doch schon mal gesagt. Glaub mir, dann kannst du meinen Job übernehmen. Du machst das mit links.«

»Aber bitte ohne deine speziellen Sonderleistungen. Davon hab im Moment wirklich die Nase gestrichen voll.«

Maja lachte. »Männer! Die können einem wirklich den ganzen Tag versauen. Aber andererseits – ganz ohne sie wäre es auch kein Leben.«

***

Als Kathi nach Dienstschluss bei Björn anrief, ging er nicht ans Telefon. Nachdem die freundliche Frauenstimme mitgeteilt hatte, dass der Angerufene nicht erreichbar sei, hinterließ sie eine SMS mit einem Gruß und bat ihn, sich bei ihr zu melden. Als sie am nächsten Tag bis mittags noch nichts von ihm gehört hatte, versuchte sie es wieder.

»Schuster?«, meldete er sich.

»Ich bin's, Kathi!«

»Oh, Kathi,«, sagte er leise, in einem Tonfall, den sie nicht deuten konnte. »Tut mir leid, dass ich noch nicht angerufen habe, aber hier ist im Moment der Teufel los.«

»Kein Problem, ich kann mich auch später noch mal bei dir melden.«

»Ich denke, heute wird das nichts mehr. Die Praxis ist bis zum letzten Platz voll besetzt, und nachher hab ich auch noch Hausbesuche zu machen.«

»Dann morgen vielleicht?«

»Ja, wenn es dann ruhiger ist, melde ich mich.«

Kathi hörte, wie er sich räusperte. »Tut mir leid, Kathi, aber ich muss jetzt auflegen.«

»Kein Problem, Björn. Bis morgen dann! Ich freu mich schon auf deinen Anruf.«

Wieder dieses kurze Räuspern. »Ja. Bis dann, Kathi.«

Es klackte und er hatte aufgelegt.

Kopfschüttelnd betrachtete Kathi das Handy, das sie in der Hand hielt. Wenn sie es nicht besser wüsste, hätte man meinen können, Björn habe sie gerade abgewimmelt.

Als sie ein Geräusch hörte, drehte sie sich um. Gesa stand lächelnd in der Tür. »Du hast doch nicht etwa gelauscht?«, fragte Kathi grinsend.

»Du warst so konzentriert, dass du mich wohl nicht gehört hast. Ihr beiden versteht euch gut?«

»Eigentlich ja, aber gerade war Björn etwas …« Kathi stutzte. »Hey, nicht, dass du da was Falsches denkst. Wir sind nur Freunde. Sonst nichts. Wir reden manchmal über dies oder jenes.«

»Dies oder jenes?«, fragte Gesa und zog dabei ihre Stirn in Falten.

»Oma, jetzt mach dir mal keine Gedanken. Björn ist verheiratet und will es auch bleiben. Ich bin glücklich getrennt und habe im Moment wirklich anderes zu tun, als hinter verheirateten Männern herzulaufen. Wir sind nur Freunde, und das ist gut so.«

»Und Till? Wie war euer Gespräch? Du hast gar nichts erzählt.«

»Du hast nicht gefragt.«

»Ich wollte nicht neugierig wirken«, sagte Gesa und versuchte, dabei zu lächeln.

»Ach, Oma, das ist kein Problem. Das Gespräch war …« Kathi überlegte einen Moment, wie sie Gesa erklären sollte, was passiert war. »… auf jeden Fall haben wir nicht miteinander gestritten. Er bemüht sich, ja, das stimmt. Aber für mich ist das alles im Moment zu schnell und zu viel. Wenn sein Semester rum ist, treffen wir uns vielleicht noch einmal. Bis dahin …« Sie ließ den Satz in der Luft hängen.

»Hört sich doch gut an. Du hast Zeit zum Nachdenken, und der Rest wird sich zeigen.«

»Und bei dir?«, fragte Kathi.

»Was meinst du?«

»Ich denke da an einen gewissen graumelierten Herrn, immer noch verdammt gutaussehend, zuvorkommend und amüsant. Alte Schule halt. Dieser Herr hat nach dir gefragt, als ich ihn vor ein paar Tagen getroffen habe. Und wenn ich ihn richtig verstanden habe, hätte er nichts gegen ein kleines Date.«

Gesa lachte sichtlich verlegen. »Date! Ich bin keine zwanzig mehr. Und außerdem habe ich im Moment viel zu viel um die Ohren. Die *Wolken* backen sich auch nicht von allein.«

»Sei mal ehrlich, Oma. Aber du fühlst dich doch schon etwas geschmeichelt, oder? Immerhin habt ihr …«

»Das ist hundert Jahre her, min Deern. Und jetzt an die Arbeit! Zwei Bleche noch.«

Kathi stöhnte. »Ich kann das Wort Bleche nicht mehr hören. Ich brauche dringend Urlaub. Ja, ja, jetzt guck mich nicht so an! Das alles war meine Idee, das weiß ich auch. Aber wenn das mit den Aufträgen so weitergeht, dann werden wir das nicht mal so nebenbei schaffen.« Sie sah Gesa prüfend an. »Und du wirst auch nicht jünger.«

»Unsinn. Das läuft doch alles wunderbar.«

»Oma, ich sehe doch, wie anstrengend das alles für dich ist. Du musst mir nichts vormachen.« Sie schaute sich in der Küche um. »Bisher war es in Ordnung, das stimmt schon. Aber wenn es jetzt deutlich mehr wird, kommen wir um einen größeren Ofen und ein paar Profi-Küchengeräte nicht herum. Ich habe mir da schon was angeschaut und …«

»Das kostete doch nur wieder«, unterbrach Gesa sie.

»Klar, aber das sind Investitionen. Erstens können wir das später von der Steuer absetzen, und zweitens …« Sie zuckte mit den Schultern und lachte. »Zweitens habe ich jetzt leider vergessen.«

»Lass uns später drüber reden. Jetzt aber wirklich an die Arbeit, bevor uns die Kunden aufs Dach steigen.«

***

Nachdem Kathi die Kuchenbleche ausgeliefert hatte, fuhr sie in Richtung *Kate* zum Spätdienst. Als ihr Blick auf das Handy fiel, das neben ihr auf dem Beifahrersitz lag, musste sie an Björn denken. Irgendwie war er bei dem Gespräch so komisch gewesen. Geradezu abweisend. Das kannte sie gar nicht von ihm. Dabei hätte sie sich so gerne mit ihm über Till unterhalten. Neben Maja war er der Einzige, dem sie alles über sich und Till erzählt hatte. Immerhin hatte er selbst Erfahrung mit einer schwierigen Beziehung. Aber vielleicht war es wirklich nur der Stress in der Praxis. Sicher würde er sich morgen melden und wieder ganz der Alte sein.

Sie parkte hinter der *Kate* und lief zum Hintereingang. *Schon wieder zehn Minuten zu spät*, dachte sie noch, als der Juniorchef ihr entgegenkam. Er schaute demonstrativ auf seine Armbanduhr. »Ich wusste gar nicht, dass wir neuerdings Gleitzeit haben.«

»Tut mir leid, Hauke. Der alte Wagen …« Sie drehte sich zum Golf um. »Er wollte nicht anspringen.«

»Dann besorg dir ein Auto, was funktioniert. Das ist doch hier kein Kindergarten, wo jeder selbst entscheiden kann, ob er kommt oder nicht.«

Kathi wollte gerade antworten, als sie sah, dass Maja auf sie zukam. Mit Blick auf den Juniorchef fragte Maja: »Kann ich helfen?«

»Nein«, brummte Hauke, drehte sich abrupt um und verschwand in seinem Büro.

»Entschuldige, Maja. Kommt nicht wieder vor. Versprochen!«

Maja lachte und winkte ab. »Mach dir keine Gedanken über den alten Brummkopf. Er ist heute mit dem falschen Fuß aufgestanden.«

»Habt ihr Streit?«

»Nur das Übliche. Verliebte Jungs sind manchmal ganz schön anstrengend. Warum können wir nicht einfach unseren Spaß haben und gut ist es? Diese blödsinnigen Gefühlswallungen machen alles nur kaputt.«

Sie gingen zusammen den Flur entlang zum Büro. Kathi warf ihrer Freundin einen kurzen Blick zu. So cool, wie sie immer tat, schien sie doch nicht zu sein. Kathi wurde das Gefühl nicht los, dass Maja mit ihrer eigenen Lebensphilosophie zu hadern begann. Ob sie dabei war, sich in ihren Hauke zu verlieben? Kathi wusste nicht, ob sie ihr das wirklich wünschen sollte. Der Juniorchef würde wohl kaum mit auf die Malediven ziehen, um dort ein neues Leben anzufangen.

»Liebe lässt sich nun mal nicht berechnen und steuern«, meinte Kathi schließlich zu Maja.

»Von Liebe stand nichts auf dem Beipackzettel«, brummte Maja.

»So, so. Beipackzettel«, erwiderte Kathi grinsend. »Bist du absolut sicher, dass es bei dir nur Spiel und Sport ist?«

»Was sonst?«, antwortete Maja lachend. »Ich liebe das Tauchen und die Tiefe des Meeres, sonst nichts. Und jetzt Schluss damit! Du machst mich noch ganz kirre. Kontrollierst du noch mal die Personaleinteilung, bitte? Gestern gab es einen Engpass bei den hinteren Tischen. Unsere lieben Kollegen werden etwas nachlässig, scheint mir. Und *ein* Stressthema mit Frerichs Junior reicht mir momentan völlig.«

Drei Stunden später hatte Kathi das Gefühl, einen Halbmarathon hinter sich zu haben. Sie meldete sich zu einer Pause ab und setzte sich mit einer großen Tasse Kaffee in der Hand auf die Bank hinter der *Kate*.

Sie musste daran denken, wie Till hier vor ihr gestanden hatte und sie zum ersten Mal in ihrem Leben jemanden geschlagen hatte. Till hatte ihr versprochen, für sie auf seine Musik zu verzichten. Kaum vorstellbar, dass er das aufgeben würde, was für ihn bisher das Wichtigste im Leben gewesen war. Klar, mit einem Künstler zusammenzuleben, war schwierig, das wusste sie nur zu gut. Entweder war er gerade Feuer und Flamme für sein aktuelles Projekt oder zu Tode betrübt, weil wieder einmal etwas nicht geklappt hatte. So etwas wie einen Normalzustand schien es für Till nicht zu geben. Aber hatte sie das jemals gestört? So war Till nun einmal.

Als sie versuchte, sich ihn mit akkurater Kurzhaarfrisur in einem dunklen Anzug, hinter einem Schreibtisch sitzend, vorzustellen, musste sie grinsen. Trotzdem: Menschen können sich ändern, sagte sie sich. Warum sollte Till nicht auch erwachsen werden?

Weil er dann nicht mehr Till ist, flüsterte ihre innere Stimme. *Auch Steuerberater können in einer Band spielen*, widersprach Kathi sich selbst. *Warum mache ich mir nur immer so viele Gedanken?*, durchfuhr es sie. *Vielleicht solltest du dir ein Beispiel an Maja nehmen. Die grübelt nicht so viel, genießt ihr Leben in vollen Zügen und ist rundum glücklich.*

»Ich bin Kathi und nicht Maja«, murmelte sie und sah in Gedanken Björn, der ihre Hand hielt und sie anlächelte.

Die Tür öffnete sich und Kalle, einer der Köche, trat ins Freie. »Hallo, Kuchenprinzessin«, sagte er grinsend und zog die Zigarettenschachtel aus der Tasche. »Auch eine?«, fragte er.

»Nein, danke. Nichtraucherin seit siebenundzwanzig Jahren.«

»Lange Zeit ohne Nikotin. Alle Achtung!«

»Sag mal, wohnen deine Eltern nicht auf der Insel?«, fragte Kathi.

»Bis jetzt noch. Alter Inseladel, sozusagen. Ich bin die fünfte Generation, keine Ahnung, ob es noch eine sechste geben wird.«

Sie musterte ihn von oben bis unten und grinste. »So schlimm siehst du doch gar nicht aus. Irgendeine nette Frau wird sich da doch finden lassen.«

»Witzbold!«, lachte er. »Meine Eltern haben ein Angebot für unser Haus bekommen. Ist nur eines dieser alten Siedlungshäuschen, aber du weißt ja, wie die Grundstückspreise seit Jahren verrücktspielen. Sie überlegen jetzt ernsthaft, die Insel zu verlassen. Ich könnte diesen Arsch ungespitzt in den Boden rammen.«

»Deinen Vater?«, fragte sie entsetzt.

»Nein, natürlich nicht! Diesen Dr. Reichenbach, meine ich, der durch unsere Siedlung schleicht und sich überall einzuschmeicheln versucht. So ein aalglatter Typ.«

»Ich dachte, der wäre von irgendeiner Bank?«, fragte Kathi erstaunt.

»Sieh an, du kennst ihn also auch! Dass er von einer Bank kommt, hat er auch unserer Nachbarin, einer lieben alten Dame, erzählt. Nur komisch, dass er ihr dann das Haus abgeschwatzt hat. Bank! Dass ich nicht lache! Das ist ein Immobilienhai.«

Er warf den Zigarettenstummel auf den Boden und trat die Glut aus. »Ich muss wieder rein. Der Alte dreht in der letzten Zeit am Rad. Sieh zu!«

»Ja. Ich muss gleich auch wieder«, antwortete sie und nahm sich vor, Gesa vor dem Schleimer Reichenbach zu warnen. Ganz sicher war er nicht zufällig ins Haus geschneit. Sie trank den letzten Schluck aus der Kaffeetasse und ging wieder an die Arbeit.

Kapitel 7

Kathi sah dem Postposten hinterher, der am Küchenfenster vorbei zur Tür ging. Am ersten freien Tag seit einer Woche hatte Gesa sie nicht geweckt. Als sie mit immer noch müden Augen in die Küche kam, fand sie einen Zettel, auf dem stand, dass Gesa zum Supermarkt gefahren sei.

Nachdem sie Kaffee gemacht hatte, schlurfte sie zum Postkasten und zog einen Stapel Briefe heraus, die allesamt an Gesa adressiert waren. Als sie die Umschläge in der Küche auf den Tisch legen wollte, fiel ihr einer von ihnen aus der Hand. Sie hob ihn vom Boden auf und sah, dass er vom Gesundheitsamt kam. Ohne lange zu überlegen, öffnete sie das Schreiben und begann, zu lesen. Das Amt kündigte sich zu einer Inspektion an und wollte wissen, ob neben dem angemeldeten Handel mit Konditoreiware auch produziert wurde. Der Termin war auf einen Dienstag in vier Wochen festgelegt worden.

Die auf einem Zusatzblatt aufgelisteten Bedingungen für eine gewerbliche Küche überflog Kathi hastig, ließ sich anschließend auf einem Stuhl nieder und schaute sich um. Zwar war Gesas Küche bis zur Decke gekachelt, aber weder hatten sie einen separaten Ofen noch einen zusätzlichen Kühlschrank, der ausschließlich für die *Sylter Wolken* genutzt wurde. Bei der Gewerbeanmeldung hatte sich Kathi bewusst auf die Bezeichnung Handel beschränkt und gehofft, dass ihr ausreichend Zeit bleiben würde, um die Bedingungen für die Produktion von Lebensmitteln zu erfüllen, bevor das Gesundheitsamt zur Abnahme der Küche vorbeikäme. Anschließend hätte sie die Anmeldung erweitern können, ohne dass jemand den Schwindel gemerkt hätte. Dass das nicht so ganz legal war, war Kathi durchaus bewusst gewesen. Da es aber ursprünglich nur darum gegangen war, die *Kate* mit Kuchen zu beliefern, hatte Kathi das Risiko in Kauf genommen.

»Vier Wochen«, murmelte Kathi und überschlug, was ein neuer Ofen und Kühlschrank kosten würden. Vielleicht könnten sie in Raten bezahlen, aber das würde die Anschaffung nur noch teurer machen. Der einzige Lichtblick war, dass Gesas Küche groß genug war, um eine strikte Trennung von privater und gewerblicher Nutzung umzusetzen. Auf das Kuchenkonto hatten sie in den letzten Wochen fast viertausend Euro einzahlen können. Zwar würde von dem Betrag irgendwann die Steuer fällig, aber Kathi wusste, dass sich das bis weit ins Folgejahr verschieben ließ.

Nachdenklich sah sie einen Moment aus dem Fenster in den Garten hinaus. Ein böiger Wind bewegte die Kiefernhecke und trieb hochaufgetürmte dunkle Wolken vom Meer heran. Schon gestern Nacht auf der Fahrt nach Hause war im Radio vor Gewittern gewarnt worden, die im Laufe des Vormittags die Küste treffen würden. Kathi heftete das Schreiben des Gesundheitsamtes weit hinten im Rechnungsordner ab. Vielleicht hatte Björn eine Idee, wie man den Termin nach hinten verschieben könnte, um sich etwas Zeit zu verschaffen. Sie griff nach ihrem Handy, legte es aber gleich wieder zurück auf den Tisch. Seit Tagen hatte sich Björn nicht gemeldet, obwohl sie ihm eine SMS mit der Frage geschickt hatte, ob der Stress bei ihm inzwischen nachgelassen habe und er wieder mal Zeit für einen Spaziergang oder einen Kaffee habe. Er schrieb zurück, dass er sich melden würde.

Seitdem war Funkstille. Entweder hatte er wirklich übermäßig Arbeit in der Praxis oder seine liebe Frau hielt ihn auf Trab. Allerdings hatte er nichts davon erzählt, dass sein Schwiegervater in Urlaub oder auf einer Fortbildung sei, und gegen Annemaries Allüren war er sonst eigentlich relativ resistent.

Walter kam mit hocherhobenem Schwanz in die Küche gelaufen, strich ihr um die Beine und maunzte leise. Kathi bückte sich und kraulte den Kater hinter den Ohren.

»Nun sag bloß nicht, dass du schon wieder Hunger hast, Kumpel«, sagte Kathi. »Oma hat dich doch bestimmt schon gefüttert, bevor sie zum Einkaufen gefahren ist.«

Der Kater sah sie fragend an und gab ein langgezogenes, lautes Miauen von sich.

»Ach so!« Kathi lachte. »Das ist schon eine halbe Ewigkeit her, hm? Na gut, ich geb dir noch ein bisschen was.«

Sie holte die Dose mit dem Katzenfutter aus dem Kühlschrank und füllte ein wenig davon in seinen Napf. Begeistert machte sich Walter darüber her.

Draußen heulte eine heftige Windböe um die Hausecke und ließ dicke Regentropfen an die Fensterscheibe prasseln.

»Oh Gott, das Dach!«, stieß Kathi hervor. »Wenn der Wind nur nicht die Plane herunterreißt!«

Sie lief in den Flur, griff nach ihrer Jacke und zog sie über. Vielleicht konnte sie wieder die schwere Leiter auf das Dach legen, um die Folie zu beschweren – so wie bei dem Sturm im März. Kaum hatte sie die Haustür geöffnet, als ein blendend heller Blitz über den Himmel zuckte, gefolgt von einem grollenden Donnerschlag. Kathi zögerte. Bei Gewitter hatte sie sich schon als kleines Mädchen furchtbar gefürchtet, und auch jetzt noch saß ihr die Angst wie ein kalter Klumpen im Magen. Egal! Da musste sie jetzt durch. Sie lief durch den strömenden Regen zum Schuppen hinüber. Doch so sehr sie sich auch bemühte, es gelang ihr nicht, die Leiter aus ihrer Befestigung zu lösen. Fluchtend gab sie auf. Sie drehte sich um und sah nach oben zum Dach hinauf. Die Plane flatterte zwar etwas, aber der Wind kam heute aus einer anderen Richtung als bei dem Sturm im März und traf dabei die andere Seite des Hauses.

Wieder erhellte ein Blitz die dunklen Wolkenränder, und ein dumpfes Donnergrollen folgte. Kathi flüchtete ins Haus zurück. Kein Dach der Welt wäre es wert, vom Blitz erschlagen zu werden. Sie lief die Treppe zu ihrem Zimmer hinauf und betrachtete besorgt die Stellen, an denen es beim letzten Sturm durchgeregnet hatte. Bis jetzt war die Decke noch komplett trocken, aber vorsichtshalber zog Kathi ihr Bett wieder von der Wand ab und stellte ein paar Schüsseln auf.

Als sie wieder nach unten ging, öffnete sich gerade die Haustür, und Gesa kam mit zwei großen Einkaufstüten beladen herein.

»Was für ein Dreckswetter!«, rief sie auf dem Weg in die Küche, wo sie die Tüten abstellte. Anschließend kam sie zurück in den Flur, um sich ihre Wachsjacke und die Stiefel auszuziehen. »Zeitweilig konnte man vor Regen kaum die Straße erkennen. Aber jetzt ist wohl das Schlimmste vorbei. Das eigentliche Gewitter scheint südlich an der Insel vorbeigezogen zu sein.«

»Hier hat es ziemlich gedonnert und auch gestürmt. Ich war schon draußen und hab nach dem Dach geschaut. Die Plane hat gehalten, denke ich.«

»Hoffentlich hast du recht, Kathi.« Gesa seufzte. »Aber ob wir noch einmal so viel Glück haben, steht in den Sternen. Es hilft nichts, wir werden das Dach so schnell wie möglich reparieren lassen müssen. Nur, woher nehmen und nicht stehlen.« Gesa seufzte. »Bis wir mit dem Kuchenverkauf genügend Geld zusammenhaben, kann schnell ein Jahr oder auch zwei ins Land gehen. Da muss uns schon noch was anderes einfallen.«

Gesa ging in Küche und begann, die Einkäufe auszupacken.

Als Kathi abends im Bett lag, konnte sie nicht einschlafen. Sie grübelte hin und her, woher sie das Geld für die Reparatur des Daches bekommen sollten. Der Verkauf der *Sylter Wolken* brachte zwar inzwischen jede Woche eine ordentliche Summe ein, aber Gesa hatte recht, das würde zu lange dauern. Und die Bank war nicht bereit, Gesa ein Darlehen zu geben. Das hatte der Berater deutlich genug gemacht.

In Gedanken ging sie alle möglichen Personen durch, bei denen sie sich vielleicht Geld leihen könnte. Ihre Mutter, die ständig selbst Geldsorgen hatte, fiel schon mal aus. Onkel und Tanten gab es nicht, da sowohl ihr Vater als auch ihre Mutter Einzelkinder gewesen waren. Björn? Nein, kam nicht infrage. Sie wollte die Freundschaft zu ihm nicht aufs Spiel setzen, zumal er sich in letzter Zeit sowieso sehr rar gemacht hatte. Wer käme noch infrage? Vielleicht Tills Eltern? Denen würde eine Summe von dreißigtausend Euro nicht wehtun. Und Kathi wusste, dass gerade Tills Vater sie sehr in sein Herz geschlossen hatte. Aber wäre das nicht auch zugleich eine Art Verpflichtung, sich mit Till wieder zu versöhnen? Das eine würde sich bestimmt nicht vom anderen trennen lassen. Nein, auch Tills Eltern konnte sie nicht fragen.

Es blieb einzig die Möglichkeit, den Kuchenverkauf noch weiter anzukurbeln, um schnell an mehr Geld zu kommen. Nur, die Arbeit war schon jetzt kaum zu schaffen. Gesa war abends häufig so müde, dass sie vor dem Fernseher einnickte, ihr Strickzeug noch in der Hand. Außerdem stand die Inspektion des Gesundheitsamtes an. Die notwendigen Geräte würden eine hübsche Summe verschlingen.

Plötzlich tauchte ein weiteres Gesicht vor Kathis geistigem Auge auf. Graumeliertes Haar, gut aussehend, mit Lachfalten um die Augen: Renke Frerichs, der sie lächelnd fragte, wie es ihrer Großmutter ginge.

Vielleicht könnte man ihn bitten, um der alten Freundschaft willen, Gesa das Geld zu borgen. Morgen würde sie Gesa fragen, was sie von der Idee hielt. Mit diesem Gedanken drehte sie sich auf die Seite, zog die Bettdecke bis zu den Ohren hoch und schlief ein.

***

»Kommt überhaupt nicht infrage!«, rief Gesa aufgebracht, als Kathi ihr am Frühstückstisch vorschlug, Renke Frerichs um ein Darlehen zu bitten. »Nur über meine Leiche!«

»Aber Oma«, sagte Kathi beschwichtigend. »Es wäre ja nur für ein paar Monate. Sozusagen als Überbrückung, bis wir mit dem Kuchenverkauf genügend Geld zusammen haben.«

Gesa schüttelte energisch den Kopf. »Nein, Kathi, auf gar keinen Fall werde ich Renke um Geld bitten! Nicht mal um einen Euro für einen einzigen Tag.«

»Aber warum …«

»Das Warum ist ganz allein meine Angelegenheit. Und damit Ende der Diskussion!«

So aufgebracht hatte Kathi ihre Großmutter noch nie gesehen. Gesa stand auf, räumte geräuschvoll das Geschirr in die Spüle und ließ Wasser darüberrauschen.

»Wie viele Bleche heute?«, fragte sie gepresst.

Kathi hörte deutlich, wieviel Mühe es Gesa kostete, ihre Gefühle im Griff zu behalten.

»Sechs«, antwortete Kathi. »Zwei für die *Kate*, zwei gehen nach Westerland und zwei sind für den *Logenblick*.«

Gesa drehte sich um und sah Kathi erstaunt an. »Für den *Logenblick* in Kampen?«

»Ja, wieso?«

»Wenn das mal nicht Ärger gibt!«, sagte Gesa. »Die beiden Lokale machen sich gegenseitig richtig Konkurrenz. Und wie man sich erzählt, sind sich Hauke Frerichs und Sven Petersen schon eine Ewigkeit spinnefeind. Die gönnen sich gegenseitig nicht das Schwarze unter den Fingernägeln.«

»Und was haben die *Wolken* damit zu tun?«

»Ich könnte mir vorstellen, dass Hauke nicht gerade begeistert ist, wenn er rausbekommt, dass du auch seinen Erzfeind mit Kuchen belieferst. Bezahlen die denn wenigstens den gleichen Preis?«

»Nein, für die ersten fünf Bleche hab ich Petersen vom *Logenblick* einen Sonderpreis von vierzig Euro gemacht. Als Einstand sozusagen. Diese zwei noch. Für die nächsten Bleche wollten wir heute einen Preis ausmachen.«

Gesa seufzte kopfschüttelnd. »Dann gibt das ganz sicher Ärger!«

»Aber …« Kathi brach ab und lauschte angestrengt. »Hast du das auch gehört?«

»Was gehört?«, fragte Gesa.

»An der Haustür … Da kratzt doch jemand.«

Jetzt hörte sie ein deutliches Maunzen.

»Ist Walter draußen?«

Gesa nickte. »Ja, den hab ich vorhin rausgelassen.«

Kathi stand auf, ging in den Flur und schrie leise auf, als sie die Tür geöffnet hatte. Vor ihr auf der Fußmatte saß Walter. Er krümmte sich merkwürdig schief zusammen, sodass sein linkes Hinterbein den Boden nicht berührte. Und aus einem Riss in seinem rechten Ohr tropfte Blut auf sein weißes Fell. Wieder gab er ein klägliches Miauen von sich. „Oh Gott! Was ist denn mit dir passiert, Walter?", rief Kathi entsetzt und hob den Kater vorsichtig hoch. Als sie das linke Hinterbein berührte, das er vom Körper abgespreizt hielt, begann er tief in der Kehle zu grollen. Das schien ihm offensichtlich sehr weh zu tun.

»Was ist denn los?«, fragte Gesa, die inzwischen neben ihr stand. »Ach, du meine Güte, was ist denn mit dir passiert, mein Kleiner?«

Sie versuchte, den Kater unter dem Kinn zu kraulen, aber Walter drehte den Kopf weg und verbarg ihn in Kathis Armbeuge. »Ob er angefahren worden ist?«

»Was denn sonst?!«, rief Kathi mit tränenerstickter Stimme. »Du weißt doch, wie die Leute hier fahren. Tempo 30 oder nicht, das interessiert doch keinen. Ich hab immer gesagt, dass es eine blöde Idee ist, ihn rauszulassen!«

»Aber …«

»Was, wenn er jetzt eingeschläfert werden muss? Wegen innerer Verletzungen, oder so. Was dann?« Sie vergrub ihr Gesicht in Walters weichem Fell und schluchzte. »Ach, Walter!«

»Nun beruhig dich doch erst mal, Deern!«, sagte Gesa und zog die weinende Kathi in den Flur. »Ich hole jetzt Walters Box aus deinem Zimmer, und dann läufst du mit ihm rüber in die Praxis.«

So gern er auch sonst in seiner Box schlief, heute wehrte sich Walter nach Leibeskräften, als Kathi ihn hineinsetzen wollte, und zerkratzte ihr in seiner Panik sogar die Hände. Mit vereinten Kräften schafften die beiden es schließlich, den Kater in die Transportbox zu verfrachten. Kathi nahm die Box vorsichtig unter den Arm und lief, so schnell sie konnte, zum Nachbarhaus hinüber. Als sie der Sprechstundenhilfe immer noch unter Tränen schilderte, wie sie das verletzte Tier gefunden hatte, wurde sie sofort in das Behandlungszimmer durchgelassen. Aber statt Björn stand dort sein Schwiegervater, Dr. Pieper, und sah sie über die Gläser seiner randlosen Lesebrille hinweg erstaunt an.

»Na, wenn das nicht die kleine Kathi von nebenan ist?«, sagte er freundlich und lächelte. »Na, wo ist denn das Problem?«

»Walter … Also, mein Kater. Ich glaube er ist angefahren worden.« Kathi konnte nicht verhindern, dass ihr wieder die Tränen kamen. »Und ich dachte, vielleicht könnte Dr. Schuster …«

»Mein Schwiegersohn ist im anderen Behandlungszimmer. Wenn du lieber mit ihm sprechen möchtest …«

»Nein, nein«, beeilte sich Kathi zu versichern. »Hauptsache, Walter wird so schnell wie möglich geholfen.«

Dr. Pieper nickte. »Ich werde ihn mir gleich mal ansehen.«

Gemeinsam befreiten sie den verängstigen Kater aus der Transportbox und setzten ihn auf den Behandlungstisch aus Metall. Walter funkelte den Arzt böse an und fauchte vernehmlich.

»Also zumindest hat er noch Kraft, zu protestieren«, meinte Dr. Pieper. »Das ist immer schon mal ein gutes Zeichen. Ist er sonst auch so giftig?«

»Nein, eigentlich ist Walter ein ganz Verschmuster. Ich kann mir nur vorstellen, dass er Schmerzen hat, sonst würde er sich nicht so benehmen.«

»Ja, vermutlich. Ich hol mir wohl besser Hilfe, wenn ich ihn untersuche. Halt ihn mal ganz kurz fest, bitte.« Der alte Tierarzt ging zu einer Milchglastür, steckte den Kopf hindurch und sagte: »Björn, wenn du gleich fertig bist, kommst du dann mal kurz rüber zu mir? Ich hab hier einen Notfall.«

»Sicher«, hörte Kathi Björn antworten. »Dauert nicht mehr lange.«

Dr. Pieper nickte, schloss die Tür wieder und trat zu Kathi an den Behandlungstisch. »Nun erzähl mal, wie das passiert ist.«

Kathi berichtete, dass Walter erst seit kurzem Freigänger sei, er sich deshalb noch nicht mit Verkehr auskenne und vermutlich von einem Auto angefahren worden sei. »Jedenfalls saß er vorhin wie ein Häuflein Elend auf der Fußmatte vor dem Haus und weinte. Die linke Hinterpfote hält er ganz komisch und auftreten kann er damit auch nicht. Und dann das viele Blut in seinem Gesicht.«

In diesem Moment kam Björn durch die Glastür, sah Kathi und stutzte. »Ach, du bist der Notfall!«, sagte er. »Hallo, Kathi. Was ist denn passiert?«

»Walter ist angefahren worden«, schluchzte sie. »Vorhin irgendwann. Saß blutüberströmt vor der Haustür.«

»Hältst du ihn bitte mal fest, während ich ihn untersuche?«, fragte Dr. Pieper seinen Schwiegersohn. »Der Kater ist ziemlich durcheinander.«

Björn nahm sich ein Handtuch von einem Regal und wickelte den verblüfften Walter schnell und geschickt darin ein. »Altbewährte Methode«, sagte er zu Kathi. »Da kommen sie nicht raus, und vor allem können sie nicht kratzen.« Während er Walter festhielt, nahm Dr. Pieper ein Stethoskop und horchte den brummenden und fauchenden Kater ab.

»Herz und Lunge klingen ganz normal«, sagte er. Dann tastete er alle Gliedmaßen und den Rücken ab. Als er das linke Hinterbein berührte, zuckte Walter erschrocken zurück. Um ein Haar hätte ihn Björn losgelassen.

»Da haben wir es ja«, sagte der alte Tierarzt, nahm ein Schergerät und entfernte dort einen Streifen Haare. Deutlich waren vier tiefe Löcher zu sehen, aus denen noch Blut sickerte. Er warf seinem Schwiegersohn einen kurzen Blick zu. »Was hältst du davon?«

»Eindeutig ein Biss«, antwortete der. »Vermutlich eine andere Katze.«

Dr. Pieper nickte. »Kannst du das übernehmen, Björn«, fragte er. »Ich habe gerade gesehen, dass Frau Liebig mit ihrem Papagei gekommen ist. Bevor sie wieder das ganze Wartezimmer verrückt macht, gehe ich besser gleich zu ihr. Erklär doch bitte Kathi, was passiert ist.« Er gab Kathi zum Abschied kurz die Hand und verließ das Behandlungszimmer.

»Was hat er gemeint?«, fragte Kathi verwirrt.

»Er meint damit, Walter hatte keinen Unfall. Er muss sich wohl mit dem Revierchef angelegt und den Kürzeren gezogen haben. Dabei ist er ordentlich gebissen worden. Aber alles in allem kein Grund zur Besorgnis. Er kriegt jetzt ein Antibiotikum, weil sich Bisse sonst entzünden, und natürlich ein Schmerzmittel. Dann ist er in einer Woche wieder ganz der Alte.«

»Und was ist mit seinem Ohr?«

»Ich gebe dir dafür eine Salbe mit. Wenn er Glück hat, wächst das wieder zusammen, aber meistens klappt das nicht. Dann sieht man eben, was für ein Schlitzohr er ist.« Björn lächelte. »Nein, im Ernst, das ist nur ein kleiner Riss. Das sieht durch das viele Blut viel dramatischer aus, als es wirklich ist. Dein Walter kommt ganz schnell wieder auf die Reihe.«

Björn bereitete zwei Spritzen vor, hielt Walter im Nacken fest und gab sie ihm nacheinander, während Kathi ihn beruhigend kraulte. Schließlich setzte er den deutlich ruhigeren Kater wieder in seine Box und verschloss sie sorgfältig.

»Du musst mich ja für eine furchtbar hysterische Kuh halten«, murmelte Kathi, zog aus ihrer Jacke ein Taschentuch und wischte sich die Tränen aus dem Gesicht.

»Nein, gar nicht. Ich weiß ja, wie sehr du an deinem Kater hängst. Er ist doch schon fast so etwas wie ein Familienmitglied für dich. Und da ist es ganz normal, dass man sich Sorgen macht.« Er ging um den Behandlungstisch herum und blieb direkt vor Kathi stehen. »Im Gegenteil, ich finde es wunderbar, wie sehr du dich um ihn sorgst.« Seine Hand griff nach ihrer und er zog sie in seine Arme und hielt sie ganz fest.

Kathi sah hoch. Sein Gesicht war nur noch Zentimeter von ihrem entfernt und kam langsam immer näher. Alles begann sich zu drehen, als sie sich in seinen dunkelbraunen Augen verlor. Kurz bevor sich ihre Lippen berührten, ging plötzlich ein Ruck durch Björn. Er richtete sich auf, räusperte sich und nahm die Arme herunter. »Jedenfalls sah das viel schlimmer aus, als es in Wirklichkeit war«, sagte er. »Ich gebe dir gleich noch die Salbe und Tabletten mit, die du Walter zweimal am Tag gibst. Sollte wider Erwarten doch noch etwas sein, er matt und apathisch werden oder sich der Biss entzünden, dann kommst du bitte wieder in die Praxis.«

»Ja.« Kathi war von dem Beinahe-Kuss noch immer wie benebelt.

»Oder du rufst mich einfach an. Meine Handynummer hast du ja.«

»Wenn du dann ans Telefon gehst.«

Er senkte den Kopf.

»Es tut mir leid, Kathi, aber ich ...«, begann er und schwieg dann einen Moment. »Ich werde rangehen«, fügte er dann hinzu. »Ich verspreche es.« Wieder suchte sein Blick ihren, und er lächelte. »Heute Abend rufe ich dich an.«

Zurück zu Hause erzählte Kathi Gesa von der Diagnose und gab ihr die Salbe. »Ich muss gleich los. Sonst schaffe ich die Auslieferung nicht mehr vor der Arbeit.«

»Mach dir keine Sorgen, ich kümmere mich um Walter. Wird schon werden«, sagte Gesa und streichelte ihr mit der Hand über die Schulter.

Kathi packte ihre Sachen und saß wenige Minuten später am Steuer des alten Golfs. *Hoffentlich sind die Straßen frei*, dachte sie beim Blick auf die Uhr. *Sonst schaffe ich es wieder einmal nicht zum Dienstbeginn.*

Eine Viertelstunde später stand sie pünktlich vor der Tür des Hintereingangs der *Kate*. »Glück gehabt«, murmelte sie und trat ein. Maja begrüßte sie kurz und lief gleich weiter, um in der Küche ein, wie sie sagte, kleines Problem zu besprechen. Kathi zog sich schnell um und ging weiter in den Servicebereich. Als sie den Besteckschrank öffnete, um den Bestand zu kontrollieren, hörte sie eine aggressive Stimme hinter sich.

»Kathi!« Sie drehte sich um. Vor ihr stand Hauke Frerichs wütend und mit hochrotem Kopf. »Bist du vollkommen übergeschnappt?« Seine Stimme überschlug sich beinahe.

Kathi versuchte, ruhig zu bleiben. »Worum geht's denn, Hauke?«

»Du belieferst den *Logenblick*?«, schnauzte er.

Kathi zuckte mit den Schultern. »Ja, warum nicht.«

»Weil du mich damit vollkommen lächerlich gemacht hast!

Ein Gast hat mir erzählt, dass seine Frau dort … Weißt du, wie ich jetzt dastehe? Wie der letzte Depp. Du bist hier angestellt und verkaufst denen unser Dessert? Das ist ein übler Vertrauensbruch. Was sag ich, das ist vorsätzliche Sabotage! Ich schalte eine Anzeige in der Zeitung und promote die Sache als exklusives Dessert für die *Kate*, und du hast nichts Besseres zu tun, als zu diesen Idioten …«

Kathi wich zurück. Je länger Hauke Frerichs sprach, desto lauter und aggressiver wurde er. Inzwischen schrie er sie regelrecht an. Immer mehr ihrer Kollegen sahen aus sicherer Entfernung zu und steckten tuschelnd die Köpfe zusammen. Noch nie hatte Kathi eine solch demütigende Situation erlebt. Nicht einmal Ludger Berger hatte es gewagt, sie so zu abzukanzeln.

Plötzlich brach Hauke Frerichs' Wortschwall ab. Er funkelte sie wütend an. »Hörst du mir überhaupt zu, Fräulein?«

»Nein, nicht mehr!«, antwortete Kathi aufgebracht. »So kannst du vielleicht deinen Hund anschreien. Das wäre immer noch schlimm genug, aber ich muss mir diese Unverschämtheit nicht bieten lassen. Mir reicht es. Ich kündige!«

Sie dreht sich abrupt um und ging den Gang entlang zurück. Mit zitternden Fingern suchte sie im Schrank ihre Sachen zusammen. Was fiel diesem Scheißkerl ein, sie vor der gesamten Mannschaft so niederzumachen? Sollte er doch sehen, wo er einen Ersatz für die *Sylter Wolken* herbekam. Sie hatte genügend Abnehmer, und mit der Zeit, die sie ohne den Job in der *Kate* haben würde, würde es ein Leichtes sein, weitere hinzuzugewinnen. Am Schluss wäre Hauke der Dumme und hätte sich in der gesamten Sylter Restaurantszene lächerlich gemacht. Sie schlug die Tür ihres Spintes zu, dass es schepperte, und ging zur Hintertür. Als sie an der verschlossenen Tür des Servicebüros vorbeikam, hörte sie Majas aufgebrachte Stimme und blieb stehen.

»Könntest du vielleicht mal dein Hirn einschalten, bevor du anfängst, unsere Mitarbeiter zusammenzuschreien? Bist du jetzt vollkommen durchgedreht, oder was ist mit dir los? So lassen sich doch keine Probleme lösen! Selbst wenn Kathi einen Fehler gemacht hat …«

»Fehler?«, schrie Hauke Frerichs. »Das ist wohl mehr als ein kleiner Fehler. Sie hat die Unverfrorenheit, diesem Petersen unsere Dessertspezialität zu …«

»Das ist doch gar nicht der Punkt! Du hast Kathi behandelt, als sei sie deine Sklavin, ein Schulmädchen. Vollkommen respektlos. Und ich sag dir, genau das ist dein Problem. So geht man einfach nicht mit Menschen um. Da ist vollkommen egal, was sie gemacht haben. Es geht hier um einen lächerlichen Kuchen und sonst gar nichts.«

»Lächerlicher Kuchen! Toll!«, fauchte Hauke Frerichs. »Du bist doch die, die aus ein paar deutlichen Worten gleich eine Staatsaffäre macht. Und natürlich bin ich jetzt wieder der Buhmann. Du konntest noch nie Privates und Geschäftliches voneinander trennen.«

»Ach, jetzt kommt wieder die Tour! Weißt du was, mir steht es bis hier oben! Mach doch deinen Mist alleine! Ich habe …«

Die Klinke wurde heruntergedrückt, und die Tür begann, sich zu öffnen. Kathi rannte den Gang hinunter und verließ die *Kate*.

Als sie im Auto saß, versuchte sie, sich zu beruhigen. Jetzt war Maja mit in die Sache gezogen worden und hatte Streit mit ihrem Freund angefangen. Das war das Letzte, was Kathi mit der Kündigung hatte erreichen wollen, aber ihren Entschluss hatte sie wieder einmal spontan getroffen, ohne über die Konsequenzen nachzudenken. Trotzdem: Auch Maja zuliebe wäre sie nicht weiter in der *Kate* geblieben. Es tat ihr schrecklich leid, dass sie darunter leiden musste, aber ändern konnte sie es jetzt ohnehin nicht mehr. Vielleicht würden sich die beiden wieder beruhigen und versöhnen. Sie würde Maja später anrufen und mit ihr sprechen.

Kathi startete den Golf und fuhr, immer noch zornig, zurück nach Hause.

***

»Was ist denn passiert?«, fragte Gesa, als Kathi die Küche betrat.

»Außer, dass du recht hattest, nicht viel«, antwortete Kathi und stellte den Kasten mit ihren Sachen auf den Tisch.

»Also doch. Hauke Frerichs hat dich entlassen?«

»Soweit ist es nicht gekommen. Das Papasöhnchen hat sich schrecklich aufgeregt und mich angebrüllt. Da hab ich den Job hingeschmissen. Das war's dann. Jetzt habe ich wenigstens genügend Zeit, um mich ums Kuchengeschäft zu kümmern. Du wirst sehen, das läuft jetzt wie geschmiert.«

Gesa sah sie ungläubig an. »Gekündigt? Einfach so?«

»Von wegen, einfach so. Der hat sich aufgeführt wie ein Gutsherr. Hat mich vor allen Kollegen angeschrien und niedergemacht. Nein, nicht mit mir! Da hätte ich gleich in Hamburg bleiben können.«

»Oh, Kathi. Und das in unserer Lage. Wäre nicht ein …«

»Nein, Oma. Die Sache ist gelaufen. Und das ist gut so. Ich hätte da kein Bein mehr auf den Boden bekommen.« Kathi zog einen Stuhl unter dem Tisch hervor und setzte sich. »Mach dir keine Sorgen um mich. Unkraut vergeht nicht. Hast du das nicht immer gesagt?«

Gesa nickte. »Ja, das war ich wohl. Und du meinst wirklich, wir können noch mehr *Sylter Wolken* verkaufen?«

»Logisch. Morgen geht's los. Heute ist frei. Urlaub sozusagen. Der Betrieb ist geschlossen.« Sie sah aus dem Fenster nach draußen. »Sonne, etwas Wind, achtzehn Grad. Ich fürchte, du musst mit mir einen langen Strandspaziergang machen und anschließend lade ich dich in die *Alte Bootshalle* ein. Keine Widerrede! Wir machen einen Betriebsausflug.«

***

Die Sonne, der Wind und der Geruch der auflaufenden Nordsee weckten Kathis Lebensgeister. Sie hakte sich bei Gesa unter und erzählte ihr, wie sie als Kind schon Tage vor dem Syltbesuch vor Aufregung nicht einschlafen konnte und immer wieder in der Nacht wach geworden wäre, weil sie meinte, das Meeresrauschen gehört zu haben – und der festen Ansicht war, schon auf der Insel zu sein. Sie erzählte weiter, wie glücklich sie gewesen sei, wenn sie das erste Mal im Jahr die Nordsee sah und roch und das Schreien der Möwe hörte, und wie todtraurig sie in der Nacht vor der Abfahrt gewesen war und sich jedes Mal gewünscht hatte, hier auf der Insel bleiben zu können und nicht mehr zu ihrer Mutter in die enge Wohnung zurückkehren zu müssen.

»Schade, dass Mama so selten hierher wollte«, meinte sie und zeigte aufs Wasser. »Segelschiffe. In meinen Träumen, als Kind, bin ich immer mit einem dieser Schiffe gekommen. Du und Opa standen am Hafen und habt gewinkt. Das Verrückte ist, ich war immer allein und hatte nie Angst. Dabei war ich doch damals nur ein- oder zweimal mit auf so einem kleinen Boot. Erinnerst du dich?«

»Ja, natürlich. Opa hatte dich mitgenommen. Heiner Monssen, unser Nachbar, hatte ein Segelboot. Sein ganzer Stolz. Er hat Opa hin und wieder eingeladen.«

»Warum ist Mama so selten hier gewesen?«, fragte Kathi unvermittelt. Die Frage war ihr irgendwie herausgerutscht, ohne dass sie darüber nachgedacht hatte.

»Das waren damals andere Zeiten. Sie war ein sehr eigenwilliges Mädchen, musst du wissen. Hat sich nie etwas sagen lassen. Ein richtiger Sturkopf.« Gesas letzte Worte waren so leise, dass Kathi sich zu ihr hinüberbeugen musste.

»Sind wir das nicht alle zu bestimmten Zeiten in unserem Leben?«, fragte Kathi. »Was genau ist eigentlich passiert?«

»Elke war noch so jung und meinte, die große Liebe gefunden zu haben. Dein Vater war sechs Jahre älter als sie, das weißt du ja. Dass dein Großvater und ich darüber nicht glücklich waren, kannst du dir ja denken. Und dann kamst du. Da war deine Mutter gerade mal siebzehn Jahre alt und noch nicht einmal mit der Schule fertig. Jeden Tag haben wir uns gestritten, Elke und ich. Darüber, wie es weitergehen sollte, mit ihr, deinem Vater und dir. Ich hab darauf bestanden, dass sie die Schule zu Ende machen sollte und dann wenigstens noch eine Lehre, damit sie irgendwann auf eigenen Beinen stehen könnte. Aber sie wollte nicht auf mich hören. Sie wollte nur weg von hier.«

Gesa begann von der Zeit zu erzählen, als ihre Tochter noch ein Kind war, von den Sechziger- und Siebzigerjahren, in denen immer größere Menschenmassen auf die Insel kamen und Westerland nach und nach mit Hotel- und Apartmentanlagen zugebaut wurde. »Deine Mutter wollte nicht hierbleiben. Sie fand den ganzen Trubel schrecklich. Aber es ist doch unsere Insel, unsere Heimat. Und in List sind wir ja zum Glück von den schlimmsten Bausünden verschont geblieben. Aber deine Mutter hat nur das Schlechte gesehen und war froh, endlich hier wegzukönnen.«

»Ja«, sagte Kathi. »Sie mag Sylt immer noch nicht. Und ihr habt euch wegen mir gestritten?«

»Du warst ja noch gar nicht auf der Welt. Und es ging mir doch um Elkes Zukunft. Sie sollte was Richtiges lernen. Aber irgendwann konnten wir gar nicht mehr miteinander reden. Es war so, als würden wir beide nicht die gleiche Sprache sprechen.«

»Und kein Übersetzer in Sicht«, fügte Kathi hinzu. »Das kenne ich gut.«

»Aber jetzt bist du ja hier«, sagte Gesa lächelnd. In ihren Augen schimmerten Tränen. »Ich habe mich so gefreut, als du mir erzählt hast, dass du bleiben willst. Das kannst du dir gar nicht vorstellen.«

»Doch Oma, ich glaube schon.«

Sie liefen zurück zum Parkplatz und fuhren nach List, um etwas zu essen. Erst gegen Abend kehrten sie nach Hause zurück und saßen noch eine Weile bei einer Tasse Tee zusammen in der Küche.

»Wir schaffen das, Oma, ganz sicher!«, meinte Kathi, und Gesa nickte zaghaft lächelnd.

Als Kathi in ihr Zimmer hinaufging, spürte sie die Vibration des Handys, das sie in der Tasche hatte. Sie holte es heraus und nahm das Gespräch an.

»Ich bin es, Maja.«

»Oh, Maja. Ich wollte dich eigentlich schon lange angerufen haben. Aber …«

»Ist doch kein Problem. Ich habe gehört, wie Hauke dich angeschrien hat. Zumindest die letzten Sekunden, und den Rest hat mir Anja erzählt. Es tut mir leid, dass ich nicht eher da war, um das Schlimmste zu verhindern.«

»Maja, das ist einzig und allein meine Sache. Du bist doch nicht verantwortlich für das, was Hauke Frerichs macht.«

»Verantwortlich nicht, aber es betrifft mich natürlich schon.« Sie schwieg eine Weile. »Ich habe mich entschieden, morgen auf die Malediven zu fliegen. Kannst du mich zum Flughafen nach Hamburg bringen?«

»Was?«, rief Kathi entsetzt. »Aber doch nicht meinetwegen?«

»Nein, das war nur der Tropfen, der das Fass zum Überlaufen gebracht hat. Mach dir keine Gedanken deshalb. An deiner Stelle hätte ich auch gekündigt.«

»Aber du … Die Malediven sind nicht gerade um die Ecke. Dabei dachte ich …« Kathi atmete tief durch. »Natürlich bringe ich dich zum Flughafen. Wann soll ich dich abholen?«

»Wenn du um zehn Uhr bei mir bist, haben wir reichlich Zeit.«

»Ja, ich komme«, antwortete Kathi leise.

»Kathi, es ist meine Entscheidung. Und die ist richtig.«

»Ja, Maja. Ich habe es ja verstanden.«

***

Um kurz vor zehn am nächsten Tag stand Kathi vor Majas Wohnung. Sie war früh aufgestanden, um Gesa beim Backen der vier Bleche *Sylter Wolken* zu helfen. Gesa würde sie am Vormittag mit dem Wagen ihrer Freundin ausliefern.

Die Haustür öffnete sich. Maja kam heraus und winkte. Als sie vor Maja stand, war Kathis Hals wie zugeschnürt. Maja nahm sie in den Arm und drückte sie an sich. »Danke, dass du gekommen bist. Ich weiß, wie schwer dir das alles fällt.«

»Warum jetzt?«, waren die einzigen Worte, die Kathi herausbekam.

»Weil es richtig so ist. Ich spüre es ganz tief in mir.«

Kathi schloss die Augen für einen Moment und dachte an ihre erste Begegnung mit Maja. Wie lange war das jetzt her? Es kam ihr wie Jahre vor.

»Lass uns einpacken«, meinte Maja. »Auf der Fahrt haben wir noch genug Zeit zum Reden.«

Kathi half ihr, die zwei großen Koffer im Golf zu verstauen.

»Perfekt«, meinte Maja. »Das hätten wir schon mal. Dann mal auf nach Hamburg.«

Während der Wartezeit vor dem Autozug und der anschließenden Fahrt über den Hindenburgdamm sprachen sie nur das Nötigste. Erst als der Golf in Niebüll wieder auf die Straße rollte, fragte Kathi, wann genau das Flugzeug starten werde.

»Kurz nach drei«, antwortete Maja. »Wir haben reichlich Zeit.«

»Das nennst du reichlich …«, murmelte Kathi und lenkte den Wagen aus der Stadt auf die Bundesstraße, die sie zur Autobahn bringen würde.

Maja seufzte. »Mach's mir doch bitte nicht so schwer, Kathi.«

»Schwer«, wiederholte Kathi leise. »Ich mache mir schreckliche Vorwürfe. Die ganze Nacht schon. Eigentlich war ich überzeugt, dass du hierbleiben wolltest.«

Maja schwieg eine Weile. Als sie schließlich antwortete, schien ihr das Sprechen schwer zu fallen. »Vielleicht. Ja, vielleicht war ich fast so weit, darüber nachzudenken.«

»Hierzubleiben?«

»Keine Ahnung. Irgendwas zu finden, was für Hauke und mich gepasst hätte. Mir ist klar, dass er auf den Malediven unglücklich werden würde. Aber ich muss auch Luft zum Leben haben. Sylt ist … ja, gut, die Insel ist wunderschön. Trotzdem, mir ist sie auf Dauer zu eng. Ich hab andere Pläne.«

»Pläne kann man ändern.«

»Das weiß ich doch. Und das wollte ich ja auch … Aber Hauke hat gemerkt, dass ich nicht über meinen Schatten springen kann. Was meinst du, warum er in den letzten Wochen so schlecht drauf war? Er ist nicht der harte Geschäftsmann, der nur an seinen Gewinn denkt. Mag sein, dass er so wirkt, unnahbar und kalt. Aber er ist nicht so.«

»Du liebst ihn«, sagte Kathi.

Wieder schwieg Maja eine Weile, bevor sie ihr antwortete: »Liebe. Was ist schon Liebe? Vielleicht war ich ein bisschen verliebt in ihn. Ja, natürlich. Und er in mich. Aber das ist doch am Anfang immer so. Was danach kommt, ist doch das Entscheidende. Diese ganze Geheimnistuerei hat uns nicht gutgetan. Gut, wir haben uns jeden Tag viele Stunden während der Arbeit gesehen. Aber das ist nicht das Gleiche wie ein ganz normales Leben, das man jeden Tag miteinander verbringt. Liebe wächst erst mit der Zeit. Vertrauen zueinander braucht Zeit zum Wachsen. Die haben wir nicht gehabt.«

Kathi staunte über Majas Worte. Noch nie hatte sie ihre Freundin so über die Liebe und das Leben reden hören. Bisher hatte sie immer gesagt, das Wichtigste für sie sei der Spaßfaktor. Jetzt sprach sie von Vertrauen und Liebe, die wachsen müsse.

»Du hast Angst, nicht wahr?«, fragte Kathi. »Du hast Angst vor der Liebe. Davor, dass es plötzlich mehr ist, als nur Spaß miteinander zu haben.«

Maja zuckte mit den Schultern und schwieg.

»Habe ich recht?«, wiederholte Kathi.

»Und wenn schon«, flüsterte Maja. »Ja, vielleicht habe ich Angst. Wovor auch immer, keine Ahnung. Aber ich spüre, dass ich hier weg muss, und zwar jetzt. Ich will nicht, dass Hauke unglücklich wird. Und das würde er ganz sicher, wenn er seine Insel, seine Arbeit, sein Restaurant nicht mehr hat. Mag sein, dass ihm seine Frau nichts mehr bedeutet, dass sie sich auseinandergelebt haben, aber er hat noch seinen Vater, den er abgöttisch liebt.« Sie lächelte jetzt. »Er würde es nie zugeben, aber es ist so. Nein, er gehört auf diese Insel und sonst nirgendwo hin.«

Jetzt schwieg Kathi. Ihre Augen waren feucht geworden, und sie musste blinzeln, um die Straße vor sich klar erkennen zu können. Warum musste Liebe so wehtun? Da hatten sich zwei Menschen gefunden, die sich gegenseitig Kraft gaben, die plötzlich beide merkten, dass das Leben mehr als Spaß oder Erfolg sein konnte, und dann ließen sie alles fallen, weil sie Angst hatten, den nächsten Schritt zu machen. Einen Schritt ohne Sicherungsseil, einen Schritt, der in den Abgrund führen könnte, aber auch ins Paradies. Es gab nun mal keine Garantie auf Glück, für niemanden.

»Willst du nicht mit mir zurückkommen? Und es noch einmal versuchen?«, fragte Kathi, auch wenn sie die Antwort schon kannte.

»Du bist lieb, Kathi«, antwortete Maja sanft. »Aber ich habe mich entschieden. Glaub mir, so ist es für alle Beteiligten am besten.«

Der Abschied am Flughafen war kurz, aber tränenreich. Maja umarmte Kathi vor dem Terminal noch einmal und drückte sie ganz fest an sich, ehe sie sie auf Armeslänge von sich schob.

»Pass gut auf dich auf, Süße!«, sagte sie. »Grüß mir die Insel und fahr bloß vorsichtig zurück! Ich melde mich per Mail, sobald ich angekommen bin!« Sie stellte ihre Reisetasche auf den Rollenkoffer und nahm den Griff in die Hand. »Und jetzt möchte ich dich noch einmal lächeln sehen. Wird sicherlich ein Weilchen dauern, ehe ich dich wiedersehe!«

Kathi nickte, schluckte die Tränen hinunter und zwang sich ein Lächeln ab.

»Aber wiedersehen werden wir uns. Da bin ich mir ganz sicher. Das sagt mir mein Bauchgefühl, und das täuscht sich nie!« Maja lachte, aber auch in ihren Augen standen Tränen. »Und jetzt ab mit dir, sonst erwischt du den Zug in Niebüll nicht mehr.« Sie hob die Hand und winkte noch einmal, ehe sie sich in die Schlange am Terminal einreihte.

Erst zurück im Auto ließ Kathi den Tränen freien Lauf. Maja war inzwischen zu ihrer besten Freundin geworden, und sie konnte sich nicht vorstellen, wie sie ohne sie auskommen sollte. Majas Lachen und die Art, Kathi immer wieder aufzubauen, würde ihr furchtbar fehlen. Erst nach einer halben Stunde wischte sie sich zum letzten Mal die Tränen aus dem Gesicht, putzte noch einmal ihre Nase und brach auf.

Auf der Rückfahrt verbot sie sich, ihren trüben Gedanken nachzuhängen, und konzentrierte sich darauf, Pläne zu schmieden, wie sie den Kuchenverkauf weiter ankurbeln konnte. Bislang hatte sie sich mit ihren Angeboten auf die großen Restaurants beschränkt. Mehr hätte sie neben der Arbeit in der *Kate* beim besten Willen nicht leisten können. Aber Sylt war voller kleiner Restaurants und Cafés, von denen sie sicherlich das eine oder andere zu ihren Kunden machen konnte. Außerdem gab es in Gesas handgeschriebener Kladde bestimmt noch mehr geniale Kuchenrezepte. Warum es also nur bei den *Sylter Wolken* belassen?

Aber immer ein Schritt nach dem anderen, ermahnte sie sich selbst. *Nicht gleich übermütig werden und sich verzetteln.*

Ganz allmählich reifte der Plan in ihr, wie sie durch neue Werbemaßnahmen das Kuchengeschäft ankurbeln konnte. Da sie in Niebüll noch auf den Zug warten musste, hielt sie an einem großen Büromarkt und kaufte ein Paket edles, festes Papier und eine kleine Papierschneidemaschine, die sie sorgfältig auf dem Rücksitz des Golfs verstaute.

Als Kathi ihre Neuerwerbungen in die Küche trug, machte Gesa große Augen. »Was wird denn das, wenn es fertig ist?«, fragte sie.

»Jetzt werden wir die Werbung mal etwas professioneller aufziehen«, antwortete Kathi, die inzwischen ihren Laptop auf den Küchentisch gestellt und hochgefahren hatte. Sie griff nach ihrem Handy und wählte Björns Nummer.

»Schuster«, meldete er sich.

»Hallo, Björn!«, antwortete sie. »Sag mal kannst du mir einen Gefallen tun?«

»Klar! Um was geht es?«

»Könnte ich noch mal euren Drucker benutzen, um ein paar Flyer herzustellen? Im Copyshop kostet mich das ein halbes Vermögen. Und da dachte ich, ob …«

»Kein Problem!«

»Gut, dann komm ich morgen früh mit einem USB-Stick und dem Papier bei dir vorbei.«

»Ja, gern. Oder hast du den Flyer schon fertig, dann können

wir auch gleich loslegen. Ich bin sowieso noch ein paar Stunden in der Praxis, um den elenden Bürokram zu erledigen. Den überlässt Martin immer gern mir.«

»Wenn ich dich dabei nicht störe?«

»Im Gegenteil! Ich freue mich, ein freundliches Gesicht zu sehen.«

»Also gut, dann in einer halben oder dreiviertel Stunde, je nachdem, wie schnell ich fertig werde.«

»Bis dann! Klopf einfach an die Tür. Die Türklingel läutet auch im Wohnhaus, und dann glaubt Martin, es gibt einen Notfall.«

»Mach ich!«

Kathi schaltete das Telefon aus und legte es neben den Laptop. Als sie hochsah, bemerkte sie Gesas vielsagenden Blick. Sie hatte die rechte Augenbraue hochgezogen und grinste.

»Was denn?«, fragte Kathi. »Ich hab Björn lediglich um einen Gefallen gebeten. Unter Freunden.«

»Soso. Unter Freunden.« Gesa nickte, ehe sie sich umdrehte und Teewasser aufsetzte.

***

Eine halbe Stunde später stand Kathi mit Laptop, der Schneidemaschine und dem Papier auf dem Arm vor der Praxistür. Noch ehe sie klopfen konnte, öffnete Björn ihr schon die Tür. »Hallo, Kathi! Komm doch rein!«

Er nahm ihr den Karton mit dem Papier aus der Hand und stellte ihn auf dem Schreibtisch der Sprechstundenhilfe ab. »Ich hab dir deinen Arbeitsplatz schon freigeräumt.«

»Meinen Arbeitsplatz?«, fragte sie etwas verlegen.

»Ja, so wie damals, als du den Hund gefunden und hier die Flyer gedruckt hast.«

»Stimmt.« Kathi lächelte. »Irgendwie kommt es mir so vor, als sei das schon eine Ewigkeit her, dabei sind es gerade mal ein paar Wochen.«

»Ja, eigentlich kaum zu glauben, dass wir uns noch nicht länger kennen. Manchmal denke ich …« Er brach ab und seufzte. »Setz dich doch. Der Drucker steht ganz zu deiner Verfügung.«

»Aber wirklich nur, wenn ich dich nicht störe.«

Er schüttelte den Kopf. »Nein du störst nicht, ganz im Gegenteil. Ich bin froh, dass du da bist.«

Kathi, die gerade dabei gewesen war, den Laptop anzuschließen, sah zu ihm hoch. »Alles in Ordnung? Du klingst so …«

»Ja, doch, sicher. Alles in Ordnung!«, versicherte er, aber es klang, als meinte er das Gegenteil. Im hellen Schein der Deckenleuchte wirkte sein Gesicht ganz grau, und tiefe Schatten lagen unter seinen müden Augen. Kathi ließ den Laptop stehen und ging auf ihn zu.

»Ganz im Ernst. Irgendetwas stimmt doch nicht mit dir.« Sie legte ihre Hand auf seinen Arm. »Sag schon, was ist los?«

Einen Augenblick lang sah er auf ihre Hand hinunter, die auf seinem dunkelblauen Jeanshemd lag. Dann schüttelte er den Kopf. »Was soll ich dich mit meinen Problemen belasten. Du hast doch selber genug im Kopf.«

»Hey!« Ihr Blick suchte seinen, doch er wich ihr aus. »Sind wir nun Freunde, oder was?«

»Freunde …«, murmelte er. Er schwieg einen Moment, dann legte er seine Hand auf ihre und sah ihr in die Augen. Sein Versuch, zu lächeln, misslang. »Ist gerade alles nicht so einfach.«

»Was ist nicht so einfach?«, fragte Kathi leise.

»Annemarie«, sagte er ebenso leise. »Wir haben uns furchtbar gestritten. Und irgendwann rückte sie damit heraus, dass sie einen Neuen hat. Ich meine, es ist ja nicht so, dass ich das nicht geahnt hätte, aber es dann so vor den Kopf geknallt zu bekommen, das ist schon etwas anderes.«

Kathi nickte. Sie musste an den Abend denken, an dem Annemarie in der *Kate* gewesen war und sehr offensichtlich mit ihrem Tischnachbarn geflirtet hatte.

»Und es ist auch nicht das erste Mal, dass sie einen Liebhaber hat«, fuhr Björn fort. »All diese vielen Besuche bei ihrer Freundin in Hamburg. Meistens über Nacht. Natürlich hab ich mir meine Gedanken gemacht, aber nie nachgefragt. Verstehst du, ich wollte es gar nicht so genau wissen. Aber diesmal ist es wohl was Ernstes, wie sie sagt. Ihre ganz große Liebe. Irgend so ein in die Jahre gekommener Industriellensohn, der nichts anderes zu tun hat, als sein Erbe unters Volk zu bringen. Jeden Wunsch liest er ihr von den Augen ab, sagt sie, und dass sie zum ersten Mal im Leben wirklich glücklich ist.« Wieder schnaubte er ein bitteres Lachen durch die Nase. »Mal sehen, wie lange dieses Glück anhält. Aber solange er genug Geld hat, sieht Annemarie sicherlich über vieles hinweg.«

Kathi, deren Hand noch immer auf Björns Arm lag, wusste nichts zu sagen. Wie gern hätte sie ihn ganz fest in ihre Arme genommen, aber irgendetwas hielt sie zurück. Vielleicht dieses unbestimmte Gefühl, dass es nicht bei einer tröstenden Umarmung bleiben würde.

Björn schloss eine Sekunde die Augen und seufzte. »Jedenfalls wird sie ausziehen. Sie packt gerade ihren Koffer, um zu ihrem Lover ins Hotel zu ziehen. Bei mir langweiligem Spießer hält sie es keinen weiteren Tag aus, sagt sie.«

Er ließ Kathis Hand los, drehte sich um und ging zum Fenster hinüber. Einen Moment starrte er in die Dunkelheit und rieb sich die Stirn. »Martin ist vorgestern für ein paar Tage in Urlaub gefahren und weiß noch nichts. Ich hab keine Ahnung, wie ich ihm das beibringen soll.«

Er sah so hilflos und verlassen aus, dass sich Kathis Brust vor Mitleid zusammenzog. »Wie kommst du auf die Idee, dass *du* es ihm beibringen musst?«, fragte sie.

»Keine Ahnung. Wahrscheinlich, weil ich schon immer alles getan habe, damit er das Bild von seiner Prinzessin aufrechterhalten konnte.«

Kathi ging zu ihm und legte ihm die Hand auf die Schulter. Langsam strichen ihre Finger über den Stoff seines Hemdes.

»Und damit ist jetzt Schluss. Hörst du? Es gibt keinen Grund, sie zu schützen. Das soll sie ihrem Vater mal schön selbst erklären. Sag ihm einfach, sie ist verreist. Du wüsstest nicht, wann sie zurückkommt. Und wenn er Näheres wissen will, dann soll er sie anrufen und sie selbst fragen.«

Zweifelnd sah er Kathi an, antwortete aber nicht.

»Da wird sie schön ins Schwimmen kommen, wenn sie ihm das erklären muss!«, ergänzte Kathi. »Vergiss nicht, nicht du bist hier der Böse. Du hast dir absolut nichts vorzuwerfen.«

Er griff nach ihrer Hand, die noch immer auf seiner Schulter lag, und hielt sie einen Moment fest. »Nein, hab ich nicht. Ich hatte Gewissensbisse, irgendetwas zu tun. Was für ein Idiot ich war.«

Er lächelte, beugte sich vor und hauchte ihr einen Kuss auf die Wange. Dort, wo seine Lippen ihre Haut berührten, setzten sie sie in Brand. Alle Härchen an ihren Armen stellten sich auf, und sie fühlte ein warmes Ziehen, das seinen Ursprung unterhalb ihres

Nabels hatte und bis in die Oberschenkel ausstrahlte. Kathi holte tief Luft und befeuchtete ihre trockenen Lippen.

Lange sah Björn ihr in die Augen, dann umarmte er sie. Es war genau so eine freundschaftliche, feste Umarmung, wie die damals bei ihrem Strandspaziergang, und doch war sie viel mehr. Alles geschah gleichzeitig, und trotzdem nahm Kathi jede Kleinigkeit wahr. Den Duft seines Rasierwassers, den Stoff seines Jeanshemdes an ihrer Wange, die Muskeln, die sich unter ihren Händen bewegten. Das, was eben ein Ziehen gewesen war, war jetzt ein Brennen, das ihre Wirbelsäule hinaufschoss.

Schließlich ließ er sie los und sah ihr mit seinen dunkelbraunen Augen ins Gesicht und lächelte. »Wenn wir jetzt nicht zu drucken anfangen, sitzen wir hier noch die ganze Nacht«, sagte er leise. »Also los, an die Arbeit. Ich helfe dir!«

Trotz seiner Hilfe dauerte es doch bis in den späten Abend, ehe sie alle Flyer ausgedruckt hatten. Irgendwann gegen zehn Uhr fuhr ein Auto auf den Praxisparkplatz. Björn, der sich gerade über die Schneidemaschine beugte, unterbrach die Arbeit, ging zum Fenster hinüber und sah hinaus. Kathi hörte Türen klappen, dann flammten die Scheinwerfer auf und warfen helles Licht auf Björns versteinertes Gesicht. Als wieder alles still war, kam er zu Kathi an den Tisch zurück.

»Das war Annemarie. Sie hat noch was aus dem Haus geholt. Diesmal hat sie also wirklich ernst gemacht«, sagte er. »Sie hat es so oft angedroht. Aber jetzt ist Annemarie tatsächlich weg.« Er nahm einen der Flyer und faltete ihn zusammen. »Weißt du, was merkwürdig ist, Kathi? Ich hab mich immer vor dem Moment gefürchtet. Aber jetzt, wo es wirklich passiert ist, ist die Angst weg. Im Gegenteil, ich fühle mich regelrecht befreit.«

Bis sie mit den Flyern komplett fertig waren, war es beinahe Mitternacht.

»Lass mir ruhig einen Stapel hier«, sagte Björn und nahm ihr gleich einen ganzen Packen der Flyer ab, als sie zur Tür gehen wollte. »Ich kenne eine Menge Leute und werde kräftig Werbung für den besten Kuchen auf der Insel machen. In der Praxis können wir auch welche auslegen.«

Kathi lächelte dankbar. »Vielen Dank für deine Hilfe. Ich weiß nicht, was ich ohne dich gemacht hätte.«

Wieder beugte Björn sich vor und küsste sie auf die Wange.

»Das geht mir ganz genauso.«

***

Am nächsten Morgen begann Kathi ihre Werbetour über die Insel. Systematisch hielt sie an allen Pensionen, Restaurants und Hotels und warb für Gesas *Sylter Wolken*. Es dauert zwar fast zwei Tage, bis sie alle recherchierten Adressen abgeklappert hatte, aber der Erfolg ließ nicht lange auf sich warten. Gesas Telefon schrillte den ganzen Tag, und die beiden wechselten sich ab, um alle Fragen der Interessenten zu beantworten.

Kathi hatte gerade einen großen Auftrag über zwölf Bleche für eine Silberhochzeit entgegengenommen und schrieb noch die genauen Modalitäten auf, als das Telefon wieder klingelte.

»Adrians, bei Hansen«, meldete sie sich.

»Hallo Kathi, hier ist Hauke.«

»Hauke?«, fragte sie verblüfft.

»Ja, Hauke Frerichs. Dein ehemaliger Chef«, setzte er überflüssigerweise hinzu.

»Was willst du denn?«, fragte sie mit einem Anflug von Wut. Immerhin konnte es sein, dass Hauke weiterhin Kuchen bei ihr bestellen wollte. Im Moment konnte sie es sich wirklich nicht leisten, irgendeinen Kunden zu verärgern.

Glücklicherweise schien Hauke nichts von ihrem schnippischen Ton mitbekommen zu haben.

»Es geht um dein Zeugnis«, sagte er. »Das steht dir ja zu und liegt jetzt hier für dich zur Abholung bereit.«

»Oh!«, entfuhr es Kathi. Sie hatte schon damit gerechnet, hinter einem Zeugnis wochen-, wenn nicht monatelang herlaufen zu müssen. Dass Hauke ihr freiwillig eines ausstellen würde, war wirklich eine Überraschung.

»Wann könntest du denn vorbeikommen und es abholen?«, fragte Hauke.

»Morgen? Ich könnte es gleich vormittags holen, wenn ich ausliefere.«

»Da bin ich dummerweise nicht im Haus. Und ich hätte gern noch ein paar Worte mit dir gesprochen. Kannst du es nicht heute noch einrichten?«

Kathis Verblüffung wuchs ins Unermessliche. Nicht nur, dass Hauke ausgesucht höflich zu ihr war, es lag so etwas wie ein Flehen in seiner Stimme, das sie neugierig machte.

»Heute? Da kann ich frühestens gegen sechs.«

»Dann sehen wir uns um sechs in meinem Büro. Bis dann!«

Das Klacken in der Leitung sagte, dass er aufgelegt hatte, ohne ihr eine Gelegenheit zum Widerspruch zu geben.

»Das wird ja immer verrückter«, murmelte sie, nahm den Auftragszettel und ging damit zu Gesa in die Küche hinüber.

Kurz vor achtzehn Uhr parkte sie hinter der *Kate* und lief ins

Restaurant. Vor Haukes Bürotür blieb sie stehen und atmete einmal tief durch, bevor sie anklopfte.

»Herein«, rief er.

Als Kathi die Tür geöffnet hatte, kam ihr ehemaliger Chef bereits mit ausgestreckter Hand auf sie zu.

»Moin, Kathi«, sagte er freundlich. »Wie geht es dir?«

»Du meinst, nach unserem Streit?«, fragte Kathi, die absolut keine Lust auf Smalltalk hatte.

»Ach Gott, du kennst mich doch. Ich bin manchmal etwas aufbrausend. Und an dem Tag, naja. Manchmal ist eben alles zu viel. Es tut mir leid.«

Kathi traute ihren Ohren nicht. War das wirklich Hauke Frerichs vor ihr? Sie hatte noch nie gehört, dass er sich für irgendwas entschuldigt hätte.

»Also, kurz und gut«, fuhr er fort. »Auch wenn ich es immer noch nicht richtig finde, dass du das Dessert gerade an meine schärfste Konkurrenz verkaufen musstest, ich habe überreagiert und hätte vernünftig mit dir sprechen sollen.«

»Stimmt, Hauke. Da hast du dich im Ton vergriffen. Aber gut, was passiert ist, ist passiert. Ziehen wir einen Schlussstrich unter die Sache, und gut ist es!«

Hauke setzte ein schmales Lächeln auf. »In Ordnung, Kathi.« Er wandte sich ab und zog von seinem Schreibtisch ein Din-A4-Blatt, das er Kathi gab. »Du hast dich wirklich in kürzester Zeit hier in alle Service-Bereiche sehr gut eingearbeitet. So fähige Leute findet man selten. Ich habe dir natürlich ein gutes Zeugnis ausgestellt, und falls du sonst eine Referenz brauchst …«

Kathi zog erstaunt die Augenbrauen hoch. »So richtig werde

ich aus dir nicht schlau, Hauke. Aber das ist wohl bei euch Männern manchmal so. Dann mach's mal gut, wir sehen uns!«

Sie nahm das Zeugnis und ging zur Tür. Als sie die Hand auf die Klinke legte, räusperte sich Hauke Frerichs. »Sag mal, Kathi. Hast du vielleicht was von Maja gehört?«

Sie drehte sich langsam wieder zu ihm um. »Sie hat dir gesagt, dass sie …«

»Ja«, sagte er gepresst. »Malediven. Sonst weiß ich nichts.«

»Ich habe sie gestern zum Flughafen gebracht. Sie hat mir eine SMS geschrieben, dass sie gut angekommen ist.«

Hauke lehnte sich an seinem Schreibtisch an. Erst jetzt sah Kathi, wie blass er war. »Weißt du, wie lange sie bleiben wird?«, fragte er nach einer Pause.

»Hat sie dir nichts erzählt?«

»Nein.«

»Wäre es nicht besser, wenn du selbst mit ihr sprichst?«, fragte Kathi leise.

»Ganz ehrlich. Im Moment weiß ich gar nichts mehr. Ich weiß nicht, ob ich sie anrufen soll oder nicht. Ob sie überhaupt noch was von mir wissen will, oder ob alles vorbei ist. Ob sie wiederkommt oder …« Er stockte und zog hilflos die Schultern hoch. »Ich bin vollkommen ratlos.«

Kathi atmete tief durch. »Eigentlich ist das nicht meine Aufgabe, aber … Maja hat nicht vor, wiederzukommen. Sie hat einen Job angenommen, und wenn alles gut geht, kann sie Teilhaberin in einer Tauchschule werden.«

»Was auch sonst?«, sagte Hauke. Die Enttäuschung war ihm ins Gesicht geschrieben. »Also bleibt sie dort.«

»Das hat sie zumindest vor. Tut mir leid, Hauke! Auch, dass ihr euch wegen mir gestritten habt. Das war wirklich das Letzte, was ich wollte.«

»Du hast nichts damit zu tun. Ich bin selbst schuld! Wie kann man so blöd sein und glauben, eine solche Frau hier halten zu können? Unter den Bedingungen …«

Kathi ging auf Hauke zu und war einen Moment lang versucht, ihn in den Arm zu nehmen, wagte aber letztlich nur eine zaghafte Berührung seiner Hand.

»Ich kann dir Bescheid geben, wenn ich was von Maja höre«, schlug sie vor. »Soll ich sie bitten, sich bei dir zu melden.«

»Und dann? Was hat das alles noch für einen Sinn?«

»Das musst du entscheiden. Ich kann dir da nicht helfen.« Kathi stockte, und starrte Hauke an, der wie ein Häuflein Elend an seinem Schreibtisch lehnte. »Verflucht noch mal, ihr beide führt euch auf wie Kleinkinder. Was meinst du, warum sie dich nicht gebeten hat, mit auf die Malediven zu kommen? Weil Maja dich liebt und weiß, wie schwer es dir fallen würde, Sylt zu verlassen und dein altes Leben aufzugeben. Und wenn ich dich richtig verstanden habe, hast du sie aus gleichem Grund nicht gefragt, ob sie sich vorstellen kann, mit dir zusammen hier zu bleiben, auf Sylt, auf *deiner* Insel. Was meinst du, wie oft im Leben dir noch mal so eine Frau über den Weg laufen wird? Vergiss es! So etwas wie Maja gibt es nur einmal.«

Kathi musste Luft holen, so sehr hatte sie sich in Rage geredet.

»Du meinst …«, begann Hauke, dessen Augen immer größer geworden waren. »Sie wäre …«

»Gott, Hauke, eine Garantie dafür kann ich dir nicht geben! Aber ich weiß, dass sie dich mehr liebt, als sie jemals zugeben würde. Sie hat nur auf einen Wink von dir gewartet, die Beziehung zu dir auf neue Füße zu stellen. Offen und ehrlich und vor allem ohne diese verdammten Heimlichkeiten.«

Hauke nickte nachdenklich. »Da habe ich wohl riesengroßen Mist gebaut, oder?«

»Du und Maja. Ihr beide!«

»Und jetzt sitzt der Karren im Dreck. Für immer.«

»Unsinn! Maja ist gerade mal ein paar Stunden mit dem Flugzeug von hier entfernt und nicht tot.« Sie griff zum Telefon, das neben Hauke auf dem Schreibtisch lag, und reichte es ihm. »Ruf sie an, dann weißt du mehr! Oder besser, kauf dir gleich ein Ticket, und setz dich ins Flugzeug.«

Sie zog ihr Handy aus der Tasche und öffnete die SMS, die sie von Maja bekommen hatte. »So, ich schick dir jetzt ihre Adresse weiter, und dann entscheide selbst.« Kathi drückte auf den Sende-Knopf und verstaute das Handy wieder in der Tasche.

»Ich muss jetzt los, Hauke«, sagte sie. »Mach's gut!«

»Ja, du auch«, sagte er abwesend.

Sie wandte sich ab und verließ sein Büro.

***

Auf dem Weg nach Hause kamen Kathi Zweifel, ob es richtig gewesen war, mit Hauke Frerichs über Maja zu reden. Hatte sie das Recht, sich einzumischen? Sie, deren Erfahrungen in Beziehungsfragen gleich null waren? Auf der anderen Seite hatte sie nicht mehr schweigen können. Wie konnten zwei Menschen, die sich liebten, so blind aneinander vorbeirennen und ihr Glück verspielen?

Und ihr eigenes Leben, wie sah es da aus? Kathi dachte an das letzte Telefonat mit Till. Er war ihr so fremd vorgekommen, als sei er ein anderer Mensch geworden. Dabei hätte sie das, was er ihr stolz erzählt hatte, noch vor wenigen Monaten für einen Sechser im Lotto gehalten. Zwei Prüfungen mit annehmbaren Zensuren, keine durchzechten Nächte mit der Band mehr, keine Probenabende und schon gar keine Auftritte in kleinen Szenekneipen für wenig Gage, aber mit der Hoffnung, endlich den großen Durchbruch zu schaffen. Inzwischen wusch er seine Wäsche selbst und hielt die Wohnung in Ordnung. Wer würde so einen perfekten Mann aus seinem Leben jagen?

Aber irgendetwas stimmte nicht. War es nur das verlorene Vertrauen zu ihm, oder war ihre Liebe zu Till im Laufe der Jahre einfach immer weniger geworden, ohne dass sie es wahrhaben wollte?

Wenn sie an ihn dachte, liefen vor ihren Augen die unzähligen Dinge ab, die sie miteinander erlebt hatten. Wie oft hatte sie sich in den letzten Wochen nachts im Bett umgedreht und im Halbschlaf nach Till getastet, um sich an ihn zu schmiegen.

Nein, das war es nicht, was ihr Unbehagen bereitete, wenn sie mit Till sprach. Auch vor dem Wiedersehen mit ihm und der Entscheidung, die dann anstehen würde, hatte sie keine Angst. War es die Veränderung, die mit ihm vorgegangen war? War es der *neue* Till, vor dem sie sich fürchtete? Sie wusste es nicht.

Und Björn? Was empfand sie für ihn? Wenn er in ihrer Nähe war, kam es ihr vor, als drehe sich die Erde langsamer. Sie spürte in diesen Momenten einen tiefen Frieden in sich, den sie vorher nicht gekannt hatte. Eine Ruhe und Zufriedenheit, als sei sie gerade nach langer Reise nach Hause zurückgekehrt. Alles war vertraut und richtig, wie in Kindheitstagen, unumstößlich und selbstverständlich. Sie fühlte sich geborgen und aufgehoben. Kathi schüttelte den Kopf, um ihre wirren Gedanken loszuwerden. Björn war ein guter Freund, ein Vertrauter, den sie nicht wegen eines romantischen Traums verlieren wollte. Er hatte genug eigene Probleme und brauchte ihre Unterstützung. Alles andere wäre jetzt fehl am Platz.

Sie bog auf den Hof ihrer Oma ein. Nach dem langen, anstrengenden Tag freute sie sich auf eine heiße Tasse Tee, den schnurrenden Walter auf dem Schoß und Gesas fürsorgliches Lächeln. Spätestens um neun wollte sie schlafen gehen. Der Tag morgen würde anstrengend werden. Sie hatten einige große Aufträge zu erledigen, die für die Zukunft ihrer kleinen Firma wichtig waren.

***

Als sie endlich im Bett lag und den Tag in Gedanken noch einmal durchging, klingelte ihr Handy. Sie richtete sich stöhnend auf und griff danach. Auf dem Display stand Majas Name.

»Maja, wie geht es dir?«, fragte sie direkt.

»Hey, guten Abend erst mal. Wie soll es mir schon gehen im Paradies? Selbst der Regen hatte ein Einsehen und hat für meine Ankunft eine Pause eingelegt.«

»Regen?«

»Kathi, schon vergessen? Wir haben hier Regenzeit. Aber als ich aus dem Flugzeug stieg, schien doch tatsächlich die Sonne. Und das Team in der Tauchschule hat mich aufgenommen, als wäre ich schon seit Jahrzehnten bei ihnen und nur mal kurz auf Heimaturlaub gewesen. Das war wie nach Hause kommen.«

Kathi spürte den Stich in der Herzgegend, schwieg aber.

»Hey, Süße«, fuhr Maja fort, die ihr Zögern bemerkt hatte. »Es ist, wie es ist. Du weißt doch, wie sehr ich diese Ecke der Welt liebe.«

»Ja, Maja«, sagte Kathi heiser. »Ich freue mich ja auch für dich.«

»Und bei dir? Alles in Ordnung?«

»Sicher«, antwortete Kathi. »Alles gut.«

»Trotzdem so ruhig?«

»Das war ein langer Tag heute. Ich habe gefühlte tausend Restaurants und Cafés abgeklappert und ihnen meinen Flyer dagelassen.« Sie lachte. »Die Auftragsbücher füllen sich gerade.«

»Wow. Flyer, Auftragsbücher. Klingt doch toll! Du schaffst das, da bin ich sicher.«

»Klar. Muss ich! Was bleibt mir anderes übrig?«

Dieses Mal schwieg Maja.

»Tut mir leid«, sagte Kathi schnell. »Ich wollte dir kein schlechtes Gewissen machen. Ich freue mich wirklich für dich!«

»Das weiß ich doch. Und jetzt Themenwechsel. Was macht dein Verehrer? Wie hieß er noch gleich?«

»Björn. Erstens ist er nicht mein Verehrer, sondern ein guter Freund, und zweitens hast du ganz sicher nicht seinen Namen vergessen.«

Maja lachte. »Du hast recht. Ich erinnere mich gerade. Björn. So ein schöner Name.«

»Maja«, sagte Kathi gedehnt.

»Sorry. Tabuthema. Hatte ich gerade vergessen. Grüß ihn trotzdem unbekannterweise von mir. Und richte ihm bitte aus, dass gerade der netteste Mensch auf der Erde im Begriff ist, sich in ihn zu verlieben, und er Riesenärger mit mir bekommt, wenn er dich nicht gut behandelt. Verstanden?«

»Wenn du nicht gleich aufhörst, leg ich einfach auf.«

»Okay, okay! Dann gib ihm einfach einen dicken Kuss von mir. Vielleicht hilft das.«

»Wobei?«

»Versuch's einfach. Wirst schon sehen, was passiert.«

Kathi nahm das Telefon vom Ohr und streckte ihm die Zunge aus. »Bist du noch da?«, hörte sie leise aus dem Handy.

»Klar, wo sonst. Ich schlafwandle doch nicht.«

Maja lachte. »Du, ich sehe gerade, dass der Hendrik kommt. Ich melde mich ganz bald wieder. Versprochen! Mach's gut, Kathi.«

»Maja?«

»Ja, Kathi?«

Sie zögerte. Sollte sie ihr wirklich von ihrem Besuch bei Hauke erzählen oder den Dingen einfach ihren Lauf lassen?

»Ach, nichts«, antwortete sie schließlich. »Danke, dass du dich gemeldet hast.« Kathi hörte eine männliche Stimme im Hintergrund, die etwas auf Englisch fragte.

»Mach's gut, Kathi!«, wiederholte Maja und legte auf.

***

Als der Wecker am nächsten Morgen um fünf Uhr erbarmungslos schrillte, zog Kathi sich das Kissen über den Kopf und stöhnte. Wenige Minuten später schleppte sie sich in die Küche.

»Guten Morgen!«, flötete Gesa. »Hast du schon einen Blick aus dem Fenster geworfen? Das wird sicher ein herrlicher Sonnenaufgang.«

»Nein«, maulte Kathi und ließ sich auf einen Stuhl fallen. »Ich bin tot. Da brauche ich keine Sonne mehr.«

Gesa lachte. »Diese Jugend von heute!«

Kathi zog eine Grimasse und nahm die dampfende Kaffeetasse in die Hand. »Wie kannst du um diese Uhrzeit schon so ekelhaft fröhlich sein?«

Gesa setzte sich zu ihr. »Ganz einfach. Ich bin da, wo ich immer sein wollte, auf der schönsten Insel der Welt. Und neben mir sitzt meine Enkelin und wird gleich mit mir zusammen neun Bleche Kuchen machen. Was kann man sich Besseres wünschen?«

Kathi spürte, wie sie rot wurde. Sie schenkte ihrer Großmutter ein breites Lächeln. »Oma, du bist wirklich die Beste.«

Eine Stunde später standen sie nebeneinander vor der Küchenfront und arbeiteten. Gesa rührte den zweiten Teig an, während Kathi Äpfel schälte und gleich darauf in feine Scheiben schnitt. Inzwischen waren sie ein eingespieltes Team, bei dem jeder Handgriff saß. Auf dem Tisch standen die ersten drei Bleche, ordentlich nebeneinander platziert. Sobald der Teig im Gefrierschrank heruntergekühlt worden war, würden sie ihn für die erste Schicht aufs Blech raspeln. Darüber kamen dann die Äpfel und eine weitere Schicht Teig.

Als die drei Bleche im Ofen waren, machten die beiden Frauen eine Pause und setzen sich auf die Bank vor dem Haus.

»Gutes Zeugnis bekommen?«, fragte Gesa.

»Viel besser, als ich erwartet hatte. Wenn ich das richtig sehe, ist das Zeugnis fast eine eins. Offenbar bin ich die geborene Kellnerin.«

Gesa lachte. »Jetzt mal im Ernst. Wirst du dir eine neue Stelle suchen?«

Kathi atmete tief durch. »Gute Frage. Die nächste, bitte.«

»Du willst nicht darüber reden?«

Kathi nahm einen großen Schluck aus ihrem Kaffeebecher.

»Lass uns doch erst mal abwarten, ob der Verkauf des Kuchens auf Dauer anzieht. Der Auftrag heute ist doch ein Lichtblick, oder?«

»Lichtblick schon, aber auch viel, viel Arbeit. Neun Bleche allein heute Vormittag sind keine Kleinigkeit.«

»Das weiß ich doch, Oma. Aber den Versuch ist es wert. Das können wir natürlich nicht jeden Tag machen, aber jetzt am Anfang … Wir schaffen das!«

»Bis zwölf Uhr?«

»Ja, sonst reicht die Zeit nicht mehr, um sie auszuliefern.«

»Und heute Nachmittag noch einmal das Gleiche?«, fragte Gesa stirnrunzelnd.

»Ja, die müssen morgen sehr früh raus.« Sie sah Gesa an und wusste im gleichen Augenblick, was ihre Großmutter vorschlagen wollte. »Nein, ich stehe nicht um zwei Uhr in der Nacht auf. Auf gar keinen Fall!«

»Ja, dann müssen wir die wohl noch heute Nachmittag machen. Dann mal auf, min Deern. Keine Müdigkeit vorschützen.«

Punkt zwölf war die Ware im alten Golf verstaut. Kathi umarmte Gesa. »Wir sind das beste Team der Insel. Ach, was sag ich, das beste Team der Welt. Willst du dich nicht etwas ausruhen? Spätestens gegen zwei Uhr bin ich wieder da.«

Gesa nickte und ging zurück ins Haus.

***

Dummerweise dauerte wieder einmal alles länger, als Kathi eingeplant hatte. Als sie nach der Auslieferung noch schnell in Westerland anhalten und Sahne, Mehl, Eier und Zucker nachkaufen wollte, war es zuerst an der Kasse brechend voll und dann, als sie ihre Einkäufe endlich im Auto verstaut hatte, weigerte sich der Golf, anzuspringen. Ausgerechnet heute! Zum Glück sprach sie ein netter älterer Herr auf dem Parkplatz an und bot ihr seine Hilfe an. Er hatte ein Überbrückungskabel im Kofferraum und gab ihr Starthilfe.

»Da müssen Sie wohl eine neue Lichtmaschine einbauen lassen. Die hier lädt die Batterie nicht mehr richtig«, sagte er und nickte wichtig, während er sein Kabel zurücklegte. »Aber ein schönes Auto ist das, da kann man noch richtig selbst was dran machen. Ich bin früher auch so einen gefahren.«

Wie auf heißen Kohlen hörte sie dem Mann eine Weile zu, der ihr von den diversen Golfs vorschwärmte, die er besessen hatte, und war heilfroh, als er sich schließlich von ihr verabschiedete.

»Vielen Dank, nochmal!«, rief sie durch das geöffnete Seitenfenster und winkte ihm zu, ehe sie vom Parkplatz fuhr.

Als Kathi endlich den Golf auf der Einfahrt zu Gesas Haus abstellte, war es schon kurz nach vier Uhr. Sie holte die schwere Einkaufskiste aus dem Kofferraum und schleppte sie zur Haustür.

»Tut mir leid, dass ich jetzt erst komme«, rief sie, als sie die Tür aufschloss und den Flur betrat. »Ich bring nur noch schnell die Vorräte in den Keller, dann helfe ich dir.«

»Ist gut, Kathi«, rief Gesa aus der Küche. »Ich hab schon den großen Topf mit Wasser aufgesetzt, damit wir die Bleche abwaschen können! Mit dem kleinen Boiler dauert das sonst ewig! Soll ich dir beim Wegräumen helfen?«

»Nein, lass nur!«, antwortete Kathi. »Ich mach das schon. Kannst du noch mal Tee kochen? Das wird eine lange Nacht werden.«

»Ja, ist gut!«, hörte Kathi Gesa rufen, während sie vorsichtig die steile Kellertreppe hinunterstieg. Unten verstaute sie die Einkäufe in den breiten Holzregalen und begann, die Klappkiste mit Äpfeln zu füllen. Wenn das so weiterging, würden sie bei Omas Vetter noch mal nachordern müssen. Die Vorräte schmolzen inzwischen schon bedenklich zusammen.

Gerade als sie die Kiste zur Hälfte mit Äpfeln gefüllt hatte und im Begriff war, sie nach oben zu tragen, hörte sie ein lautes, schepperndes Geräusch, gefolgt von einem schrillen Aufschrei.

Kathi fuhr zusammen.

»Oma?«, rief sie. »Ist alles in Ordnung?«

Keine Antwort. Nur etwas, das wie ein Stöhnen klang. Die plötzliche Angst traf Kathi wie ein Schlag in die Magengrube. Sie ließ die Äpfel fallen und rannte nach oben, indem sie zwei Stufen auf einmal nahm.

In der Küchentür blieb sie wie angewurzelt stehen und schnappte bei dem Anblick, der sich ihr bot, nach Luft. Der ganze Fußboden schwamm. Mitten in der Pfütze lag der große Zehnlitertopf, den sie zum Wasserheißmachen benutzten. Direkt daneben saß Gesa auf den Knien und presste beide Arme gegen ihre Brust. Ihr Gesicht war kalkweiß und die Augen schreckgeweitet. Langsam bewegte sie den Oberkörper vor und zurück und wimmerte leise.

»Um Gottes willen! Was ist denn passiert?«

»Meine Hände!«, stieß Gesa mühsam hervor. »Oh Gott, meine Hände.«

Kathi lief zu ihr und wäre dabei um ein Haar in dem noch immer dampfenden Wasser ausgerutscht. »Was ist mit deinen Händen?«

Kathi beugte sich zu Gesa hinunter und griff nach den Armen, die Gesa noch immer gegen ihre Brust gepresst hielt. Als sie die flammendrote Haut berührte, schrie Gesa auf und Kathi zuckte zurück.

»Der Topf!«, keuchte Gesa mühsam. »Aus der Hand gerutscht, alles über meine Arme und Beine.«

Alles begann, sich zu drehen. Hilfe … sie musste Hilfe holen. Sofort! Keine Zeit verlieren. Nicht eine Sekunde.

In ihrer Panik stand ihr plötzlich Björns Gesicht vor Augen. Er würde wissen, was zu tun war. »Ich bin sofort wieder da, Oma!«, rief sie und rannte los.

Ihre Beine flogen nur so über den Kies des Gartenweges, die Straße hinunter und die Auffahrt zur Praxis hinauf. Nur Augenblicke später hämmerte sie völlig atemlos an die geschlossene Praxistür, aber niemand öffnete. *Mittwochnachmittag, keine Sprechstunde*, schoss es ihr durch den Kopf. Kathi presste den Daumen auf den Klingelknopf und hielt ihn fest. *Bitte, bitte, mach doch auf!*, dachte sie.

Irgendwo im Haus schrillte eine Klingel, die Eingangstür zum Wohnhaus öffnete sich, und Björn steckte seinen dunklen Lockenkopf heraus. »Was zur Hölle … Ach, Kathi, du bist es! Was ist denn los?«

Tränen schossen ihr in die Augen. »Björn, bitte, du musst mitkommen!», stammelte sie. »Oma …« Ihre Stimme versagte.

Björn kam auf sie zu und hielt sie an den Oberarmen fest. »Ganz ruhig, Kathi. Was ist mit deiner Oma?«, fragte er eindringlich.

»Sie hat sich kochendes Wasser über die Hände gegossen!«, schluchzte Kathi. »Bitte, Björn, du musst mitkommen.«

»Hast du schon den Notarzt angerufen?«, fragte er.

»Oh Gott, nein! Daran hab ich gar nicht gedacht. Ich … ich hab nur … « Sie schlug die Hände vors Gesicht.

»Du bist ja völlig durcheinander, Kathi!«, sagte er. »Natürlich komm ich mit dir!«

Während sie zu Gesas Haus hinüberliefen, zog Björn sein Handy aus der Tasche und wählte die Notrufnummer. Ruhig nannte er Namen und Adresse, schilderte kurz, was vorgefallen war und fragte, wie lange der Rettungswagen brauchen werde. »Eine Viertelstunde etwa? Ja, ist gut, das werden wir versuchen. Danke.«

Björn steckte das Handy zurück in seine Tasche. Inzwischen hatten sie Gesas Haus erreicht und traten durch die sperrangelweit offene Haustür ein.

»Kathi?«, kam es schwach aus der Küche. Björn lief voraus und ging neben Gesa, die noch immer auf dem Küchenboden saß, in die Hocke. »Wo warst du denn?«, stieß sie hervor.

»Sie hat mich geholt, Frau Hansen«, sagte Björn. »Hilfe ist auch unterwegs. Wir haben den Notarzt schon gerufen.«

»Notarzt? So schlimm ist es wohl nicht … Das bisschen heißes Wasser …«, murmelte Gesa.

»Können Sie aufstehen, Frau Hansen? Ich würde mir gern mal kurz ansehen, wo sie sich verbrüht haben.« Björns Stimme war dunkel, warm und beruhigend.

»Ich weiß nicht, mir ist schwindelig …«

»Keine Sorge, ich halte Sie gut fest, damit Sie nicht fallen. Aber wir müssen die Stellen kühlen, bis der Notarzt da ist. Und das geht am besten im Badezimmer.«

»Aber das Badezimmer ist oben!«, sagte Kathi. »Wie sollen wir sie denn die Treppe hoch …«

»Dann machen wir das hier in der Küche«, unterbrach Björn

sie. »Hol am besten ein paar große Schüsseln und füll sie mit kaltem Wasser, Kathi. Und ich werde Ihnen helfen, sich auf einen Stuhl zu setzen, Frau Hansen.«

Vorsichtig griff er unter Gesas Schulter und zog sie behutsam hoch. Gesa schrie leise auf, aber es gelang Björn, sie auf einen der Küchenstühle zu bugsieren. Kathi hatte inzwischen eine Kunststoffschüssel mit kaltem Wasser gefüllt und brachte sie zu ihm.

»Stell sie da auf den Stuhl, und dann schieb sie hier neben deine Oma.«

Vorsichtig zog Björn den Ärmel von Gesas Bluse ein Stück hoch und betrachtete ihre rechte Hand. »Und jetzt müssen Sie sie ganz vorsichtig ins Wasser legen. Langsam, das wird sicher wehtun!«

Gesa wimmerte, als sie die verbrühte Hand in das kalte Wasser tauchte, ließ aber die Hand darin liegen. Auch für die zweite Hand holte Kathi eine Wasserschüssel, während Björn ein paar Handtücher mit kaltem Wasser tränkte und auf die Stellen an Gesas Beinen legte, wo das kochende Wasser sie getroffen hatte.

Als sie auf der Straße das Heulen der Sirene hörten, bat Björn Kathi, bei ihrer Großmutter zu bleiben, während er für die Rettungskräfte die Tür öffnete.

Die beiden Sanitäter brachten eine Trage mit, auf die Gesa gelegt wurde, während der Notarzt sie untersuchte. Dann legte er eine Infusion an und ganz allmählich kam wieder etwas Farbe in ihr Gesicht.

»So, Frau Hansen«, sagte der junge Mediziner. »Wir nehmen Sie jetzt erst mal mit in die Klinik nach Westerland. In der Notaufnahme werden die Ärzte genau untersuchen, wie tief die Verbrennung geht, und dann entscheiden, ob Sie mit dem Hubschrauber weiter nach Hamburg in die Spezialklinik geflogen werden müssen.«

»Oh Himmel, nur das nicht!«, stöhnte Gesa, deren Lebensgeister nach dem Schmerzmittel, das sie bekommen hatte, langsam wieder erwachten. »So schlimm wird es doch wohl nicht sein. Es war doch nur ein bisschen heißes Wasser!«

»Mit Verbrennungen ist nicht zu spaßen!«, meinte der Notarzt. »Sie kommen jetzt erst mal mit uns und dann sehen wir weiter!« Beruhigend tätschelte er Gesas Schulter. »Machen Sie sich mal keine Sorgen, Frau Hansen, Sie sind in guten Händen.«

Er nickte den beiden Sanitätern zu, die daraufhin die Trage anhoben.

»Kann ich mitfahren?«, fragte Kathi.

»Auf dem RTW leider nicht«, antwortete der Notarzt. »Aber natürlich können Sie hinterherfahren.«

»Kommt ja gar nicht infrage!«, sagte Gesa entschieden. »Du musst hierbleiben und den Kuchen fertigmachen.«

»Aber der blöde Kuchen ist doch jetzt überhaupt nicht wichtig!«, rief Kathi aufgebracht.

»Doch! Natürlich ist er das! Das sind neue Kunden. Was meinst du, was passiert, wenn wir die erste Lieferung absagen.«

»Aber …«

»Nichts, aber! Du kannst doch im Krankenhaus sowieso nichts machen, außer auf dem Flur herumzusitzen. Es ist besser wenn du hierbleibst.«

»Aber, Oma!« Kathi kämpfte mit den Tränen. »Ich kann doch nicht hierbleiben und Kuchen backen, während du …«

»Natürlich kannst du. Du musst sogar, hörst du? Mach dir keine Gedanken um mich. Das wird schon! Und sobald der Arzt gesagt hat, wie es weitergeht, lass ich dich sofort anrufen. Das geht doch, oder?« Gesas Blick wanderte zum Notarzt. Der junge Mediziner nickte. »Siehst du? Du bleibst hier und machst die Lieferung für morgen fertig. Und sobald ich was Näheres weiß, ruf ich dich an.«

»Also gut.« Kathi schluckte, um den Kloß in ihrem Hals loszuwerden. »Aber ich habe keine Ahnung, wie ich es schaffen soll, die neun Bleche allein fertig zu machen.«

»Vielleicht könnte ich ja helfen«, sagte Björn. »Ich hab zwar noch nie Kuchen gebacken, aber ...«

Gesa strahlte ihn an. »Wunderbar. Ja, dann klappt das bestimmt. Und Kathi wird sich nicht vor Sorge ganz verrückt machen. Ist gut, wenn sie etwas abgelenkt ist.«

»Jetzt sollten wir aber wirklich in die Klinik fahren«, meldete sich der Notarzt zu Wort. Die Sanitäter hoben die Liege an und trugen Gesa hinaus. Kathi und Björn folgten ihnen nach draußen und sahen zu, wie die Trage in den Rettungswagen geschoben wurde.

»Mach dir keine Sorgen, Kathi!«, rief Gesa noch, ehe sich die Tür des Wagens schloss. Björn legte seinen Arm um Kathis Schulter und zog sie tröstend an sich, während der Rettungswagen von der Einfahrt rollte und hinter der Straßenbiegung verschwand.

»Na komm, Kathi«, sagte er. »Lass uns reingehen. Wir haben jede Menge Sylter Wolken zu backen.«

***

Auch wenn Björn von sich behauptete, nie gebacken und seit seiner Studentenzeit kaum je in der Küche geholfen zu haben, so stellte er sich doch nicht ungeschickt an. Sorgfältig und schnell schälte er die Äpfel und schnitt sie in feine Blätter, die Kathi dann auf dem Teig verteilte, ehe sie die zweite Schicht des halbgefrorenen Teiges drüberraspelte. Zwar ging die Arbeit nicht ganz so schnell von der Hand wie mit Gesa, aber sie kamen gut voran. Als die ersten drei Bleche im Ofen waren, tranken Kathi und Björn einen Tee zusammen.

»Müde?«, frage Kathi.

»Nein, gar nicht!«, antwortete Björn. »Ich könnte stundenlang weitermachen.«

Kathi lächelte über den Rand ihrer Tasse hinweg. »Lügner. Aber wir haben noch einiges vor uns. Sechs Bleche noch! Bis wir damit fertig sind, ist Mitternacht.« Sie blies über die dampfende Oberfläche des Tees. »Wie es Oma jetzt wohl geht?«, fragte sie nachdenklich.

»Ich bin natürlich kein Experte, aber ich glaube, deine Großmutter hat noch Glück im Unglück gehabt.«

»Wieso?«

»Das meiste Wasser ging nur über die Hände und Unterarme, also sind die Verbrühungen nicht groß, und so wie ich das einschätze, sind die Hautschäden nicht sehr tief.« Er zuckte die Schultern. »Aber wie gesagt, ich bin kein Experte. Wir müssen auf den Anruf aus der Klinik warten.«

Kathi nickte. »Aber das Warten macht mich fertig.«

Björn beugte sich vor, griff über den Tisch hinweg nach einer Haarsträhne, die sich aus ihrem Pferdeschwanz gelöst hatte, und strich sie aus ihrem Gesicht. »Ja, das glaub ich gern. Also lass uns weitermachen, dann kommst du auf andere Gedanken.«

Kathi behielt mit ihrer Schätzung recht, es war kurz nach

Mitternacht, als sie die letzten Bleche aus dem Ofen holte. Björn war gerade damit beschäftigt, zwei Liter Sahne steif zu schlagen, die auf die ausgekühlten Kuchen gestrichen und mit Zimt bestreut werden sollten.

Er hatte das Küchenradio eingeschaltet und einen Sender gewählt, der ausschließlich Oldies spielte und sang fast jeden Titel mit. Jetzt schmetterte er mit viel Schmalz in der Stimme einen Elvis-Song.

»Ich hätte nie gedacht, dass das deine Musik ist!« Kathi lachte. »Irgendwie hätte ich dich eher bei den Klassikfreunden eingeordnet.«

»Nichts gegen klassische Musik«, erwiderte Björn grinsend. »Aber versuch mal, bei einem Streichquartett mitzusingen!«

Draußen auf dem Flur schrillte das Telefon.

Mit schreckgeweiteten Augen starrte Kathi Björn an.

»Das wird das Krankenhaus sein«, sagte er. »Na los, geh schon ran!«

Kathi trocknete sich die Hände an der Küchenschürze ab, die sie umgebunden hatte, und lief in den Flur. Mit zitternder Hand hob sie den Hörer ab. »Adrians, bei Hansen«

»Hallo, Frau Adrians«, meldete sich eine freundliche Frauenstimme. »Dr. Wiedemann hier, von der Asklepios-Klinik in Westerland. Ich rufe wegen Ihrer Großmutter an.«

»Ja? Wie geht es ihr?«

»Den Umständen entsprechend ganz gut«, sagte Dr. Wiedemann. »Wir haben sie gründlich untersucht und erfreulicherweise sind die Verbrühungen nicht so schlimm, wie wir zuerst befürchtet haben. Es ist nicht nötig, dass sie ins Verbrennungszentrum nach Hamburg gebracht wird. Wir haben sie jetzt verbunden, mit Schmerzmitteln versorgt und stationär aufgenommen. Ein paar Tage sollte sie schon bei uns bleiben, aber ich denke in circa einer Woche kann sie wieder nach Hause.«

»Kann ich sie noch sprechen?«

»Sie ist jetzt auf Station, und die Nachtschwester dort sagte, dass sie schläft. Ich denke, Sie sollten es morgen früh versuchen.«

»Ja. Ja, das wird sicher besser sein. Vielen Dank für Ihren Anruf.«

»Dann gute Nacht, Frau Adrians.«

»Gute Nacht. Und nochmals vielen, vielen Dank!«

Es klackte in der Leitung. Kathi ließ den Hörer sinken und legte ihn auf die Gabel zurück.

Sie drehte sich zu Björn um, der in der Küchentür an den Rahmen lehnte und sie fragend ansah.

Kathi schlug die Hand vor den Mund, als ihr die Tränen aus den Augen stürzten.

Björn kam zu ihr und nahm sie fest in den Arm. »Was haben sie gesagt?«

»Ist nicht so schlimm, wie sie dachten. Oma muss nicht nach Hamburg geflogen werden. Eine Woche, dann ist sie wieder zu Hause.« Sie lachte und weinte zugleich. »Oh Gott, ich bin so erleichtert!«

»Siehst du, ich hab's doch gesagt.« Seine Hand strich über ihr Haar. »Sie hat offenbar großes Glück gehabt.«

Kathi fühlte, wie die Anspannung, unter der sie gestanden hatte, auf einmal von ihr abfiel und ihre Knie ganz weich wurden. Sie hielt sich an Björn fest und ließ ihren Tränen freien Lauf.

»Ach Kathi«, murmelte er. »Nun wein doch nicht.«

Seine Hand streichelte noch immer über ihr Haar, glitt über ihren Nacken zur Schulter hinunter. »Kathi, Kathi, Kathi …«

Sie fühlte seine Lippen auf ihrem Haar und hob den Kopf, um ihn anzusehen. Seine Augen waren ganz dicht vor ihren und sahen sie mit solcher Wärme an, dass sie nicht anders konnte, als zu lächeln. »Danke, dass du dageblieben bist«, flüsterte sie.

»Kathi …« Er beugte sich vor und küsste sie auf den Mund. Im ersten Moment war Kathi wie vor den Kopf geschlagen, dann setzte der Schwindel ein. Sie schlang die Arme um ihn und erwiderte den Kuss mit wachsender Leidenschaft. Das Brennen und Ziehen unterhalb ihres Bauchnabels war wieder da, und sie drängte sich eng an ihn.

Als ihre Lippen sich voneinander lösten, holte er zitternd tief Luft.

»Oh, Kathi, was glaubst du, wie lange ich das schon wollte«, flüsterte er. »Wie lange hab ich mich danach gesehnt.«

In Kathis Kopf drehte sich alles. Gedankenfetzen schossen durcheinander, die keinen Sinn ergeben wollten. Sie sah nur noch seine Augen vor sich und ließ sich in den Blick fallen.

»Komm!«, hörte sie sich selbst sagen, griff nach seiner Hand und zog ihn mit sich die Treppe hinauf.

***

Es war so ganz anders als mit Till. Sie sprachen kein Wort, während sie sich gegenseitig auszogen. Kathi setzte sich auf den Rand des Bettes und streckte ihre Arme nach ihm aus. Bei aller Leidenschaft war Björn ruhig und sanft und blieb immer ganz bei ihr. Nie schloss er seine Augen, sah sie immer an, während seine Finger sie sanft wie eine Feder berührten und ein Feuerwerk an Gefühlen in ihr entfachten.

Ein Schwindel erfasste sie, Funken flogen hinter den geschlossenen Augenlidern auf sie zu. Ihr Körper schien zu schweben, als sie sich ihm entgegenreckte. Als er sich schließlich auf sie legte, hielt sie sich an seinen Schultern fest, als seien sie das Einzige, was sie noch in der Wirklichkeit hielten. Weit öffnete sie ihre Schenkel und nahm ihn in sich auf. Ihre Hüften begannen, ein Eigenleben zu führen, während sie das Gefühl hatte, durch einen warmen Tunnel zu fallen, dessen Ende sie nicht sehen konnte und dessen Wände mit Sternen besetzt waren.

***

Als am nächsten Morgen um sechs der Wecker klingelte, war Björn bereits wach.

»Guten Morgen, Kathi«, flüsterte er und hauchte ihr einen Kuss auf die Wange.

Walter, der sich irgendwann in Kathis Bett geschlichen haben musste und offenbar am Fußende geschlafen hatte, stand auf und machte einen Buckel. Dann stolzierte er über die Bettdecke, legte sich zwischen die beiden und schnurrte. Björn lachte.

»Guten Morgen, Walter!«, sagte er und kraulte den Kater zwischen den Ohren. »Hast du auch gut geschlafen?«

»Scheint so!«, sagte Kathi lächelnd und streichelte den Kater unter dem Kinn. Ihre Finger berührten Björns, er hielt sie fest und zog sie an seine Lippen. »Ich glaube, ich sollte jetzt mal wieder rübergehen«, sagte er seufzend. »Martin ist nicht da, ich muss allein Sprechstunde halten.«

»Sehen wir uns später?«, fragte Kathi.

»Ganz sicher!«, flüsterte Björn, beugte sich zu ihr herüber und küsste sie.

***

Der Golf sprang gleich beim ersten Mal an. Kathi lachte. An einem Tag wie diesem schien einfach alles zu funktionieren. Trotz der gerade mal drei Stunden Schlaf fühlte sie sich hellwach und ausgeruht. Kathi hatte Björn noch zu einer schnellen Tasse Kaffee überreden können und ihn lange umarmt, bevor er zum Nachbarhaus hinübergelaufen war. Jetzt würde sie die *Sylter Wolken* ausliefern, danach zu Gesa ins Krankenhaus fahren, um spätestens am frühen Nachmittag die sechs Bleche zu backen, die für morgen geordert worden waren. Mit Glück würde sie gegen zwanzig Uhr mit allem fertig sein und könnte sich mit Björn treffen. Waren sie jetzt wirklich ein Paar? Kathi kam die letzte Nacht noch immer unwirklich vor. Zuerst der Schock mit Gesas Unfall, dann der nächtliche Backmarathon und später …

Wieder fühlte sie Björns Hände über ihren Körper streicheln, seine Lippen, die ihre berührten. Sie hatte das Gefühl gehabt, alles an ihm schon eine Ewigkeit zu kennen, und trotzdem schien alles neu zu sein. Die unglaubliche Zartheit seiner Berührungen, die Worte, die er ihr ins Ohr geflüstert hatte, die Minuten, die sich wie Stunden anfühlten.

Kathi kurbelte das Seitenfenster herunter und rief mit aller Kraft gegen die Fahrgeräusche und den Wind an: »Ich liebe dich!«

Sie hätte alles dafür gegeben, jetzt direkt zum Strand abbiegen zu können, um sich in den weißen Sand zu werfen, alle viere von sich zu strecken und in den unendlichen blauen Himmel zu schauen. Stattdessen kurbelte sie das Fenster wieder hoch und konzentrierte sich auf die Straße. *Erst die Arbeit, dann das Vergnügen*, sagte sie sich und bog auf die Straße nach Kampen ein.

Eine Stunde später stand sie vor dem Haupteingang des Krankenhauses und atmete einmal tief durch. Auf jeden Fall wollte sie vermeiden, dass Gesa gleich bemerkte, was mit ihr los war. Langsam sprechen, sagte sie sich, und nicht zu häufig unmotiviert grinsen. Solange sie selbst noch nicht wusste, wie es nach der letzten Nacht mit ihr und Björn weitergehen würde, wollte sie mit niemanden darüber sprechen. Alles war zu neu, als dass sie im Moment in der Lage wäre, einen klaren Gedanken zu fassen.

Sie klopfte an der Tür mit der Nummer zweihundertdrei, die ihr beim Telefongespräch am frühen Morgen durchgegeben worden war.

»Herein«, rief jemand auf der anderen Seite der Tür.

Sie trat ein. Im Zimmer standen drei Betten, von denen zwei belegt waren. Gesa saß aufrecht in einem von ihnen, beide Hände bis zum Ellbogen dick bandagiert, und schaute auf den kleinen Fernseher, der an der Wand angebracht war.

»Kathi, da bist du ja!«, sagte sie. »Hat gestern Abend noch alles geklappt?«

Kathi trat ans Bett und legte die Blumen auf das Nachtschränkchen, bevor sie sich vorbeugte und Gesa vorsichtig einen Kuss auf die Wange drückte.

»Musst du denn schon wieder an die Arbeit denken, anstatt dich darauf zu konzentrieren, gesund zu werden?«, fragte sie vorwurfsvoll.

»Unsinn!« Gesa hob ihre Arme hoch. »Das sieht alles schlimmer aus, als es ist. Der Arzt meinte heute Morgen, dass ich vielleicht schon in zwei Tagen wieder raus kann.«

Kathi schaute sie zweifelnd an. »Na, ob du da nicht was falsch verstanden hast? Selbst wenn, du kannst bestimmt zwei bis drei Wochen nichts machen, außer …«, sie drehte sich zum Fernseher um, »… deine Lieblingsserien zu schauen.«

»Nur weil ich etwas Stoff um die Hand gewickelt bekommen habe, bin ich doch nicht invalide.« Gesa sah sie gespielt empört an.

Kathi lachte. »Zumindest deinen Humor hast du nicht verloren. Wie geht es dir denn wirklich?«

»Ach, Unkraut vergeht nicht! Gestern hat es schon höllisch wehgetan, aber jetzt … Mir geht es gut. Ich bekomme pünktlich mein Essen, mein Bett wird aufgeschüttelt, und alle sind sehr freundlich zu mir. Was will man mehr?«

»Das freut mich, Oma. Ich dachte gestern schon …« Sie streichelte Gesa über die Schulter. »Und damit du beruhigt bist. Die *Wolken* sind ausgeliefert. Björn ist der beste Assistent, den man sich vorstellen kann.«

»Das habe ich mir schon gedacht«, antwortete Gesa schmunzelnd.

Kathi wandte schnell ihr Gesicht ab und tat so, als ob sie aus dem Fenster schauen würde. »Und einen schönen Ausblick hast du auch noch.«

»Wann wart ihr denn fertig?«, fragte Gesa weiter.

»Gegen Mitternacht«, sagte Kathi, die inzwischen aufgestanden war und näher ans Fenster getreten war.

»Ich hoffe mal, du hast dich gebührend bei unserem Nachbarn bedankt«, fragte Gesa.

»Wir sind befreundet. Da ist es doch selbstverständlich, wenn man einander hilft. Und ja, natürlich habe ich mich bedankt.« Kathi wagte nicht, sich zu Gesa umzudrehen.

»Was gibt es denn da draußen so Interessantes zu sehen?«

»Gar nichts!«, sagte Kathi schnell und wandte sich Gesa zu. »Alles in Ordnung.«

Gesa zog die Augenbrauen zusammen. »Kann es sein, dass du zu wenig Schlaf bekommen hast? Du siehst so anders aus.«

»Ach, Oma, was du immer denkst!« Sie trat an ihr Bett. »Du bist mir doch nicht böse, wenn ich dich jetzt allein lasse? Sechs Bleche stehen heute noch an.«

»Das habe ich mir doch schon gedacht. Geh ruhig, ich komme hier prima zurecht.«

Kathi drückte ihr einen Kuss auf die Wange und versprach, am nächsten Tag wiederzukommen.

Als sie über den langen Flur lief, kam ihr ein älterer Herr entgegen. Erst als sie wenige Meter voneinander entfernt waren, erkannte sie Renke Frerichs.

»Kathi, gut, dass ich dich treffe! Ich habe zufällig von einem Freund gehört, dass Gesa ins Krankenhaus eingeliefert worden ist. Unten sagte man mir …« Er stockte und suchte nach Worten. Kathi sah ihm an, wie aufgelöst er war. »Was ist denn passiert?«

»Es ist nicht ganz so schlimm, wie es erst aussah. Sie hat sich beide Hände verbrüht. Mit heißem Wasser.«

»Ach, du meine Güte!«, sagte Renke Frerichs erschrocken. »Und du sagst, es ist nicht so dramatisch.«

»Nein«, unterbrach ihn Kathi. »Kommen Sie mit. Wir gehen zu ihr, und Sie werden sehen, dass es ihr gut geht.«

Sie begleitete Renke Frerichs bis zur Zimmertür und ließ ihm den

Vortritt. Als Gesa auf sein Klopfen »Herein« rief, öffnete Renke Frerichs die Tür.

»Renke!«, hörte Kathi Gesa rufen. »Wie kommst du denn hierher?«

»Benno de Fries hat mir erzählt, dass du im Krankenhaus bist. Du weißt doch, er hat schon immer das Gras wachsen hören. Ja, und da dachte ich …«, sagte Renke Frerichs, während er das Zimmer betrat.

Einen Moment überlegte Kathi, ob sie ihm folgen sollte, aber entschied sich dagegen. Die beiden hatten sich sicher viel zu erzählen, und dabei würde sie nur stören. Kathi drehte sich um und lief zum Ausgang.

***

Kurz bevor sie auf Gesas Hof einbog, wurde sie mit hoher Geschwindigkeit von einem roten Cabrio überholt.

»Ach, schau an, die liebe Annemarie«, murmelte Kathi. »Was willst du denn schon wieder hier?«

Sie war gerade aus dem Auto gestiegen, als sie vom Nachbargrundstück her lautes Geschrei hörte. Eine hysterische Frauenstimme stieß in schneller Folge laute Flüche aus. Wesentlich leiser antwortete eine ruhige dunkle Stimme. Neugierig geworden, schlich sie näher an die Praxis heran.

»Dir wird gar nichts anderes übrig bleiben, als zu bezahlen. Was bildest du dir eigentlich ein? Was meinst du, was mein Vater dazu sagen wird, wenn er hört …«

Annemarie wurde deutlich leiser, sodass Kathi nicht verstehen konnte, was Björns Schwiegervater zu hören bekommen sollte, wenn Björn nicht zahlen würde.

»Annemarie, bitte«, antwortete Björn beschwichtigend. »Lass uns in aller Ruhe …«

»Klar! In aller Ruhe! Was glaubst du denn? Dir wird gar nichts übrig bleiben, als zu tun, was ich sage. Ich habe schon mit meinem Vater gesprochen, und er ist absolut meiner Meinung. Also, entscheide dich und, zwar schnell. In zwei Stunden bin ich wieder hier, und dann will ich eine Unterschrift unter dem Papier sehen.«

»Annemarie …«, versuchte es Björn erneut, aber die Angesprochene schien sich schon verabschiedet zu haben. Kathi hörte eine Tür knallen, und im nächsten Moment kam Annemarie um die Hausecke und lief auf das Cabrio zu. Als sie Kathi an der Einfahrt zur Praxis entdeckte, blieb sie stehen.

»Ach, sieh da, Kathi! Jetzt weiß ich auch, woher mir die Kellnerin in der *Kate* so bekannt vorkam. Hast du gelauscht?«, fauchte sie Kathi an. »Musst du heute keine Teller abwaschen?«

Kathi spürte, wie ihr die Galle hochstieg. »Nein, heute musst du dir jemanden anderen suchen, der deinen Dreck wegputzt.«

»Auch noch frech werden, was? Aber du warst ja als Kind schon so.« Sie zeigte auf das provisorisch reparierte Dach. »Müsst ihr da nicht bald mal was machen? Ich meine, nicht, dass euch noch das ganze Dach davonfliegt. Oh, stimmt, das kostet ja Geld! Und das ist bei euch ja Mangelware, nicht wahr? Ich kenne da einen Bankdirektor, bei dem könnte ich vielleicht mal ein gutes Wort für euch einlegen.«

Annemarie grinste hämisch, stieg in ihr Cabrio ein und brauste davon. In dem Augenblick trat Björn vor die Tür. Als er Kathi sah, hob er matt lächelnd die Hand und kam auf sie zu.

»Stehst du schon lange hier?«, fragte er.

»Lange genug«, antwortete Kathi und berührte seine Hand.

»Lass dich nicht fertigmachen! Was immer sie will, es wird sich irgendwie regeln lassen.«

»Ganz so einfach ist das nicht.« Er hob ein Schreiben hoch, das er beim Herauskommen in der Hand gehalten hatte. »Das soll ich unterschreiben. Fünftausend Euro will sie im Monat, und ich soll ihr meinen Anteil von unserem Haus überschreiben. Keine Ahnung, was sie damit will. Verscherbeln wahrscheinlich. Sonst würde sie mit ihrem Vater sprechen und dafür sorgen, dass er mich an die Luft setzt.«

»Und das glaubst du?«

»Keine Ahnung. Wenn es um seine Prinzessin geht, setzt bei Martin jegliche Vernunft aus. Ich muss dringend mit ihm reden, aber ich weiß nicht genau, wo er ist. Er hat sich doch für ein paar Tage freigenommen. Irgendwo in der Nähe von Rendsburg, hat er gesagt. Eine Angeltour mit einem Freund.«

»Hast du es schon auf seinem Handy versucht?«, fragte Kathi.

»Ja, heute Mittag. Nur die Mailbox. Aber da wusste ich auch noch nicht, dass meine reizende Frau hier wieder auftaucht und …« Er brach ab und schüttelte den Kopf. »Ich versuche es gleich noch einmal.«

»Irgendwo wird er doch zu erreichen sein!«

»Da bin ich mir nicht so sicher, die zwei sind mit dem Boot unterwegs. Im schlimmsten Fall muss ich hinfahren. Ich weiß in etwa, wo die Angelhütte seines Freundes ist.« Er schaute auf die Uhr. »Den letzten Autozug könnte ich noch kriegen.«

»Das ist eine gute Idee. Es wird sich alles aufklären, glaub mir. Und wenn die Furie wiederkommt ...« Kathi dachte kurz nach. »Weißt du was? Häng einfach einen Zettel an die Tür, dass du zu einem Notfall musstest und nur über Handy erreichbar bist.

Dann stellst du es ab, und sie kann dir stundenlang auf die Mailbox quatschen. Und morgen, wenn du mit deinem Schwiegervater gesprochen hast, sehen wir weiter.«

Björns Miene hellte sich auf. »Ja, das könnte klappen. Ich muss ihr irgendwie zuvorkommen. Sie sagt, wenn sie erst mal mit ihrem Vater gesprochen hat, dann würde ich schon sehen, wem er mehr glaubt, ihr oder mir.«

»Das sind doch leere Drohungen. Ich kann mir nicht vorstellen, dass dein Schwiegervater, ohne auch nur einmal nachzufragen …«

»Ich ja eigentlich auch nicht. Aber wie gesagt, bei seinem Töchterchen gelten schnell ganz andere Regeln. Und ehrlich gesagt, ich will Martin weder als Kollegen noch als Freund verlieren.«

»Das versteh ich gut.« Kathi schwieg einen Moment. »Sag mal, Björn?«

»Ja?«

»Wegen gestern Nacht. Ich meine … Wäre es unter diesen Umständen nicht besser, wenn wir vorsichtig sind? Es noch geheim halten, dass wir …«

»Du meinst, dass wir zusammen sind? Stimmt, das würde alles nur unnötig komplizierter machen. Wir sollten warten und es Martin später schonend beibringen.«

»Ja, ich denke auch«, sagte Kathi. Ihr Herz schlug bei ihren eigenen Worten bis zum Hals. »Wir haben doch Zeit. Viel Zeit.« Sie ging zu ihm, schaute schnell in die Runde, bevor sie ihn kurz in ihre Arme zog und ihm einen Kuss auf den Mund gab.

Björn lächelte müde. An den dunklen Schatten unter seinen Augen sah Kathi, wie erschöpft er war.

»Sicher hast du recht«, sagte er. »Ich rufe Martin jetzt an, und wenn er sich nicht meldet, fahre ich gleich los.«

Kathi nickte. »Ich drücke dir die Daumen. Ganz fest.«

Zurück im Haus sank sie auf einem Stuhl nieder. *Warum muss das Leben so kompliziert sein*, dachte sie verzweifelt. *In einem Augenblick Glück pur, und dann kommt plötzlich diese Gewitterziege zurück und wirbelt alles durcheinander.*

Hoffentlich hatte Björn ihren Vorschlag mit dem Vorsichtigsein nicht falsch verstanden. Aber was blieb ihnen in dieser Situation denn übrig? Kathi wusste, wie sehr Björn an der Praxis hing und wie wichtig ihm die Freundschaft zu Dr. Pieper war. Wenn jetzt herauskäme, das Björn und sie ... Sie überlegte. Was eigentlich? Im Bett gelandet waren? Eine Affäre hatten? Zusammen waren? Außenstehende würden vermutlich denken, der Fall läge anders herum als in Wirklichkeit. Die Ehefrau sei geflohen, weil der Mann etwas mit einer Jüngeren angefangen hatte. Im Grunde war es ihr ganz egal, was die Leute dachten. Das zwischen ihr und Björn war etwas ganz Besonderes, das jetzt schon tiefer ging als bloße Verliebtheit. Ob Björn ebenso empfand? Sie hatten alle Zeit der Welt, um herauszufinden, was sie füreinander fühlten. Der Rest würde sich von alleine ergeben.

Kathi stand auf und legte sich die Zutaten für die sechs Bleche *Wolken* zurecht. Schnell merkte sie, dass die Arbeit ihr guttat und die trüben Gedanken verdrängte.

Als sie sich drei Stunden später erschöpft im Wohnzimmer ausruhte, kam eine SMS von Björn. Er sei nach Rendsburg gefahren, habe aber Martin nicht angetroffen. Vermutlich seien er und sein Freund mit dem Boot unterwegs. Er wünschte ihr eine gute Nacht und wunderschöne Träume.

Kathi war gerade eingeschlafen, als durch das geöffnete Fenster wildes Hupen zu ihr ins Haus drang. Sie schreckte hoch und sah, dass Annemarie auf dem Parkplatz vor der Praxis neben ihrem Cabrio stand und sich immer wieder zum Steuer herunterbeugte und die Hupe betätigte. Kopfschüttelnd ging Kathi zum Fenster und schloss es. In gleichen Moment klingelte ihr Handy. Sie schaltete es ein und meldete sich.

»Hallo, Kathi«, sagte Gesa. »Hat alles geklappt bei dir?«

»Sicher. Hattest du was anderes erwartet?«

Gesa lachte. »Natürlich nicht.«

»Und? Ist der gut aussehende ältere Herr noch bei dir?«

Gesa räusperte sich. »Wenn du Renke meinst, nein, der ist natürlich schon wieder weg. Woher weißt du überhaupt, dass er da war?«

»Ich habe überall meine Spione. Schon vergessen?« Kathi lachte. »Aber mal im Ernst: Ich bin ihm auf dem Flur begegnet. Er war unglaublich besorgt um dich.«

»Unsinn! Irgendjemand hatte Renke davon erzählt, dass ich im Krankenhaus liege, und da er sowieso gerade hier war …«

»Sowieso gerade …«, wiederholte Kathi und grinste breit.

»Ja, was sonst?«, sagte Gesa. »Er ist nur ein guter Freund. Ja, und?«

»Nichts, Oma. Es ist doch toll, wenn er sich so um dich kümmert. Ich finde ihn übrigens auch sehr nett.«

»Papperlapapp. Sind die *Wolken* für morgen fertig?«

»Aye, aye, Captain. Erbitte Erlaubnis, wegtreten zu dürfen«

»Kathi«, antwortete Gesa lachend. »Jetzt ist aber mal gut mit dem Blödsinn. Übrigens: Morgen erfahre ich wahrscheinlich, wann ich hier raus kann. Und mit etwas Glück …«

»Oma, wirklich. Ich komme gut zurecht. Mach dir keine Sorgen. Und jetzt wird geschlafen.«

Sie verabschiedeten sich, und Kathi versprach, bei ihrer Tour am nächsten Morgen im Krankenhaus vorbeizuschauen. Kaum hatte sie aufgelegt, klingelte ihr Handy wieder. Ohne aufs Display zu schauen, nahm sie das Gespräch entgegen. »Björn? Wo bist du?«

»Hier ist Björn«, sagte Maja mit verstellter Stimme.

»Maja!«

»Tut mir leid, dass ich es nur bin. Wartest du auf einen Anruf deines Liebsten? Unglaublich! Kaum bin ich weg von der Insel, und schon geht alles drunter und drüber!«

»Blödsinn!«, unterbrach Kathi sie. »Björn und ich sind nur …«

»Freunde«, ergänzte Maja lachend. »Ich weiß, ich weiß! Dann grüß deinen Freund schön von mir. Aber deshalb rufe ich nicht an. Jetzt rate mal, wer sich bei mir gemeldet hat?«

»Woher soll ich das wissen?«, antwortete Kathi. »Für den Osterhasen ist es zu spät, für den Weihnachtsmann noch zu früh. Vielleicht …«

»Hauke kommt her«, unterbrach Maja sie. »Sein Flug geht morgen, und mit Glück ist er schon gegen Abend hier bei mir.«

»Wow!«, sagte Kathi. »Das ist ja jetzt mal eine Überraschung. Ich freue mich so für dich. Bleibt er länger?«

»Ich weiß es nicht. Er machte so merkwürdige Andeutungen. Aber ich kann kaum fassen, dass er wirklich herkommt. Und ehrlich, ich hab mir noch keine Gedanken darüber gemacht, was dann passiert. Ich warte einfach ab.«

»Guter Plan!«, sagte Kathi schnell. »Ihr werdet schon einen Weg finden. Hier oder da und irgendwo ganz anders.«

Maja schwieg eine Weile. »Ja, vielleicht hast du recht. Trotzdem …«

»Nichts da! Hör sofort auf, nach einem Haken zu suchen. Alles wird gut. Hast du mich verstanden?«

Maja lachte. »Da bleibt mir wohl nichts anderes übrig, als zu gehorchen.«

»Stimmt. Und jetzt muss ich ins Bett. Ich bin todmüde.«

»Schlaf gut«, meinte Maja. »Und träum was Schönes von deinem Nur-Freund.«

Kapitel 8

Am nächsten Morgen wurde Kathi von Walter geweckt, der auf ihrer Brust saß, miaute und seinen Kopf an ihrem Kinn rieb. Noch halb im Schlaf schob sie den Kater ein Stück von sich weg.

»Ach, Walter, nun lass mich doch in Ruhe!«, murmelte sie, als sie sich noch einmal auf die Seite drehte. Dabei fiel ihr Blick auf ihren Wecker. Schlagartig war sie hellwach. Es war bereits Viertel nach acht! Ob sie den Wecker überhört oder erst gar nicht angestellt hatte, war jetzt völlig einerlei. Um neun Uhr mussten die sechs Kuchen in Westerland sein!

Kathi sprang aus dem Bett und lief ins Badezimmer. Für mehr als Katzenwäsche blieb keine Zeit. In der Küche füllte sie Walters Fressnapf und griff sich eine Scheibe Knäckebrot, ehe sie den Wagen belud und losfuhr. Glücklicherweise sprang der alte Golf auf Anhieb an, und da die Straßen noch relativ leer waren, schaffte sie es gerade noch pünktlich, die Kuchen bei ihrem Kunden, einem neuen Restaurant am Stadtrand von Westerland, abzuliefern. Es wäre sicherlich die erste und letzte Bestellung geblieben, wenn sie zu spät gekommen wäre. *Was für ein Glück, dass auf Walters Hunger Verlass ist*, dachte sie, als sie wieder im Wagen saß und in Richtung Krankenhaus fuhr. *Hätte er mich nicht geweckt, würde ich sicher immer noch tief und fest schlafen.*

Die Arbeit und die Aufregung der letzten Tage steckten ihr doch mächtig in den Knochen. Im Schminkspiegel hinter der Sonnenblende sah sie dunkle Ringe unter ihren Augen. Hoffentlich würde Gesa nicht sehen, wie erledigt sie war. In der Cafeteria des Krankenhauses gönnte Kathi sich eine schnelle Tasse

Kaffee, ehe sie nach oben zu ihrer Großmutter ging. Bevor sie an Gesas Tür klopfte, setzte sie ihr fröhlichstes Lächeln auf.

»Herein!«, hörte sie Gesas Stimme und öffnete die Tür. Auf Gesas Bettkante saß Renke Frerichs, der in dem Moment, in dem er sich zu ihr umdrehte, schnell die Hand von Gesas Arm nahm.

»Hallo, Kathi!«, sagten beide wie aus einem Mund, sahen sich dann an und lachten.

»Na, ihr seid ja gut gelaunt heute Morgen!«, grinste Kathi, gab Renke die Hand und küsste ihre Großmutter auf die Wange.

»Und wir haben auch allen Grund dazu!«, sagte Gesa lächelnd. »Vorhin war die Visite da, und weißt du was? Wenn die Heilung weiter so gut verläuft, kann ich in drei oder vier Tagen nach Hause.«

»So schnell schon?«, fragte Kathi.

Gesa nickte. »Ich bin wohl die reinste Musterpatientin. Vielleicht brauchen die aber auch nur mein Bett.«

Renke lachte. »Bestimmt Letzteres. Du und Musterpatientin! Wahrscheinlich scheuchst du die Schwestern ganz schön herum.«

»Also wirklich, Renke Frerichs, was du wieder von mir denkst!«

Ein liebevolles Strahlen lag in den Augen des alten Herrn. »Nur das Beste, das weißt du doch!« Er erhob sich. »Dann werde ich mich mal wieder auf den Weg machen. Du hast ja jetzt Besuch, der dir die Zeit vertreibt.«

»Aber nicht meinetwegen. Ich kann selbst nicht lange bleiben«, beeilte sich Kathi, zu versichern.

»Nein, ich muss noch in der *Kate* vorbei und ein bisschen nach dem Rechten sehen. Hauke hat sich ganz plötzlich drei Wochen Urlaub genommen und mich gebeten, solange einzuspringen. Und das mitten in der Saison!« Renke schüttelte den Kopf. »Der Junge kommt vielleicht auf Ideen! Keine Ahnung, was in den gefahren ist.«

Er beugte sich hinunter und küsste Gesa auf die Wange. »Wir sehen uns heute Nachmittag?«

Gesas Wangen glühten, als sie nickte. »Ja, bis heute Nachmittag, ich freu mich schon«, sagte sie leise.

Kathi wandte sich ab, um ihr Lächeln zu verbergen. Dann nickte sie Renke zu, als der das Krankenzimmer verließ.

»Kein Wort! Nicht eines«, sagte Gesa. »Wir sind lediglich gute Freunde.«

Kathi nickte grinsend. »Das kommt mir doch irgendwie bekannt vor.«

Gesa klopfte mit ihrer bandagierten Hand auf die Bettkante. »Und nun erzähl, wie läuft es zu Hause?«

Nach einer halben Stunde verabschiedete sich Kathi von ihrer Großmutter mit den Worten: »Ein paar Bleche müssen heute noch in den Ofen.«

»Übernimm dich nur nicht!«, sagte Gesa besorgt. »Du siehst furchtbar müde aus!«

»Ach was, Oma. Ich schaff das schon!«

»Und in ein paar Tagen bin ich ja auch wieder da und kann helfen«, meinte Gesa fröhlich. »Ich freu mich schon wieder darauf, mit dir zusammen in der Küche zu stehen.«

»Und bis dahin ruhst du dich schön aus!«, sagte Kathi, küsste ihre Großmutter und tätschelte deren Schulter. »Ich schau morgen wieder rein!«

Sie winkte ihr von der Tür aus noch einmal zu und lief den Krankenhausflur entlang. Einer jungen Ärztin, die ihr entgegenkam, nickte sie einen Gruß zu und wollte schon weiter, als diese sie zurückrief.

»Oh, das ist gut, dass ich sie treffe, Frau …«

»Adrians«, sagte Kathi.

»Ja richtig, die Enkelin von Frau Hansen. Wir hatten telefoniert. Mein Name ist Dr. Wiedemann. Ich bin die behandelnde Ärztin Ihrer Großmutter.« Die junge Ärztin reichte ihr die Hand. »Hätten Sie ein paar Minuten Zeit? Ich würde gern kurz etwas mit Ihnen besprechen.«

Kathi nickte und folgte Dr. Wiedemann in ein kleines Besprechungszimmer, in dem sie ihr gegenüber an einem Schreibtisch Platz nahm.

»Eines vorweg: Wir sind mit der Abheilung der Wunden sehr zufrieden und möchten Ihre Großmutter gern in drei Tagen entlassen.«

»Ja, das sagte sie vorhin schon. Sie freut sich schon sehr auf zu Hause.«

Dr. Wiedemann lächelte. »Frau Hansen hat mir vorhin bei der Visite erzählt, dass sie zusammenwohnen. Das macht es uns natürlich leichter, sie schon nach Hause zu schicken, wenn wir wissen, dass dort jemand ist, der ein Auge auf sie haben kann.«

Kathi runzelte die Stirn. »Ein Auge auf sie haben kann?«, fragte sie. »Stimmt etwas nicht?«

»Nein, aber es sind natürlich sehr große Wundflächen und Frau Hansen wird sich noch geraume Zeit sehr schonen müssen, damit der Körper damit zurechtkommt. Ihre Großmutter hat mir davon erzählt, dass sie zusammen eine kleine Bäckerei betreiben. Es wird noch eine ganze Weile dauern, ehe sie da wieder mithelfen kann. Zwei oder drei Monate sollten Sie sie auf alle Fälle davon abhalten.«

»Zwei oder drei Monate?« Kathi riss entsetzt die Augen auf.

Die Ärztin nickte. »Wie gesagt, sie darf sich nicht übernehmen, sonst könnten sich möglicherweise Entzündungen bilden, und das ist natürlich gerade bei älteren Menschen nicht ungefährlich.« Dr. Wiedemann lächelte. »Ich will Ihnen keine Angst machen, aber so wie ich Frau Hansen einschätze, gehört sie zu dem Schlag Frauen, die sich selbst und ihre Gesundheit immer hintanstellen.«

Kathi nickte. »Das stimmt allerdings.«

»Sehen Sie, darum habe ich Sie angesprochen. Die Wunden müssen erst komplett abgeheilt sein, ehe sie sich wieder belasten darf. Versprechen Sie mir, gut auf sie aufzupassen?«

»Ja, natürlich.«

»Wunderbar!« Dr. Wiedemann erhob sich und reichte Kathi die Hand. »Ich muss mich jetzt leider verabschieden, Frau Adrians. Aber wenn Sie noch Fragen haben, sprechen Sie mich gern an.« Sie begleitete Kathi noch zur Tür, nickte ihr noch einmal lächelnd zu und lief dann schnellen Schrittes den Gang hinunter.

Kathi sah ihr noch einen Moment nach, ehe sie sich umdrehte und auf den Ausgang zuging.

Drei Monate! Drei Monate, in denen sie alles allein machen musste. Sie wusste ja nach diesen paar Tagen kaum noch, wo ihr vor Arbeit der Kopf stand. Wie sollte sie das drei Monate lang durchhalten? Hinzu kam ja noch, dass Gesa in der ersten Zeit wahrscheinlich viel Hilfe brauchen würde, und dass Kathi sie zum Verbandswechsel zum Arzt fahren musste. Aber immer eines nach dem anderen. *Das wird sich alles finden – wo ein Wille ist, ist auch ein Weg!* Kathi konnte geradezu Gesas Stimme hören, die das zu ihr sagte. Müde setzte sie sich ins Auto und fuhr nach List zurück.

Auf dem Praxisparkplatz stand Björns Wagen. Er war also zurück. Wie gern wäre sie zu ihm gegangen und hätte mit ihm gesprochen, in seinem Arm gelegen und sich trösten lassen. Aber zum einen war gerade Sprechstunde in der Tierarztpraxis, und zum anderen warteten vier Bleche Sylter Wolken darauf, in den Ofen zu kommen. Seufzend öffnete sie die Haustür und ging hinein.

***

Erst am Nachmittag, als die Kuchen fertig in der Kühlung standen, fand sie Zeit, Björn anzurufen.

»Schuster«, meldete sich seine müde Stimme.

»Hallo, Björn, ich bin's!«

»Hallo, Kathi! Gott, tut das gut, deine Stimme zu hören.«

Sein Gesicht erschien vor ihrem inneren Auge und sie musste lächeln. »Ja, das geht mir genauso. Ich hab dich schrecklich vermisst.«

»Ich dich auch. Auf der ganzen Fahrt konnte ich an nichts anderes denken als an dich.«

Ein warmes Gefühl breitete sich in ihr aus. »Warst du erfolgreich? Hast du mit deinem Schwiegervater sprechen können?«

Sie hörte ihn seufzen. »Nein, leider nicht. In der Fischerhütte waren sie nicht, und sein Handy war aus. Ich hab dann das Auto an der Straße vor der Hütte abgestellt und versucht, ein paar Stunden zu schlafen. Nicht sehr erfolgreich. Irgendwann hab ich es aufgegeben und bin zurückgefahren, damit ich den ersten Zug noch erreiche und zur Sprechstunde wieder da bin.«

»Ach, du Armer!«

»Ja, das war ganz schön heftig. Aber du hast es im Moment ja auch nicht leicht.« Björn legte eine Pause ein. »Sag mal, wärst du mir böse, wenn wir uns heute nicht mehr treffen? Ich bin so erledigt, ich glaube, ich könnte im Stehen einschlafen.«

»Nein, gar nicht. Du hast ja recht. Ich bin selbst völlig platt. Aber ruf mich unbedingt an, falls du deinen Schwiegervater noch erreichst. Oder wenn Annemarie wieder auftaucht. Die war gestern Abend übrigens noch da und hat ein Hupkonzert vor dem Haus aufgeführt.«

»Ach, du meine Güte. Dass sie da war, hab ich gesehen. Sie hat mir einen Zettel an die Haustür geklebt.«

»Was hat sie geschrieben?«

»Das lese ich besser nicht vor.«

»So schlimm?«

»Schlimmer! Lauter Beleidigungen, Vorwürfe und Drohungen.«

»Hast du den Zettel noch?«

»Nein, den hab ich in den Papiermüll geworfen.«

»Ich würde ihn wieder rausholen und aufheben. Wer weiß, wofür es gut ist!«

»Was meinst du?«

»Nun, wenn sie wirklich ihrem Vater irgendwelche Lügenmärchen auftischt, damit er dich rauswirft, dann hast du schwarz auf weiß, wie sie wirklich ist. Vielleicht öffnet ihm das ja die Augen.«

»Oh Gott, daran habe ich noch gar nicht gedacht.« Er lachte. »Du bist ja richtig durchtrieben. Das war mir bisher gar nicht aufgefallen.«

Auch Kathi lachte. »Du kennst mich ja auch noch gar nicht richtig.«

»Stimmt! Aber ich freue mich schon sehr darauf, dich richtig kennenzulernen«, sagte Björn leise. »Nur heute Abend müssen wir verschieben. Da wäre die Unterhaltung sicherlich sehr einseitig. «

»Dann morgen!«

»Ja, morgen. Ich ruf dich an. Gleich früh morgens nach dem Aufwachen.«

»Mach das, dann verschlafe ich wenigstens nicht wieder.«

»Abgemacht. Aufgeschoben ist nicht aufgehoben, wir treffen uns morgen. Versprochen!«

»Ja, ich freu mich schon. Schlaf gut, Björn.«

»Du auch, Kathi.«

***

Am nächsten Morgen schien die Sonne strahlend von einem hellblauen Frühsommerhimmel, über den ein paar Schäfchenwolken segelten. Als Kathi mit der Zeitung und einem frisch aufgebrühten Kaffee am Küchentisch saß, klingelte ihr Handy.

»Guten Morgen, du Schlafmütze«, sagte sie fröhlich, als sie Björns Nummer auf dem Display erkannt hatte. »Ich bin schon seit Stunden wach.«

Björn lachte. »Guten Morgen. Da wollte ich dich ein bisschen ausschlafen lassen und dann so was! Furchtbar, solche Leute, die am frühen Morgen schon so ekelhaft fröhlich sind. Hat jedenfalls Annemarie immer zu mir gesagt.«

»Hast du noch etwas von ihr gehört?«

»Nein, kein Wort. Und Martin hab ich immer noch nicht erreicht.«

»So ein Mist.«

»Allerdings. Jetzt ist gleich Sprechstunde, danach versuch ich es noch mal. Heute Nachmittag hab ich einen knallvollen Terminkalender. Ich bin bestimmt bis sieben oder acht unterwegs. Wenn du magst, schleiche ich mich danach zu dir rüber.«

»Und ob ich mag! Ich freu mich auf dich.«

»Und ich mich erst! Aber jetzt muss ich mich beeilen, der Parkplatz vor der Praxis füllt sich schon! Wir sehen uns später. Bis dann!«

»Ja, bis dann!«

Es knackte in der Leitung. Kathi seufzte. Heute Abend und in aller Heimlichkeit. Aber sie selbst hatte ja vorgeschlagen, dass sie vorsichtig sein sollten, damit noch niemand etwas von ihrer Liebe erfuhr. Sie zog das Auftragsbuch zu sich herüber und überschlug, was heute zu erledigen war. Zuerst die vier Bleche Kuchen von gestern ausliefern und danach noch einmal drei backen, die am Nachmittag zu den Kunden gebracht werden mussten. Alles überschaubar.

Kathi schenkte sich noch einen Kaffee ein und kraulte Walter, der sich satt und zufrieden auf dem Küchenstuhl neben ihrem zusammengerollt hatte. »Nicht wahr? Du freust dich auch auf den Besuch heute Abend.«

Walter öffnete ein Auge einen Spaltbreit und gähnte, dann streckte er sein Kinn, damit sie ihn besser streicheln konnte, und begann, zufrieden zu schnurren.

***

Als sie am Nachmittag dabei war, die drei Bleche Kuchen aus dem Ofen zu holen, klingelte Gesas Telefon auf dem Flur. Kathi stellte noch schnell die Bleche zum Auskühlen auf den Küchentisch, ehe sie den Hörer abhob.

»Bei Hansen«, meldete sie sich.

»Ah, Frau Hansen«, sagte eine freundliche Frauenstimme hastig. »Wie gut, dass ich Sie erreiche! Mein Name ist Meyer, vom

Büro Dr. Reichenbach. Sie erinnern sich sicher, wir haben uns kennengelernt, als Sie bei uns waren. Ich hab da gerade die Unterlagen für den Kreditantrag noch mal auf dem Tisch und dabei ist mir aufgefallen …«

»Eine Sekunde mal«, unterbrach Kathi den Redefluss der Frau. »*Wer* ist da?«

»Frau Meyer vom Büro Dr. Reichenbach in Westerland. Das ist mir jetzt etwas peinlich … Die Unterlagen waren ja eigentlich schon vor Wochen von mir vorbereitet worden, und nach Ihrem Anruf gestern bei Herrn Dr. Reichenbach habe ich sie wieder hervorgeholt und dann erst bemerkt, dass ich da offenbar etwas übersehen habe. Da steht noch ein alter Kredit im Grundbuch. Der ist sicher schon abbezahlt, und es ist von daher nur eine Formsache, aber wenn Ihr Kredit jetzt schnell bewilligt werden soll … Vielleicht können wir das …«

»Das muss ein Irrtum sein«, sagte Kathi entschieden. »Ich kann mir nicht vorstellen, dass meine Großmutter wegen eines Kredites ausgerechnet mit Dr. Reichenbach gesprochen hat.«

»Oh, Sie sind gar nicht Frau Hansen? Das tut mir jetzt aber leid. Das ging vorhin so schnell, da hab ich das gar nicht mitbekommen. Ist denn Frau Hansen im Hause?«

»Nein«, sagte Kathi aufgebracht. »Sie liegt im Moment im Krankenhaus.«

»Kann man sie denn dort erreichen? Die Angelegenheit ist etwas eilig. Können Sie mir eine Telefonnummer geben?«

»Aha, es eilt! Damit meine Großmutter erst gar nicht zum Nachdenken kommt, wie? Wissen Sie was? Bestellen Sie Dr. Reichenbach einen schönen Gruß, und richten Sie ihm von mir aus, dass meine Großmutter ganz sicher keinen Kredit von ihm braucht. Wir möchten nämlich in diesem Haus wohnen bleiben. Und nach allem, was ich über seine Methoden gehört habe, enden die Kredite schneller, als manch einer es sich vorgestellt hat. Allerdings haben die meisten danach wohl kein Dach mehr über dem Kopf. Nein danke, nicht mit uns! «

Wütend knallte Kathi den Hörer auf die Gabel. »Soweit kommt das noch!«

Wie war Gesa nur auf die verrückte Idee gekommen, sich hinter ihrem Rücken ausgerechnet an Dr. Reichenbach zu wenden? Sie warf ihre Jacke über und lief hinaus zum Auto, um ins Krankenhaus zu fahren und Gesa zur Rede zu stellen.

***

Eine halbe Stunde später eilte Kathi, immer noch aufgebracht über den Anruf, auf Gesas Krankenzimmer zu. Ohne anzuklopfen, riss sie die Tür auf und fing sofort an, loszuschimpfen.

»Sag mal, bist du von allen guten Geistern verlassen, Oma?«, rief sie empört. »Dieser Reichenbach hat es doch nur auf das Haus abgesehen. Der wird den Kredit so angelegt haben, dass er auf Dauer nicht zu bezahlen ist. Und dann? Kein Haus mehr. Kein Sylt mehr. Ende. Aus! Der Typ ist ein Kredithai, wie er im Buche steht.«

Gesa starrte sie entgeistert an. »Wieso … aber …«, stammelte sie.

»Warum hast du denn nicht mit mir gesprochen? Ich schlage mir die Nächte um die Ohren, um diese blöden Kuchen fertigzubacken, damit Geld ins Haus kommt, und du hast nichts Besseres zu tun, als mir in den Rücken zu fallen und diesen Idioten anzurufen. Das kann doch alles nicht wahr sein!«

»Und wie lange, glaubst du, kann das noch gutgehen?«, fragte Gesa ruhig. »Guck dich doch an. Und mich!« Sie hob ihre bandagierten Hände hoch. »Das wird Wochen dauern, bis ich wieder was machen kann, hat mir die Ärztin gestern Nachmittag gesagt.«

»Ja und? Musst du deshalb so eine Dummheit machen? Dich diesem dubiosen Reichenbach an den Hals werfen? Jeder Vollidiot sieht doch, was der Typ vorhat. Wirst du langsam senil, oder was?«

Gesa richtete sich im Bett auf. »Sag mal, wie redest du eigentlich mit mir? Ich bin deine Großmutter und keine naive dumme Gans. Ich habe mir schon gut überlegt, warum das richtig ist mit dem Kredit, das glaub mir mal! Und außerdem ist das immer noch mein Haus!« Gesa funkelte sie wütend an. Sie war ebenso laut geworden, wie Kathi zuvor, und wandte jetzt gekränkt den Blick ab.

Kathi schwankte einen Moment, ob sie nachgeben und sich für ihren Ton entschuldigen oder weiter ihrer Empörung Luft machen sollte, dann drehte sie sich abrupt um und stürmte aus dem Zimmer. Aus dem Augenwinkel sah sie Renke Frerichs mit einer Vase in der Hand in der geöffneten Tür stehen. Sie lief an ihm vorbei auf den Flur hinaus und rannte zum Parkplatz.

Als sie endlich im Golf saß, schlug sie mit beiden Händen verzweifelt aufs Steuer und konnte ihre Tränen nicht mehr zurückhalten. Nach einer gefühlten Ewigkeit tastete sie im Handschuhfach nach einem Taschentuch.

»Verdammt«, fluchte sie. »Nie ist was da, wenn man es braucht.« Schließlich wischte sie die restlichen Tränen mit dem Ärmel weg.

Gerade als sie den Schlüssel ins Zündschloss steckte, klopfte es an der Seitenscheibe. Sie sah hoch. Renke Frerichs lächelte sie zurückhaltend an und bat sie per Handzeichen darum, das Seitenfenster herunterzukurbeln.

»Hallo, Kathi«, sagte er. »Hast du ein paar Minuten Zeit für mich?«

»Eigentlich nicht …«, begann sie, öffnete dann aber seufzend die Tür und stieg aus. »Eigentlich habe ich gar keine Zeit.«

Aber bald vermutlich alle Zeit der Welt, wenn Oma das Haus aufs Spiel setzt, durchfuhr es sie.

»Nur fünf Minuten, bitte«, erwiderte Renke Frerichs und deutete mit der Hand auf eine Bank, die am Rand des Parkplatzes aufgestellt war. »Wollen wir uns nicht setzen?«

Kathi zuckte mit den Schultern, folgte ihm aber dann doch dorthin. »Ist ja sowieso schon alles egal.«

Sie setzten sich. Renke Frerichs atmete tief durch. »Tut mir leid, dass ich vorhin euren Streit mitangehört habe. Ich hatte eine Vase für die Blumen besorgt und …«

»Ist schon gut«, meinte Kathi.

»Wenn ich das richtig verstanden habe, habt ihr finanzielle Probleme. Was ist passiert?«

»Alles«, antwortete Kathi erschöpft.

Renke Frerichs zog die Augenbrauen hoch. »Gesa hat schon vom Dach gesprochen, aber so, wie sie sagte, hält sich der Schaden in Grenzen.«

»Schön wär's! Die Reparatur wird mindestens fünfunddreißigtausend Euro kosten. Und jetzt noch ihr Unfall. Gesa kann in den nächsten Wochen nicht nur nicht helfen, ich werde mich auch um sie kümmern müssen. Wenn man es realistisch betrachtet, hat sie schon recht. Es ist aus.« Kathi starrte in den blauen Himmel.

»Und dieser Reichenbach, wer ist das?«

»Ein Immobilienhai. Ich habe da Sachen gehört … Der hat ihr nur einen Kredit angeboten, um an ihr Haus zu kommen, da bin ich ganz sicher.«

Renke Frerichs nickte nachdenklich. »Ja, von solchen Methoden habe ich schon gehört. Leider alles legal. Und euer Kuchengeschäft? Das ist doch eigentlich gut angelaufen, oder?«

»Sehr gut sogar. Aber wie soll ich das alleine schaffen? Mit einer kranken Oma im Haus keine Chance.«

»Jetzt mal langsam! Wir finden da eine Lösung, und die heißt garantiert nicht Reichenbach. Ich schieße Gesa das Geld vor und sie kann …«

»Vergessen Sie es! Sie wird nie unds nimmer auch nur einen Cent von Ihnen annehmen. Dazu ist sie zu stolz und …« Kathi stockte.

»Und?«, fragte Renke Frerichs.

Kathi überlegte einen Moment, was sie sagen konnte, ohne Gesa in den Rücken zu fallen, entschied sich dann aber dafür, die Karten offen auf den Tisch zu legen. »Ihr ist die Freundschaft zu Ihnen wichtiger als ein paar Euro oder das Haus. Sie hat mir erzählt, zumindest ansatzweise, was damals passiert ist. Und sie will wohl nicht wieder etwas falsch machen.«

Renke Frerichs schwieg betroffen.

»So ist sie eben!«, fügte Kathi hinzu.

»Ja, ich weiß«, sagte Renke Frerichs. »Auch deshalb mag ich sie so. Das ist dir ja nicht verborgen geblieben. Ich meine …«

»Klar«, sagte Kathi lächelnd. »Ich bin ja nicht blind. Aus diesem Grund wird sie niemals Geld von Ihnen annehmen. Da bin ich mir ganz sicher.«

»Und wenn …« Renke Frerichs unterbrach sich. Er schien zu

überlegen. »Und wenn wir es anders machen? Ich könnte mich an eurer Firma beteiligen. Als stiller Teilhaber, sozusagen. Du könntest für ein paar Wochen eine Aushilfe einstellen – ich hätte da schon jemand im Auge – und das Dach könnte repariert werden.«

Kathi strahlte ihn an.

»Das wäre natürlich der Wahnsinn. Aber ob Oma das mitmacht? Jetzt nach dem Streit gerade?«

»Das lass mal meine Sorge sein! Du fährst jetzt nach Hause, und ich komme dich später besuchen. Dann können wir alles im Detail besprechen.« Er lächelte. »Zumindest, wenn ich Gesa bis dahin von unserem Plan überzeugen konnte.«

»Ja, vielleicht ist es wirklich besser, wenn ich jetzt nicht wieder mit reinkomme«, meinte Kathi und stand auf.

Auch Renke Frerichs erhob sich. »Und Kathi …« Er streckte ihr die Hand entgegen. »Es wäre schön, wenn du mich duzen könntest. Ich meine so als Geschäftspartner … Ich bin Renke.«

»Schon klar«, antwortete Kathi lachend und nahm seine Hand. »Dann wünsche ich dir viel Erfolg, Renke. Das wird nicht leicht bei dem Sturkopf da oben.«

»Ich werde all mein Verhandlungsgeschick brauchen«, meinte Renke Frerichs augenzwinkernd. »Und eine große Portion Glück.« Damit verabschiedete er sich von Kathi.

In Westerland kaufte Kathi noch im Supermarkt ein und kam erst zwei Stunden später in List an. Auf der Rückfahrt hatte sie das Seitenfenster geöffnet und sich den Wind ins Gesicht blasen lassen, weil sie Angst hatte, jeden Augenblick am Steuer einzuschlafen. Erschöpft stieg sie aus und brachte die Einkäufe in die Küche

Sie setzte Wasser für Tee auf und öffnete das Küchenfenster, bevor sie auf den Stuhl niedersank und tief durchatmete. Gesa hatte recht. So konnte es nicht weitergehen. Niemand war in der Lage, auf Dauer mehr als zwölf Stunden am Tag zu arbeiten. Während sie aus dem Fenster starrte, fielen ihr die Augen zu.

***

Die Sonne schien vom strahlendblauen Himmel. Sie lief alleine am Lister Strand entlang und genoss den Wind und das Rauschen der Wellen. Erstaunt stellte sie fest, dass sie einen knappen roten Bikini und nicht ihren schwarzen Badeanzug trug. Seit Jahren hatte sie keinen Bikini mehr angehabt, obwohl alle ihre Freundinnen behaupteten, sie habe die optimale Figur dafür. Ganz schön gewagt, dachte sie, als sie an sich heruntersah. Zum Glück schien weit und breit niemand am Strand zu sein. Sie lief weiter bis zu einem Strandabschnitt, wo sich viele Sonnenhungrige einen Platz gesucht hatten. Sie fühlte die Blicke der Männer auf sich und beeilte sich, weiterzukommen. Als sie sie hinter sich gelassen hatte, setzte sich Kathi in den Sand und schaute den Wellen des auflaufenden Wasser zu. Nach einer Weile sprang sie auf und lief ins Meer hinein. Kurz bevor sie eine tiefere Stelle erreichte, stand plötzlich Till vor ihr. »Hallo Kathi, endlich bist du da. Wollen wir zusammen rausschwimmen?«

»Wenn du möchtest?«, erwiderte Kathi, die sich wunderte, wo er auf einmal herkam.

»Ich komme mit dir, wenn du willst«, antwortete Till.

»Und du selbst? Willst du nicht?«, fragte Kathi verwundert.

»Deshalb bin ich doch hier«.

»Willst du jetzt oder willst du nicht?«, fragte Kathi.

»Ich bin kein guter Schwimmer, das weißt du«, erklärte Till.

»Wenn ich mit ins tiefe Wasser gehe, muss ich sicher sein, dass du auf mich aufpasst.«

Kathi sah ihn entgeistert an. »Das kann ich nicht. Ich bin keine Rettungsschwimmerin. Du musst schon selber wissen, ob du das kannst.«

»Ich muss aber bei dir bleiben«, sagte Till leise.

Kathi nickte, sprang kopfüber ins Wasser und kraulte gegen die Wellen an. Als sie sich umsah, war Till nicht mehr zu sehen. Sie rief nach ihm und drehte sich immer wieder im Wasser um sich selbst, um das Meer nach ihm abzusuchen. *Vielleicht ist er ertrunken*, dachte sie entsetzt. Immer wieder schrie sie seinen Namen, ehe etwas nach ihren Beinen griff und sie in die Tiefe zog.

Mit einem Ruck schrak Kathi hoch und schüttelte sich. Sie stand vom Küchenstuhl auf und ging auf unsicheren Füßen zum Fenster. Was für ein verrückter Traum! Till war ein viel besserer Schwimmer als sie.

Als sie das Fenster schließen wollte, sah sie einen dunklen Volvo auf den Hof fahren. Renke Frerichs stieg aus und winkte ihr zu.

»Darf ich reinkommen?«, rief er.

»Wenn du die Unordnung erträgst, gern! Ich bin in den letzten Tagen nicht zum Aufräumen gekommen.«

Kathi lief zur Tür und öffnete sie. »Und?«, fragte sie gespannt, als Renke Frerichs vor ihr stand.

»Wollen wir nicht erst mal reingehen?«

»Klar. Ich mache uns einen Tee.«

Sie ging voraus und stellte das inzwischen wieder abgekühlte Wasser erneut an. Renke Frerichs stand in der Küchentür und schaute ihr zu.

»Schön groß habt ihr es hier. Und bis zur Decke gekachelt.

Aber sag mal, hat das Gesundheitsamt die Küchenausstattung so abgenommen?«

Kathi drehte sich langsam zu ihm um. »Noch nicht.«

»Wie? Aber das muss doch passieren, bevor man überhaupt eine Genehmigung erhält.«

»Ich habe bei der Anmeldung nicht ganz die Wahrheit gesagt. Notlüge, sozusagen.«

»Oh, und die sind noch nicht hier gewesen?«

»Nein. In drei Wochen habe ich einen Termin. Da werde ich wohl reichlich Ärger bekommen.«

Renke Frerichs trat in die Küche hinein und schaute sich um. »Na ja. Das werden wir wohl auch noch hinkriegen. Mit vereinten Kräften von der ganzen Firma, sozusagen.«

Kathi strahlte ihn an. »Heißt das, Gesa hat ja gesagt?«

Renke Frerichs lächelte. »Nach harten, zähen Verhandlungen konnte ich sie überzeugen. Ja, sie ist einverstanden. Und verziehen hat sie dir natürlich auch schon.«

Kathi lief auf Renke zu und umarmte ihn.

***

Gegen acht Uhr abends verließ Renke Frerichs das Haus. Wie er sagte, wollte er noch kurz bei Gesa vorbeischauen und danach ins Restaurant fahren. Beim Tee hatte er Kathi erzählt, dass sein Sohn Hauke sich ohne Adresse abgemeldet hätte und seine Schwiegertochter sehr in Sorge sei. Vermutlich brauche er mal eine Auszeit, meinte Renke, und dass die Arbeit in der *Kate* auf Dauer sehr nervenaufreibend sei. Kathi hatte für einen Moment überlegt, ob sie Renke von Maja erzählen sollte, hatte sich dann aber dagegen entschieden. Hauke würde wiederkommen und mit seiner Frau und seinem Vater sprechen müssen. Leicht würde das für ihn sicher nicht werden.

Sie kontrollierte die drei Bleche *Sylter Wolken* in der Kühlung und ließ sich dann aufs Sofa fallen. Eigentlich hatte Björn schon anrufen oder, falls seine Patienten inzwischen versorgt waren, gleich zu ihr kommen wollen. Sie spielte mit dem Telefon in der Hand und überlegte, ob sie seine Nummer wählen sollte, als es klingelte.

»Ich bin es«, sagte Björn, und Kathi hörte sofort, dass etwas passiert sein musste. »Martin ist wieder da. Er hat seinen Urlaub abgebrochen. Wir haben vorhin miteinander gesprochen, beziehungsweise es zumindest versucht. Jetzt ist er zu Annemarie gefahren. Die hat sich in einem Hotel eingemietet und spielt die gekränkte Ehefrau. Angeblich habe ich sie schon seit Jahren betrogen. Ununterbrochen sozusagen. Das Gespräch mit Martin kannst du dir vorstellen.«

»Mist! Das klingt aber nicht gut. War denn da nichts zu machen?«

»Ich weiß nicht. Am Schluss hatte ich das Gefühl, dass Martin verunsichert war. Er kommt nachher zurück, und wir wollten dann …«

»Ich verstehe. Jetzt ist die liebe Annemarie an der Reihe, und die wird sicher ohne Rücksicht auf Verluste über dich herziehen. Es kann doch nicht sein, dass sie die Wahrheit einfach umdreht. Ist dein Schwiegervater so blind?«

»Keine Ahnung, ich hoffe nicht. Aber Blut ist nun mal dicker als Wasser. Und wenn sie ihn vor die Wahl stellt, sie oder ich, dann wird es schwer.« Björn seufzte. »Kathi, ich fürchte, das wird eine lange Nacht. Wir sollten uns morgen treffen. Vielleicht in meiner

Mittagspause. Falls ich dann noch eine habe und nicht schon arbeitslos bin.«

»Mal nicht gleich den Teufel an die Wand. Es wird sich schon ein Weg finden. Und mit heute – kein Problem, wir treffen uns dann morgen Mittag. Das ist eine gute Idee. Und wenn was ist, ich meine, heute Nacht, du kannst mich jederzeit anrufen. Das weißt du doch, oder?«

»Sicher, das weiß ich«, sagte Björn. »Aber du brauchst auch deinen Schlaf. Ich habe doch gesehen, wie anstrengend die Arbeit für dich ist. Und jetzt noch deine Oma. Oh je, ich habe noch gar nicht gefragt, wie es ihr geht.«

»Ganz gut inzwischen. Sie kommt in ein paar Tagen aus dem Krankenhaus. Außerdem gibt es noch andere Neuigkeiten. Ausnahmsweise gute.«

»Was denn? Erzähl!«

Gerade, als Kathi anfangen wollte, hörte sie im Hintergrund eine andere Männerstimme.

»Kathi, Martin ist wieder da«, sagte Björn. »Du bist doch nicht böse, wenn …«

»Überhaupt nicht. Und vor allem versuch, ganz ruhig zu bleiben. Es braucht sicher Zeit, bis dein Schwiegervater begreift, was Annemarie im Schilde führt.«

»Danke. Ich versuche es.«

Die Stimme im Hintergrund wurde lauter. Björn räusperte sich. »Ja, kommen Sie einfach morgen in die Praxis«, sagte er zu Kathi. »Das hört sich im Moment nicht so schlimm an. Auf Wiederhören.«

»Viel Glück!«, flüsterte Kathi und legte auf.

Kein guter Start für unsere Liebe, dachte Kathi und seufzte.

Dass Dr. Pieper sich auf die Seite seiner Tochter schlug, war verständlich, aber auf Dauer würden Annemaries Lügen die Beziehung zu seiner Tochter auf eine harte Probe stellen. Warum Annemarie gerade jetzt die Trennung von Björn wollte, war Kathi vollkommen schleierhaft. Vielleicht hatte sie aus einem Impuls heraus gehandelt und erst später gemerkt, dass sie einen Fehler gemacht hatte. Jetzt wollte sie zumindest ihren Vater auf ihre Seite ziehen und Björn zeigen, wer am längeren Hebel sitzt. Sie verstand auch Björn, der weder auf seine geliebte Arbeit noch auf die Freundschaft zu seinem Schwiegervater verzichten wollte. Aber manchmal musste man sich einfach entscheiden, auch wenn das bedeutete, Menschen gehen lassen zu müssen.

Als sie die Klingel der Haustür hörte, lief sie zur Tür. *Sicher ist es Björn*, dachte sie und dass das Gespräch mit seinem Schwiegervater nicht sehr lange gedauerte hatte. Sie riss die Tür auf und wollte ihn gerade begrüßen, als sie sah, dass jemand anders dort stand.

»Till, was machst du denn hier?«, fragte sie verblüfft.

Er hatte einen Koffer in der Hand und ein Lächeln auf den Lippen.

»Ich weiß, ich komme unangemeldet. Wir waren ja erst nach dem Sommer verabredet. Darf ich trotzdem reinkommen?«

Kathi ging zur Seite, er trat ein und stellte den Koffer in den Flur.

»Vor vier Stunden hatte ich auch noch keine Ahnung, dass ich jetzt hier stehen würde«, sagte er etwas verlegen. »Können wir reden?«

Kathi, die sich inzwischen wieder gefangen hatte, nickte und ging ins Wohnzimmer vor. »Setz dich doch. Einen Kaffee?«

»Das wäre super.«

»Bin gleich wieder da«, sagte sie und ging in die Küche.

Beim Hantieren mit der Kaffeemaschine versuchte sie, ihre

Gedanken zu ordnen. Wie sollte sie jetzt, nach diesem verrückten Tag, noch mit Till reden? Aber morgen wäre sicher noch weniger Zeit, außerdem war es gut möglich, dass Björn sie dann brauchen würde. *Also gut*, sagte sie sich. *Irgendwann wäre es sowieso zu dem Gespräch mit Till gekommen. Warum also nicht jetzt?*

Sie stellte die beiden Becher mit Kaffee auf ein Tablett und ging zurück ins Wohnzimmer. Till saß auf der Sofakante, und Kathi sah ihm seine Unsicherheit an.

»Immer noch mit viel Milch?«, fragte sie.

»Klar. Da hat sich nichts geändert.« Er lächelte.

»Lange Fahrt?«

»Na ja, du kennst das ja. Erst zum Bahnhof, dann warten, in Niebüll noch einmal und dann die Fahrt mit dem Bus hierher zu dir. Viel Zeit zum Nachdenken.«

Kathi sah ihn schweigend an.

»Ich habe heute meine Prüfungsergebnisse bekommen. Eine Zwei und eine Drei und eine …?«

»Vier?«, fragte Kathi.

»Knapp daneben. Eine Eins! Nicht schlecht, oder?«

»Wow!«, erwiderte sie beeindruckt.

»Ich gebe zu, ich bin ein bisschen stolz«, meinte Till verlegen. »Selbst mein Professor hat mich gefragt, was mit mir passiert sei.«

»Und was hast du geantwortet?«

»Die Wahrheit, was sonst?«

Kathi wagte nicht zu fragen, was für Till in diesem Fall die Wahrheit war, und nickte nur. »Auf jeden Fall eine stramme Leistung. Gratulation!«

»Du warst nicht ganz unbeteiligt daran«, sagte Till nach einer Weile.

»Mag sein«, antwortete Kathi leise. »Wichtig ist aber allein, dass du erreichst, was du dir vorgenommen hast. Für dein Studium und danach. Es ist dein Leben!«

»Ich weiß. Aber so ein Anstoß von außen ist manchmal nötig, oder?«

Kathi sah sich selbst, wie sie vor Wochen aus dem Haus gerannt war, nachdem sie Till mit Nina im Bett erwischt hatte. Hätte sie jemals ohne diesen Anstoß die Konsequenzen gezogen? Ihre Beziehung war schon lange an einem Tiefpunkt gewesen, das war Kathi inzwischen klar. Aber sie wollte es damals nicht sehen oder hatte Angst vor den Konsequenzen.

»Wenn du meinst«, sagte Kathi ausweichend.

Till sah sie irritiert an. »Ich wollte dich hier nicht überfallen. Tut mir leid, wenn ich dich …«

»Schon gut«, unterbrach ihn Kathi besänftigend. »Nein, du störst nicht, aber du bist sicher nicht nur gekommen, um mir von deinen Noten zu erzählen. Also, was ist los?«

»Eigentlich … na ja, es geht schon ein wenig um das Studium. Und natürlich um uns. Ich hänge irgendwie in der Luft, sozusagen. Es ist schon komisch, wenn ich nach Hause komme, und du bist nicht da. Schlimmer noch … Du kommst vielleicht nie wieder. Wenn man so viel allein ist, fängt man zu grübeln an. Ich hab jetzt erst gemerkt, wie wichtig mir unsere Beziehung eigentlich war.«

»War sie das?«, fragte Kathi, die Angst vor dem hatte, was jetzt kommen würde.

Till nickte gedankenverloren. »Ich war ein Idiot, einfach alles so als gegeben anzunehmen. Ich dachte immer, Kathi ist für mich da, egal zu welcher Uhrzeit und bei welchen meiner verrückten

Probleme auch immer. Ich habe dich ausgenutzt, das ist mir inzwischen klar. Damit meine ich nicht einmal, dass ich dich mit dem Haushalt im Stich gelassen habe. Klar, das auch. Ich bin nun mal ein verwöhntes Muttersöhnchen.« Er lachte. »Hast du mich nicht mal so genannt? Wann war das noch?«

»Ist ewig her«, meinte Kathi. »Wir waren gerade zusammengezogen.«

»Da wusste ich nicht einmal, dass sich die Toilette nicht von selbst putzt und man tunlichst nicht im Stehen pinkeln sollte, wenn man nicht ständig den Fußboden wischen will, weil es sonst stinkt.«

»Lange her!«

»Ich weiß.« Till grinste. »Hinsetzen habe ich ja zumindest gelernt.«

»Ja, das hast du.«

»Aber sonst nicht viel?«, fragte Till leise.

»Du bist, wie du bist«, antwortete Kathi.

»Butter bei die Fische. War das nicht immer dein Lieblingsspruch? Aussprechen, was man denkt, und nicht ewig um den heißen Brei herumreden?«

»Was möchtest du von mir? Dass ich dir klare Anweisungen gebe, wie du dein Leben in den Griff bekommst? Das werde ich nicht tun. Nicht mehr.« Kathie schwieg eine Weile. »Ich finde es bewundernswert, was du in den letzten Wochen auf die Beine gestellt hast. Wirklich! Und ich weiß auch, dass ich vieles davon immer wieder von dir gefordert habe, wenn auch nicht immer direkt und offen.«

»Und jetzt ist es dir nicht mehr wichtig?«, fragte Till zögernd.

»Till, es ist dein Leben! Es muss dir wichtig sein und nicht mir.

Ich wollte den Till, der Musik macht, den wilden Till, der alles leicht nahm und in den Tag hineinlebte. Und ich wollte gleichzeitig Sicherheit. Ich wollte einen Till, der einen seriösen Beruf hat, Geld verdient und das mehr als ein- oder zweimal im Jahr. Aber diesen Till gibt es nicht. Beides geht einfach nicht. Das wäre die Quadratur des Kreises, und die ist bisher noch niemandem gelungen.«

»Das klingt nach Abschied«, sagte Till traurig.

Kathi zuckte mit den Schultern. »Weiß du, was ich heute geträumt habe? Ich war am Strand und ging schwimmen. Plötzlich warst du da und wolltest mit ins tiefe Wasser. Und ich habe dich gefragt, ob du das wirklich willst. Du hast Ja gesagt, aber nur unter der Bedingung, dass ich mitkomme und auf dich aufpasse, weil du nicht besonders gut schwimmen könntest. Dabei hast du den DLRG-Rettungsschein, und ich kann mich gerade mal einigermaßen gut über Wasser halten. Verrückt, oder?«

»Sind wir rausgeschwommen? In deinem Traum, meine ich.«

»Ich weiß es nicht. Ich bin einfach losgeschwommen, ohne auf dich zu achten. Und als ich merkte, dass du nicht mehr da bist, habe ich Panik bekommen und bin aufgewacht.«

»Schade«, sagte er leise. »Aber vielleicht hast du mich einmal zu viel gerettet, als dass es noch für die Nordsee gereicht hätte.«

Kathi lächelte matt. »Ja, so könnte es gewesen sein.«

»Es ist vorbei?«, fragte Till, als die Stille wehzutun begann.

»Ende oder Anfang. Wer weiß das schon? Ich habe einen Fehler gemacht, das weiß ich jetzt. Ich will dich nicht mehr verbiegen und auch nicht darauf warten, dass du es selbst tust. Aber verlieren will ich dich auch nicht. Du bist nach all den Jahren ein Teil von mir geworden. Wenn du das Studium beenden willst, dann tu es, aber bitte nur deshalb, weil du es selbst willst und nicht, weil ich dich dazu gedrängt habe. Und wenn du Musiker werden willst, dann bekenne dich dazu. Auch vor deinen Eltern. Irgendwann werden sie es verstehen, ganz bestimmt.«

Till schwieg mit betroffener Miene.

»Unsere Zeit zusammen war schön, manchmal wunderschön. Aber sie ist vorbei«, fuhr Kathi fort. »Du wirst jemanden finden, der den Weg mit dir geht. Da bin ich ganz sicher.«

»Und wenn ich will, dass du dieser Jemand bist? Ich will …«

Kathi legte ihren Zeigefinger auf seine Lippen. »Nein. Lass uns die Vergangenheit in guter Erinnerung behalten und Freunde bleiben. Bitte!«

Till nickte. In seinen Augen schimmerten Tränen. »Weißt du, was bekloppt ist? Die Band hat letzte Woche einen Plattenvertrag angeboten bekommen. Und seitdem hängen mir die Leute in den Ohren, dass ich zurückkommen soll, weil sie mich unbedingt brauchen. Ich habe immer wieder abgelehnt. Aber sie warten, hat Frank mir gestern noch am Telefon gesagt. Ist das nicht verrückt?«

»Nein«, sagte Kathi. »Das ist wunderschön.«

***

Noch bis weit nach Mitternacht saßen Kathi und Till zusammen. Sie erzählte von ihrem neuen Leben auf Sylt, den *Sylter Wolken* und Gesa. Er sprach über das Studium, das er in jedem Fall abschließen wolle, da man nie wissen könne, wie und ob es mit der Musik etwas werden würde. Sie sprachen über das, was sie im Laufe der Jahre zusammen erlebt hatten, erzählten sich gegenseitig die vielen großen und kleinen Dinge, an die sie sich erinnerten.

Der erste Kuss, nachdem sie sich schon seit Kindertagen kannten, das langsame Herantasten an die erste Nacht, die trotz penibler Planung immer wieder ins Wasser fiel, die Suche nach einer Wohnung in Hamburg, die bezahlbar war und trotzdem nicht so weit weg vom Zentrum lag. Tills erste Gehversuche in der Band und das Konzert, zu dem gerade mal zehn Leute kamen. Und ihre gemeinsamen Abende in der Wohnung, mit einer DVD vor dem Fernseher oder Tills berühmt-berüchtigte Spagetti, deren Soße so scharf war, dass einem schon nach einem Bissen die Tränen kamen.

Till hatte eine Flasche Rotwein aus Hamburg mitgebracht, die sie gemeinsam leerten, und irgendwann fragte Kathi, wo Till schlafen würde. Er zuckte nur mit den Schultern und gestand, dass er daran keinen Gedanken verschwendet hatte. Kurz entschlossen bereitete Kathi ihm ein provisorisches Bett im Wohnzimmer und verabschiedete sich mit einem Kuss auf die Wange von ihm.

***

Gegen sieben Uhr am nächsten Morgen klingelte ihr Wecker. Sie rieb sich müde die Augen und quälte sich aus dem Bett. Als sie am Wohnzimmer vorbeiging, fiel ihr wieder ein, dass Till dort schlief. Sie war froh, dass das Gespräch mit ihm so gut verlaufen war. Sie schienen wirklich einen Weg gefunden zu haben, ihre Freundschaft zu erhalten. Ob es wirklich auf Dauer klappen würde, stand in den Sternen, aber Kathi hatte sich fest vorgenommen, den Kontakt nicht abbrechen zu lassen. Till war ein Teil ihres Lebens und das war gut so.

Nach einer ersten Tasse Tee band sie sich eine Schürze um und bereitete den Teig für die ersten drei Bleche vor, um ihn gleich darauf ins Gefrierfach zu stellen. Als Nächstes schälte sie die Äpfel und deckte sie gerade mit einem Geschirrtuch ab, als Till, in Boxershorts und nacktem Oberkörper, durch die Tür schaute. »Guten Morgen«, sagte er gähnend. »Wie spät ist es denn?«

Kathi grinste. »Gleich neun, du Schlafmütze! Guten Morgen!«

Mit verschlafenen Augen sah er sich um und meinte: »Das sieht aber nach reichlich Arbeit aus.«

»Halb so wild«, antwortete Kathie lachend und band ihre Schürze ab. »Ich bin auch gleich fertig. Willst du zuerst ins Badezimmer oder soll ich?«

Till kam auf sie zu und sah sie zärtlich an. »Das hast du früher auch immer gefragt.«

Sie stupste ihn mit dem Zeigefinger auf die Nase. »Früher war früher, und heute ist heute.«

Er atmete tief durch und legte seine Arme auf ihre Schulter. »Wenn das doch nur so einfach wäre, wie es bei dir klingt.«

»Versuch es einfach«, meinte Kathi und gab ihm einen Kuss auf die Wange.

In diesem Moment hörte sie ein Geräusch hinter sich und drehte sich um. In der Küchentür stand Björn und starrte sie an. »Die Tür war offen. Da dachte ich … Entschuldige.«

Björns Gesicht wurde aschfahl, während sein Blick zwischen Kathi und Till hin und her ging. »Eigentlich bin ich hier, um dir zu sagen … Aber das tut ja jetzt nichts mehr zur Sache.« Er wandte sich zum Gehen.

Kathi schob Tills Arme herunter, die noch immer auf ihren Schultern lagen, lief zu Björn und hielt ihn am Arm fest. »Björn, bitte!«, rief sie. »Lass dir doch erklären …«

»Was gibt's da groß zu erklären?« Er deutete mit der Hand auf Till. »Das spricht doch wohl für sich!«

»Aber …« Kathi stöhnte, als sie verstand. »Ach, du denkst, dass Till und ich …«

Björn zog die Augenbrauen zusammen. »Das ist Till?« Er schnaubte ein bitteres Lachen durch die Nase. »Große Versöhnungsfeier, wie?«

»Das ist nicht so, wie du denkst. Er hatte kein Zimmer auf Sylt, und da hab ich ...«

»Ist schon in Ordnung, Kathi. Ich versteh das.« Wieder gab er dieses bittere Lachen von sich. »Ich versteh das nur zu gut!« Er sah auf seinen Oberarm hinunter, wo noch immer Kathis Hand lag. »Würdest du mich jetzt bitte loslassen?«, sagte er leise, mit vor Zorn bebender Stimme. »Ich muss zu einem Hausbesuch.«

Kathi ließ die Hand sinken. »Björn, bitte …«, flüsterte sie. »Warte. Ich will dir erklären, was …«

Aber Björn war schon zur Haustür hinaus, die Kathi vorhin für Walter ein Stück offengelassen hatte. Sie sah, wie Björn mit langen Schritten zu seinem Geländewagen ging, einstieg und mit quietschenden Reifen davonfuhr.

»Was war denn das für ein merkwürdiger Auftritt?«, fragte Till, der neben sie getreten war und dem Wagen nachblickte, bis er hinter der nächsten Kurve verschwunden war. »Wer ist der Typ überhaupt?«

»Das war Björn. Er ist … Ach, es würde viel zu lange dauern, das zu erklären. Ich muss sofort hinter ihm her, um das Missverständnis aus der Welt zu schaffen.« Sie zog Till kurz an sich und gab ihm einen flüchtigen Kuss. »Lass dir ruhig Zeit. Frühstücke in Ruhe! Kaffee ist im Schrank, Brot steht auf dem Tisch, und wo der Kühlschrank ist, weißt du ja. Wenn du gehst, pass bitte auf, dass Walter nicht mit rausrennt. Ich weiß nicht, wie schnell ich wieder da bin. Ich muss ihn finden und alles richtigstellen. Das ist wichtig. Wichtiger als alles andere.«

Till sah sie prüfend an. »Wichtiger als alles andere?«

Kathi nickte. »Ja«, sagte sie. »Viel wichtiger. Das ist mir jetzt klar geworden.« Sie griff nach ihrer Jacke und zog sie über. »Wenn du gehst, zieh einfach die Tür hinter dir ins Schloss. Wir telefonieren.«

Sie küsste ihn auf die Wange und lief hinaus.

Erst als sie im Auto saß, fiel ihr ein, dass sie ja gar nicht wusste, wo sie nach Björn suchen sollte. Sie stieg wieder aus und rannte zum Nachbarhaus hinüber. Der Parkplatz vor der Praxis war voller Autos, und als sie die Tür öffnete, sah sie, dass sich vor dem Tresen der Sprechstundenhilfe bereits eine lange Schlange von Patienten gebildet hatte.

»Nein, ich hab Ihnen doch gesagt, dass Dr. Pieper heute allein ist«, erklärte die Sprechstundenhilfe gerade einer älteren Dame, die einen Pudel an der Leine führte. »Da werden Sie wohl oder übel Geduld haben müssen.«

»Aber Dr. Schuster hat gesagt, ich soll heute …«

»Dr. Schuster ist nicht im Haus«, unterbrach die Sprechstundenhilfe ungeduldig. »Wenn es nichts Akutes ist, sollten Sie vielleicht besser ein anderes Mal wiederkommen.«

»Kommt Dr. Schuster denn heute gar nicht?«, fragte die Pudel-Dame.

»Ich sage doch, er ist nicht im Haus, und ich weiß nicht, wann er wiederkommt.«

»Aber …«

Die Sprechstundenhilfe reckte den Kopf in die Höhe und sah zum nächsten Patienten. »Wo geht es dann weiter?«

Kathi hob die Hand. »Entschuldigung!«, rief sie. »Könnten Sie mir vielleicht sagen, wohin Dr. Schuster auf Hausbesuch gefahren ist?«

Der Mann, der vor Kathi in der Schlange stand, drehte sich um und schaute sie böse an. »Hey, nicht vordrängeln!«, brummte er.

Kathi ignorierte ihn. »Ich müsste dringend etwas mit ihm besprechen«, sagte sie zu der jungen Frau hinter dem Tresen. »Können Sie mir bitte sagen, wo ich ihn finde?«

»Hausbesuch? Ich weiß von keinem Hausbesuch«, gab die Sprechstundenhilfe stirnrunzelnd zurück.

»Aber …«

In diesem Moment öffnete sich die Tür zu den Praxisräumen, und Dr. Pieper kam heraus. In der Hand hielt er ein Blatt Papier, das er der Sprechstundenhilfe auf den Tisch legte.

»Sag mal, Lisa …«, begann er.

»Dr. Pieper, könnte ich Sie bitte ganz kurz sprechen?«, fragte Kathi aufgeregt. »Bitte, es ist wirklich sehr wichtig!«

Der alte Tierarzt sah auf und musterte sie über den Rand seiner Brille hinweg. »Kathi, du siehst doch, was hier los ist!«, sagte er.

»Bitte! Nur zwei Minuten!« Sie warf ihm einen flehenden Blick zu.

Dr. Pieper seufzte. »Also gut, aber wirklich nur ganz kurz. Komm mit!« Er öffnete die Tür zu den Praxisräumen, und Kathi folgte ihm rasch.

»So eine Unverschämtheit!«, hörte Kathi den Mann schimpfen, der vor ihr in der Schlange gestanden hatte.

»Also, was gibt es so Wichtiges?«, fragte der alte Tierarzt, als sie in seinem Büro angekommen waren.

»Wo ist Björn? Ich meine, Dr. Schuster«, korrigierte Kathi sich sofort. Sie spürte, dass sie rot wurde.

Dr. Pieper warf ihr einen finsteren Blick zu. »Björn also. Aha!«

»Ich muss ihn ganz dringend sprechen! Wir hatten ein Missverständnis, das ich aufklären muss. Er sagte, er muss zu einem Hausbesuch. Wo ist er hingefahren?«

Dr. Pieper antwortet nicht, sondern musterte sie weiter mit zusammengezogenen Augenbrauen.

»Bitte, ich muss es unbedingt wissen!«

»Weg ist er!«, schnaubte Dr. Pieper. »Abgehauen! Hat seine Tasche gepackt, sie ins Auto geworfen und ist auf und davon.«

»Was?«, stieß Kathi hervor. »Aber …«

»Es hat Streit gegeben.«

»Haben Sie ihn rausgeworfen?«

»Nein, aber ich habe daran gedacht. Nach allem, was er meiner Tochter angetan hat? Hat sie jahrelang betrogen! Immer wieder mit anderen Frauen.«

»Was Björn ihr angetan hat?«, rief Kathi aufgebracht. »Umgekehrt trifft es wohl besser.«

Mit kurzen, knappen Worten schilderte sie ihm, wie sich die Sache aus ihrer Sicht darstellte.

»Wir sind Freunde«, sagte sie zum Schluss. »Als meine Oma den Unfall hatte, ist er die ganze Nacht bei mir gewesen, um mir beim Backen zu helfen, damit ich trotzdem noch meine Lieferung für den nächsten Tag fertigbekomme. Dabei hat er mir erzählt, dass seine Ehe am Ende ist. Da war Annemarie schon ausgezogen.« Was in der Nacht noch passiert war, verschwieg Kathi lieber.

»Björn hat Annemarie nicht betrogen. Das hätte er nie getan. Sie kennen ihn doch, wissen, was er für ein Mensch ist. Er ist doch ihr Freund.«

Dr. Pieper, der ihr aufmerksam zugehört hatte, nickte. »Ja, er ist mein Freund. Und ich würde ihn nur sehr ungern als Kollegen verlieren. Aber er hat gesagt, dass er die Situation hier einfach nicht ertragen kann. Er will die Insel verlassen.«

»Was?«, rief Kathi entsetzt.

»Er meinte, er müsse erst mal wieder einen klaren Kopf bekommen. Über alles in Ruhe nachdenken. Dann würde er entscheiden, ob er wiederkommt.«

Kathi stieß die Luft aus. *Und er wollte mich mitnehmen,* dachte sie. Darum war er bei mir. Um mich zu fragen, ob ich ihn begleite. Und dann sieht er mich mit Till … *Oh mein Gott!*

»Er muss auf dem Weg zum Bahnhof sein«, sagte Dr. Pieper und sah auf die Uhr. »Wenn du dich beeilst, erwischt du ihn vielleicht noch.«

»Ja, danke!« Sie gab dem alten Tierarzt die Hand. »Vielen Dank! Ich hab keine Ahnung, was zwischen Ihnen und meiner Oma vorgefallen ist, aber ich finde Sie großartig, und ich kann gut verstehen, warum Björn sie so schätzt.«

Er lächelte. »Alte Geschichte zwischen zwei Sylter Sturschädeln!«, sagte er. »Aber du hast recht. Wird Zeit, dass das mal aus dem Weg geräumt wird. Und nun mach, dass du hinter Björn herkommst! Sonst ist er schon auf dem Autozug.«

Kathi nickte und lächelte ihm zu, ehe sie eilig die Praxis verließ und zum Auto lief. Sie schickte ein Stoßgebet zum Himmel, und tatsächlich sprang der alte Golf auf Anhieb an. Normalerweise war Kathi eher eine vorsichtige Autofahrerin, aber heute trat sie das Gaspedal bis zum Bodenblech durch und raste über die Landstraße nach Westerland, als sei der Teufel hinter ihr her. Waghalsig überholte sie mehrere Autos, deren Fahrer offenbar die Landschaft bewunderten, und schimpfte über die gottverdammten lahmen Sonntagsfahrer.

Mit quietschenden Reifen blieb sie schließlich vor dem Bahnhof stehen. Um nach einem Parkplatz zu suchen, blieb keine Zeit. Auf den vier Spuren vor der Verladestation für den Sylt-Shuttle standen bereits eine ganze Reihe von Autos und warteten darauf, auf den bereitstehenden Zug auffahren zu können. Kathi ließ den Golf im Halteverbot stehen, sprang aus dem Auto und rannte los. Gerade, als sie die hinteren Autos in der Schlange erreicht hatte, wurden die ersten Autos auf den Zug gelassen, und die Kolonne setzte sich langsam in Bewegung. Ein grauer Kombi neben ihr hupte, aber Kathi kümmerte sich nicht darum. Endlich entdeckte sie Björns schwarzen Geländewagen zwei Spuren weiter links, schon ziemlich weit vorn in der Schlange. Nur noch wenige Augenblicke, dann würde er auf den Zug auffahren dürfen. Kathi bog ab und wäre um ein Haar von einem schwarzen Cabrio angefahren worden. Der Fahrer konnte gerade noch bremsen und zeigte ihr wild gestikulierend einen Vogel. Kathi hob entschuldigend die Hände und rannte weiter. Gerade als sie Björns Auto erreicht hatte, rollte der Wagen langsam an. Sie klopfte mit der flachen Hand gegen die Seitenscheibe, lief am Auto vorbei und blieb davor mit ausgebreiteten Armen stehen, um ihn anzuhalten. Björn brachte das Auto abrupt zum Stehen. Entgeistert starrte er sie durch die Windschutzscheibe an.

»Björn, bitte warte! Ich muss mit dir reden!«, rief Kathi. »Bitte! Lass mich erklären, was heute Morgen …«

Sie brach ab, als Björn mit einem leisen Sirren die Seitenscheibe herunterließ.

»Was gibt es da groß erklären?«, fragte Björn müde. »Bitte, Kathi, geh aus dem Weg. Du hältst den ganzen Verkehr auf.«

Entschieden schüttelte sie den Kopf. »Nein! Nicht, bevor wir geredet haben. Vorher geh ich nicht weg! Nicht einen Zentimeter rühre ich mich von der Stelle.«

Sie sah, dass Björn den Kopf senkte und seufzte, schließlich aber die Tür öffnete und ausstieg. Der Wagen, der vor ihm in der Schlange gestanden hatte, war inzwischen auf den Zug gefahren. Hinter dem Geländewagen begannen die ersten Autos, zu hupen.

Björn kam auf sie zu und blieb vor ihr stehen. »Kathi, bitte, sei doch vernünftig!«, sagte er. »Was soll denn das Ganze? Ich kann doch nicht hier stehen bleiben. Ich blockiere den ganzen Weg.«

»Das ist mir völlig egal! Sollen sie doch um dein Auto herumfahren. Ich lasse nicht zu, dass du einfach ohne ein Wort wegfährst!«

»Was soll ich denn noch hier? Jetzt wo du und Till wieder zusammen seid …«

»Wir sind doch gar nicht zusammen. Im Gegenteil: Wir haben uns ausgesprochen und uns endgültig getrennt.«

»So sah es aber nicht aus.«

»Aber es ist wahr. Wirklich! Auch wenn es vermutlich anders ausgesehen hat.« Kathi griff nach Björns Arm. »Du musst das verstehen, Björn, Till und ich waren ewig zusammen und sind immer gute Freunde gewesen. Aber außer Freundschaft ist da nichts mehr, glaub mir!«

Björn blickte zu Boden und schwieg.

»Vielleicht war da nie wirklich mehr. Aber das hab ich erst jetzt erkannt.«

Das Auto, das hinter Björn in der Schlange stand, scherte aus und drängelte sich an ihnen vorbei. Der Fahrer hatte die Scheibe heruntergelassen. »Könnt ihr eure Eheprobleme nicht woanders lösen?«, rief er aufgebracht.

»Vollpfosten!«, gab Kathi zurück.

Auch die anderen Wagen in der Schlange fuhren langsam an Björns schwarzem Mercedes vorbei.

Als sich Kathi wieder zu Björn umdrehte, sah sie ein schmales Lächeln, das seine Mundwinkel umspielte. »Ich wusste nicht, dass du so fluchen kannst«, sagte er.

»Du weißt eine Menge von mir nicht. Und ich weiß kaum etwas von dir.« Kathi legte ihre Arme auf seine Schultern und zog ihn näher zu sich. »Es wird Zeit, dass wir das ändern!«

»Meinst du?«, sagte Björn leise. Kathi sah, dass die Fältchen in den Augenwinkeln tiefer wurden, als er lächelte. »Möchtest du das?«

»Ja, mehr als alles andere auf der Welt«, sagte Kathi und verlor sich in seinen Augen. »Ich möchte alles von dir wissen. Was du gern isst, worüber du lachst, wie du am liebsten einschläfst, was dich glücklich macht. Einfach alles!« Ihre Lippen berührten beinahe seine, als sie hinzufügte. »Alles … weil ich dich liebe.«

Sie fühlte seine Arme um sich, die sie festhielten, seine Lippen, die ihre berührten. Sie schloss die Augen und gab sich dem Schwindel hin, den sein leidenschaftlicher Kuss in ihr auslöste. Nichts war so wichtig, als ihn zu umarmen und von ihm gehalten zu werden.

Als sie sich schließlich voneinander lösten, stand nur noch Björns Mercedes auf der leeren Verladestation.

»Du hast deinen Zug verpasst«, sagte Kathi und deutete auf den Sylt-Shuttle, der langsam aus dem Bahnhof rollte. »Jetzt wirst du wohl oder übel hier auf der Insel bleiben müssen.«

Björn streichelte ihr Gesicht, und sie schmiegte sich in seine Handfläche.

»Es ist mir ganz einerlei, wo ich bin«, flüsterte er zärtlich. »Wichtig ist nur, dass du dort bei mir bist.« Er hauchte einen Kuss auf ihre Lippen. »Weil ich dich liebe.«

***

Alles war unwichtig: Dass zu Hause noch drei Kuchen gebacken werden mussten, dass Walter bestimmt inzwischen Hunger hatte, dass sie Gesa heute nicht besucht hatte – Kathi schob alles weit von sich. Björn und sie fuhren in seinem Wagen zum Weststrand hinaus, um spazieren zu gehen, aber trotz der steifen Brise, die hochaufgetürmte Wolken von See hertrieb, war der Strand voller Menschen. Also setzten sie sich nebeneinander hoch in den Dünen in den Strandhafer und blickten über das Meer hinaus. Björn legte seinen Arm um Kathis Schultern, während sie redeten und redeten. Erst gegen Abend, als die Sonne unterging und die Touristen in ihre Hotels und Pensionen zurückkehrten, um zu Abend zu essen, wurde der Strand allmählich menschenleer.

»Komm«, sagte Kathi plötzlich. »Lass uns schwimmen gehen.«

»Jetzt? Es wird doch gleich dunkel!«

»Nur ganz kurz!«, bettelte Kathi. »Ich bin schon seit März auf der Insel und war noch nicht ein einziges Mal schwimmen!« Eilig entkleidete sie sich und lief los. »Wer zuerst im Wasser ist!«, rief sie lachend über die Schulter, während sie über die hölzerne Treppe zum Strand hinunterrannte.

Erst kurz vor der Brandungslinie holte Björn sie ein, fing sie in seinen Armen auf und hielt sie fest. „Lass uns zusammen reingehen!“, sagte er. »Von jetzt an immer zusammen.«

Kathi küsste ihn, griff nach seiner Hand, und gemeinsam liefen sie in die Nordsee, bis ihnen das immer noch kühle Wasser bis zu den Knien stand. Dann hielt Björn sie zurück. »Bist du sicher, dass du in diesem Eiswasser schwimmen willst?« Eine Welle rollte heran, und das Wasser spritzte bis zu seinen Oberschenkeln hoch.

Kathi lachte. »Klar! Nur ein paar Züge, dann schnell wieder anziehen und zu Hause aufwärmen.« Sie sprang kopfüber in eine Welle und kraulte ein paar Züge hinaus. »Wenn man erst mal drin ist, merkt man gar nicht, wie kalt es ist.«

Auch Björn stürzte sich in eine Welle und war in wenigen Zügen bei ihr. »Noch was, was ich nicht über dich wusste«, sagte er lachend. »Du kannst lügen, ohne rot zu werden.«

Kathi drehte sich auf den Rücken und ließ sich einen Moment von den Wellen tragen.

»Nein«, sagte sie. »Ich habe nicht gelogen. Ich finde es wirklich nicht kalt. Aber das liegt vielleicht daran, dass ich so glücklich bin.« Sie tastete mit den Füßen nach dem Boden und stellte sich hin. Das Wasser ging ihr bis zur Taille, die Wellen liebkosten kühl ihre Brüste, während sie mit geschlossenen Augen den Kopf in den Nacken legte, die Arme hob und das Wasser aus ihrem Haar drückte. Lautlos tauchte Björn hinter ihr auf und legte seine Arme um sie.

»Wie schön du bist«, sagte er und küsste sie auf den Hals. »Aber jetzt raus aus dem Wasser, bevor wir uns den Tod holen.«

Kathi nickte lachend.

Hand in Hand gingen sie zum Strand, liefen in die Dünen zurück und zogen sich an. Als sie schließlich wieder in Björns

Auto saßen, war Kathi so durchgefroren, dass ihre Zähne vor Kälte aufeinanderklapperten. Björn warf ihr einen besorgten Blick zu. »Wie war das vorhin mit Aufwärmen bei dir zu Hause? Wir könnten eine Tasse Tee gebrauchen, glaube ich.«

Als sie kurze Zeit später bei Gesas Haus ankamen, sah Kathi, dass in der Küche Licht brannte. Ob Till immer noch da war? Vielleicht hatte er aber auch einfach nur vergessen, das Licht auszumachen. Sie schloss die Haustür auf und hörte ein helles Lachen aus der Küche. Gesa und Renke saßen am Küchentisch, tranken Tee und unterhielten sich angeregt. Als Kathi und Björn eintraten, wandten ihnen beide den Blick zu.

»Hallo, Kathi!«, sagte Gesa fröhlich. »Da staunst du was? Ich durfte heute schon nach Hause und hab Renke gebeten, mich heimzufahren.« Sie zog die Augenbrauen zusammen. »Nanu, regnet es? Du hast ja ganz nasse Haare.«

»Nein, Björn und ich waren schwimmen«, sagte Kathi verlegen.

»Schwimmen? Ist das nicht noch ein bisschen kalt?«

»Nun lass die jungen Leute doch! Wir sind doch früher auch immer bei jeder Gelegenheit ins Wasser gesprungen!«, sagte Renke und erhob sich. »Ich werde mich dann mal wieder auf den Weg machen.«

»Nichts da!«, widersprach Gesa energisch. »Wir sind doch noch längst nicht fertig! Und ihr zwei«, fügte sie zu Björn und Kathi gewandt hinzu, »holt euch eine Tasse, und dann trinken wir Tee, während wir über das Geschäft und die Umbaupläne sprechen.«

»Ich glaube, dabei wäre ich nur im Weg«, meinte Björn. »Ich wollte nur Kathi nach Hause bringen und werde jetzt mal wieder fahren.«

»Ach was, Unfug!«, sagte Gesa entschieden. »Ich geh mal davon aus, dass wir dich zukünftig sehr viel öfter hier sehen werden, darum lass uns das blöde *Sie* vergessen. Ich bin Gesa! Darauf würde ich dir ja gern die Hand geben, mein Junge, aber das ist im Moment noch schlecht.« Sie hob die bandagierte Rechte in die Höhe. »Was meinst du, warum ich unseren größten Kaffeebecher hier stehen habe. Das ist der einzige, den ich halbwegs halten kann. Und nun hol dir eine Tasse und setz dich, Björn!« Zu Kathi gewandt, fügte sie hinzu. »Als wir hier ankamen, war Till noch da. Der hat ein bisschen was erzählt, und den Rest hab ich mir zusammengereimt. Ich freu mich so für dich, Kleines!«

Kathi beugte sich zu ihr und umarmte sie. »Und du bist mir nicht mehr böse, weil ich dich so angeblafft habe?«, fragte sie leise.

»Nein, du hattest ja völlig recht damit. Manchmal muss man einfach seinen Stolz und seinen Dickkopf über Bord werfen. Renke und ich haben vorhin schon angefangen, zu besprechen, wie wir das Geld, dass er in unsere Firma schießen will, am besten anlegen. Er hat eine großartige Idee. Stell dir vor, wir werden das Haus umbauen, und im nächsten Jahr eröffnen wir ein Café! Und da gibt es dann nicht nur *Sylter Wolken*, sondern auch alles andere aus meinem Backbuch. Und anfangen werden wir mit *Sylter Sternen.*«

ENDE

Danksagung

Natürlich sind die *Sylter Wolken* eine fiktive Geschichte, auch wenn es für jede der Figuren konkrete Vorbilder gab. Es mag vielleicht sogar sein, dass sich beim Lesen der ein oder andere wiedererkennt. Nicht fiktiv ist die Insel, an die ich mein Herz verloren habe, und das alte Familienrezept des Apfelkuchens, den es zu jeder Geburtstagsfeier wieder gibt, wenn auch nicht unter diesem Namen.

Mein tief empfundener Dank gilt all jenen, die sich bereiterklärt haben, jeden Stand, wie überarbeitungswürdig er auch war, schon einmal zu lesen und wohlwollend und kritisch zu beurteilen. Vor allem Anneke, Bärbel, Daxie, Nate, Sanne und Uschi, die alles gelesen und bewertet, mir stets den Rücken gestärkt und mir immer Mut zugesprochen haben, weiterzumachen.

Ein großes Dankeschön an Chris für seine kritischen, aber stets sachlichen Anmerkungen, die mir eine männliche Sicht auf die Geschichte ermöglichten.

Ein ganz besonderer Dank gilt meinem Mann und meiner Familie, die mich, wenn auch gelegentlich leise murrend, während des Schreibens ertragen und getragen haben.

Ihr seid die Besten!

Sylter Wolken

Zutaten

450 g Mehl
1 TL Backpulver
150 g Zucker
250 g weiche Butter (oder Margarine)
3 Eigelb
1 Prise Salz
2 kg säuerliche Äpfel (z.B. Boskop)
2 Becher Schlagsahne
Etwas Zimtpulver

Zubereitung

1 Mehl in eine Rührschüssel geben, Backpulver daruntermischen, die übrigen Zutaten (Zucker, Butter, Eigelb und Salz) hinzufügen. Die Zutaten mit einem Mixer mit Knethaken zunächst kurz auf niedrigster, dann auf höchster Stufe zu einem Teig verarbeiten. Den Teig halbieren und für etwa eine Stunde in den Gefrierschrank legen.

2 Teig herausnehmen und die Hälfte mit einer groben Raspel direkt aufs Blech raspeln, sodass der Boden gut bedeckt ist. Den Teig bei 170 Grad (Umluft) für 10 bis 15 Minuten backen.

3 Äpfel schälen und entkernen, in dünne Blätter schneiden und schichtweise auf den Teigboden legen. Je nachdem, wie sauer der verwendete Apfel ist, noch ein wenig Zucker auf die Scheiben streuen. Die zweite Hälfte des Teiges über die Äpfel raspeln, bis alles gut bedeckt ist.

4 Den Kuchen bei 170 Grad (Umluft) für 40 bis 45 Minuten fertigbacken. Gut auskühlen lassen. Sahne steif schlagen, den erkalteten Kuchen damit bestreichen, und die Sahneschicht mit ein wenig Zimtpulver bestäuben.

Guten Appetit!

Nachwort von tolino media

Liebe Leserinnen und Leser,

Sie haben sich für ein Buch entschieden, das vom Autor selbst verlegt wird. Es ist im Rahmen des *tolino media Selfpublishing* erschienen und gehört zu den zehn Titeln der Reihe *tolino books*, die den Weg vom eBook zum Printtitel gefunden haben. So vielfältig die Werke der *tolino books*, so unterschiedlich sind auch die Selfpublishing-Szene und ihre Autoren. Jeder hat seine eigenen Ideen und Gedanken sowie eine ihm eigene Motivation, warum er oder sie überhaupt Autor geworden ist. Gegenwärtig kursieren verschiedene Bezeichnungen: von Selfpublisher über Indie-Autor bis einfach „nur" Autor. Und dann gibt es noch sogenannte Hybridautoren, die mit Verlagen zusammenarbeiten und nur einen Teil ihrer Bücher selbst verlegen. Für unser Verständnis ist dieses Schubladendenken überholt. Wie auch immer der Verfasser bezeichnet wird und welchen Vertriebsweg bzw. welches Format er oder sie wählt: Wichtig ist allein, dass gute Bücher Sie als Leser erreichen.

Selfpublishing bedeutet, dass der Autor unabhängig vom Verlag handelt: Er schreibt sein Buch in seinem Stil, in dem von ihm gewählten Genre, ohne Vorgaben Dritter. Er bestimmt die Zielgruppe und somit auch die Marketingaktionen und -strategien. Und auch den Preis. Das hat unmittelbar Einfluss auf seinen Erfolg (oder Misserfolg). Je gezielter seine Vorbereitungen und je konkreter seine Vorarbeit, desto eher stellt sich auch das gewünschte Ergebnis ein – nämlich viele Leser für sein Buch. Zwar ermöglicht es der wachsende Onlinemarkt, dass die Erstellung eines eBooks und die damit verbundenen Produktionskosten im Gegensatz zu einem Printtitel marginal sind, doch fallen im Gegenzug bestenfalls Investitionen in ein einschlägiges Cover, ein professionelles Lektorat und gezieltes Marketing an. All dies, um Ihnen als Leser eine erstklassige Lektüre zu verschaffen.

Entschieden einst die Verlage und Lektoren über die Auswahl der Manuskripte, ist heute eine aktive Teilnahme der Autoren am Buchmarkt (und der damit verbundenen Leserschaft) direkt möglich. Autoren, die sich entscheiden, ihre Bücher in Eigenregie herauszubringen, behalten die Hoheit darüber – vom Schreiben bis hin zum Verkauf. Hier dürfen sie sich aber keinen Illusionen hingeben: Dies bedeutet eine Menge Arbeit, Verantwortung und Risiko – auf eigene Kosten. Was traditionell ein Verlag übernimmt, muss ein Selfpublisher alleine stemmen. Dies verlangt eine Menge Wissen und Disziplin. Denn auch im Selfpublisher-Markt gilt: Nur mit erstklassiger und konsequenter Arbeit stellt sich auch Erfolg ein.

Wir als *tolino media* unterstützen unsere Autoren ganz gezielt bei ihrem Buchprojekt. Dass Sie als Leser heute dieses Buch in der gedruckten Ausgabe in Ihrer Hand halten, ist ein Teil unseres Anliegens und macht uns stolz.

Tolino media glaubt an den stationären Buchhandel und an einen gemeinsamen Markt für Print- und eBooks. Statt Entweder-oder machen wir uns für ein Sowohl-als-auch stark: Jeder Kunde sollte ein Buch in seinem Lieblingsformat erwerben können, egal, ob digital oder gedruckt. Die Bücher der Selfpublisher werden von einigen Kollegen in der Buchbranche nach wie vor unterschätzt und belächelt. Dies ist unserem Verständnis nach nicht richtig. Wir glauben an unsere Selfpublisher und zeigen mit den *tolino books*, dass deren Titel gleichberechtigt mit Verlagstiteln in den Regalen der Buchhändler stehen können. Davon profitieren vor allem Sie als Leser.

Die Mitarbeiter, die im direkten Kontakt zu unseren Autoren stehen, haben eine Longlist der Titel erstellt, deren Potenzial sie besonders überzeugte. Kriterien hierfür waren unter anderem der bisherige Erfolg als eBook, Leserstimmen, Genre und Verkaufspotenzial. Dann folgte eine Bewertung durch Buchhändler, Sortimenter und Einkäufer der *tolino-Allianz* (in diesem Fall Hugendubel, Thalia, Weltbild). Aus den Ergebnissen entstand die Shortlist der zehn besten Titel. Erfahrene Lektoren haben diese bearbeitet, und die Bücher wurden teilweise mit einem neuen Cover versehen. Das Ergebnis halten Sie nun in Händen. Wir hoffen, Sie werden daran Gefallen finden.

Eines vorweg: Nein, Sarah Mundt hat uns nicht mit ihrem leckeren Apfelkuchen bestochen. Auch wenn es nicht von Nachteil gewesen wäre. Ausschlaggebend war ihre locker-leichte Geschichte, welche die Herzen Tausender *tolino*-Leser im Sturm eroberte. So wurde *Sylter Wolken* auch fester Bestandteil unserer Sommerlektüre. Die Arbeit mit Sarah Mundt ist wiederum vergleichbar mit Kathis Leichtigkeit, mit der sie die Herausforderungen des Lebens meistert. Einfach großartig, vielen Dank!

München, 2015
Ihr Team von *tolino media*

Sarah Mundt

Sarah Mundt lebt mit Mann und Kindern in der Nähe von Oldenburg. Sie arbeitet für eine Werbeagentur und schreibt schon seit ihrer Kindheit. Mit *Sylter Wolken* legt sie ihren ersten Roman vor. Die Autorin kennt Sylt seit Kindertagen, in denen sie mit den Eltern den Urlaub auf verschiedenen Nordseeinseln verbrachte – bevorzugt auf Sylt. Seither nutzt sie jede Gelegenheit, ihre Lieblingsinsel zu besuchen.

Interview mit Sarah Mundt

Das Erstlingswerk „Sylter Wolken“ von Sarah Mundt gefiel der ebook.de-Redaktion so gut, dass sie die Autorin kurzerhand um ein Interview für ihren Blog baten. Sie erzählte über ihre Erfahrungen im Selfpublishing, ihre Verbundenheit zur Nordsee und die autobiographischen Züge ihres Romans.

Liebe Frau Mundt, Sie haben sich für eine Veröffentlichung als Selfpublisher entschieden. War dies eine bewusste Entscheidung, oder haben Sie vorher auch direkt bei Verlagen versucht, ihr Manuskript einzureichen?

Nein, es war eine bewusste Entscheidung, den Roman als Selfpublisher herauszubringen. In meinem Freundes- und Bekanntenkreis befinden sich einige Autoren, mit denen ich regelmäßig im Kontakt stehe und von denen ich weiß, wie unglaublich schwer es ist, gerade als Erstlingsautor ohne Literaturagenten, einen Roman bei einem Verlag unterzubringen. Das gleicht schon beinahe einem Glücksspiel, in dem alle Faktoren stimmen müssen, um zum Erfolg zu führen. Zum Glück gibt es jetzt ja die Möglichkeit, seine Texte selbst zu veröffentlichen.

„Sylter Wolken“ ist ein enorm erfolgreicher Titel geworden. Hätten Sie selbst mit einem solchen Erfolg gerechnet? Mit welchen Erwartungen, haben Sie ihren Roman veröffentlicht?

Nein, mit einem solchen Erfolg hätte ich in meinen kühnsten Träumen nicht gerechnet. Als ich den Roman verfasst habe, wollte ich eine Geschichte schreiben, wie ich sie selbst gern als Urlaubslektüre lese: Leicht, heiter, mit ein bisschen Drama und Spannung, und einem Happy End am Schluss, dabei aber nah am Leben. Etwas zum Wohlfühlen und Entspannen eben! Und ganz offenbar habe ich damit den Geschmack der Tolino-Leserschaft getroffen, was mich sehr stolz und glücklich macht.

In Ihrem Autorenprofil erfahren wir, dass „Sylter Wolken" ihr erster Roman ist, sie aber schon seit ihrer Kindheit schreiben. Liegen vielleicht noch weitere Schätze irgendwo in ihren Schubladen?

Wie schon gesagt, „Sylter Wolken" ist mein erster Versuch an einer langen Form. Bisher habe ich hauptsächlich Kurzgeschichten und Satiren geschrieben. Möglicherweise stelle ich daraus noch einmal eine Anthologie zusammen, aber das steht noch in den Sternen.

„Sylter Wolken" spielt, klar, auf Sylt, und Ihre Protagonistin kommt aus Hamburg. Sie selbst aber leben in der Nähe von Oldenburg. Gibt es eine persönliche Verbindung zu der Nordseeinsel und der Hansestadt?

Die Liebe zur Nordsee habe ich von meinen Eltern geerbt, mit denen ich in meiner Kindheit im Urlaub immer an der Küste, wenn auch nicht jedes Mal auf Sylt war. Meist fuhren wir nach Wangerooge oder Spiekeroog. Für mich ist es noch heute so, dass zu einem richtigen Urlaub Dünen, Wellen und eine steife Brise gehören. Eine Freundin von mir hat ein Ferienhaus auf Sylt, die ich gelegentlich außerhalb der Saison dort besucht habe. Somit ist mir die Insel vertraut. Nach Hamburg muss ich von Zeit zu Zeit aus beruflichen Gründen, außerdem habe ich ein paar Freunde dort, sodass ich auch die Hansestadt ganz gut kenne. Da lag es nahe, diese Orte zu Schauplätzen der Geschichte werden zu lassen.

Ihre Protagonistin Kathi ist eine willensstarke, eigenständige, resolute Frau, die sich nicht die Butter vom Brot nehmen lässt. Hat sie vielleicht auch autobiographische Züge?

Ich denke schon, dass Kathi viel von mir hat. Das liegt wohl in der Natur der Sache, dass die Figuren, durch deren Augen man die Geschichte beschreibt, autobiographische Züge bekommen. Wenn es nicht die eigenen Eigenschaften sind, dann doch zumindest die, die man selbst gern hätte.

Woher haben Sie die Ideen für ihre Figuren und den Handlungsverlauf genommen?

Was den Handlungsverlauf angeht, der beruht auf wahren Geschichten, die ich irgendwo aufgeschnappt und dann verarbeitet habe. Bei den Figuren habe ich mich allerdings von realen Personen aus meinem Umfeld inspirieren lassen.

Quelle: blog.ebook.de